망한 글 심폐소생술

일러두기

● 본 도서는 국립국어원 표기규정을 기본으로 하였으나 고유명사와 업계 용어의 경우, 실제 방송계에서
  사용하는 용어로 표기하였습니다.

● 도서명, 일간지명은 「 」로, 방송 프로그램, 단편 소설, 영화, 드라마, 노래 제목, 그림 제목, 작품은
  「 」으로 표기하였습니다.

망한 글
심폐소생술

김주미 지음

한 줄이라도 쉽게 제대로,

방송작가의 31가지 글쓰기 가이드

영진미디어

contents

앗, 망했다!

잠시 눈을 붙인다고 책상에 엎드렸는데 너무 오래 자는 것 같은 느낌에 잠이 깼다. 세상에, 생방송 10분 전이다. 모니터에는 '안녕하세요?'라는 인사말만 덩그러니 쓰여 있다. 순간 아찔해져, 노트북을 들고 스튜디오를 향해 뛴다. 라디오 부스에 도착하자 기다리던 PD와 진행자가 나를 보며 동시에 외친다.

"김 작가, 원고는?"

어쩔 줄 몰라 하며 일단 앉아서 노트북을 펼치는데 머릿속은 멍하고 손가락도 움직이질 않는다. 생방송을 망칠 것 같은 생각에 눈물이 차오른다.

"죄송한데, 진짜 죄송한데, 오늘은 원고를 못 쓰겠어요."

그 순간, 저 멀리서 어렴풋하게 익숙한 목소리가 들린다.

"일어나. 일어나, 여보. 꿈이야, 꿈꾸는 거야."

악몽이었다. 나는 중요한 일을 앞두고, 제시간에 글을 완성하지 못해 큰일이 벌어지는 꿈을 종종 꾼다. 실제로 글을 제때 마무리 짓지 못한 경험이 거의 없는데도 말이다. 이런 꿈을 계속 꾸는 이유는 글쓰기가 그만큼 부담스럽고 긴장되는 일이라는 뜻일까? 아니면 글을 잘 쓰고 싶다는 욕심을 늘 품고 살아서일까?

망한 글에 관한 악몽을 꾸면서도 나는 20년 넘게 글밥을 먹고 있다. 때론 부족한 실력에 설익은 글을 쓰기도 하고, 때론 욕심이 과해 애를 태우기도 했지만 글 쓰는 일을 멈춘 적은 없다.

이런 나에게 언젠가 따지듯 묻던 사람이 있었다.

"당신은 작가인가요?"

나를 방송작가라고 소개하자 '진짜 글'을 쓰고 혼자 완성한 '작품'이 있어야 작가라 부를 수 있는 것 아니냐고 했다. 그가 본 나의 일은 출연자가 하는 말을 정리하고 영상에 덧댈 짧은 문장을 쓰는 것뿐, 작가라고 부르기엔 부족해 보인다고 말했다. 당시에는 그 말에 제대로 답하지 못했다. 지금 생각하니 질문을 들은 후 되물었어야 했다.

"당신이 생각하는 진짜 작가, 진짜 글은 도대체 무엇인가요?"

문학상이나 공모전에서 수상한 사람은 작가로 인정받는다. 권위 있는 문예지 혹은 잡지에 글을 싣거나, 책을 출간할 때마다 화제가 되는 유명인에게도 작가라는 호칭이 뒤따른다. 작가는 권위와 영향력을 갖춘 이들에게만 허락되는 말일까? 그렇지 않다고 생각한다. 무엇을 쓸까 고민하며 글감을 찾고, 일상에서 마음에 남은 단어들을 늘 메모하며, 공들여 선택한 낱말을 모아 하나의 문장을 완성하면서 하루를 보내는 나 혹은 당신이 작가가 아니라면 우리는 과연 무엇으로 불러야 할까?

나는 글쓰기에 탁월한 재능을 갖지 못했다. 하지만 글로 밥벌이를 하기 위해서 몸으로 부딪치며 하나하나 배웠다. 그래서 '작가'라는 말이 거대한 산처럼 느껴져 쉽게 접근하지 못하는 이들에게 도움이 되고 싶었다. '망한 글'을 숱하게 쓰며 글쓰기의 기본에 대해 체득해나간 경험이 이 책에 가감 없이 담겨 있다. 책장을 넘길 때마다 콩깍지가 벗겨지며 글쓰기가 만만하게 느껴질지도 모른다. '이 정도는 나도 쓰겠는데!'라고 생각할지도 모른다. 생각을 글로 옮기는 일이 한층 수월하게 느껴진다면 이 책은 소기의 목적을 달성한 셈이다.

글을 담는 그릇의 형태는 제각각일 수 있어도 글을 도구 삼아 나의 이야기를 하고 타인의 공감을 얻기 위한 기술들은 크게 다르지 않다. 방송 글이 가진 미덕은 친숙함이다. 글의 소재를 주변에서 찾고, 살면서 한 번쯤 생각해 봤을 문제들을 건드린다. 보편적인 정서에 벗어나지 않는 지점에서 이야기를 시작한다. 방송 글의 문체 역시, 옆 사람에게 들려주듯 대화체를 쓴다. 간결한 문장, 익숙한 구조를 선택해 누구나 한번 들으면 알아들을 수 있도록 쉽게 쓴다. '만나면 좋은 친구'라며 대중에게 친근하게 다가가는 것처럼. 쉬운 말로 쓰는 글이라면 당장 시작해볼 수 있지 않을까. 가벼운 마음으로 글쓰기 여정에 동행해 주었으면 좋겠다.

망한 글을 몇 번이고 고쳐 쓰면서 깨달았다. 누구든 작가가 될 수 있다. 한 번에 완성하지 못해도 한 줄, 한 줄 이어나갈 힘이 있다면 글을 완성할 수 있다. 생소하던 풍경이나 친하지 않은 사람도 자주 보면 정이 들기 마련이다. 글쓰기도 그렇다. 조금은 낯설고 막막하던 글쓰기도 거듭하다 보면 즐길 수 있는 날이 오고, 호흡하듯 자연스러운 일과로 삼을 수 있다.

그동안 쓴 글을 정리하고 새로 쓰는 동안 혼자가 아니어서 좋았다. 함께 달려준 편집자와 출판사 분들이 있어 든든했다. 글을 쓴다며 매번 예민하게 굴어도 언제나 따뜻하게 품어준 가족들, 그리고 지지를 보내준 친구들에게 고마운 마음을 전한다.

나를 소개할 때 이제는 당당하게 "작가입니다"라고 한다. "글쓰기를 좋아해서 꾸준히 하고 있습니다만"이라고 덧붙이면서. 작가라는 타이틀에 굳이 자격을 부여하고 싶다면 그 주체는 타인이 아니라, 스스로가 되어야 할 것이다. 글을 쓰며 마음을 다했는지에 대한 답은 자신만이 알 수 있으니까.

발견_ 작가의 마음, 글감 찾기

DAY 1   글의 실마리를 정말 찾지 못하겠다면

_____

_____

_____

_____

_____

_____

_____

_____

누구나 알 만한 어휘를 사용하고,
하나의 문장에 한 가지의 정보만을
담는 짧은 문장이라면 지금 당장
써볼 만하지 않은가.

방송작가 일을 시작한 때는 스물셋 늦가을이었다. 아직 대학 4학년으로 방송아카데미를 다니고 있는 상태였지만 마음이 다급했던 기억이 난다. 혼자 준비할 때는 몰랐는데 아카데미라는 곳에 입성하고 보니, 나보다 재능과 능력이 넘치는 예비 글쟁이들이 도처에 숨어 있었다. 문득 이들이 다 같이 아카데미를 졸업하는 그날이 오면, 나에게 돌아올 기회는 없을지도 모른다는 불안함에 휩싸였다. 무식하면 용감하다는 말처럼, 무작정 저지르고 봐야겠다는 생각이 들어 마음먹은 바를 행동으로 옮겼다.

열 곳이 넘는 방송국에 이력서와 자기소개서, 방송 프로그램 관련 포트폴리오를 보냈다. 기적처럼 단 한 곳, 그것도 원하던 라디오 프로그램에서 연락이 왔다. 재미있는 점은 방송 일을 작가가 아닌 리포터로 먼저 시작했다는 것이다. 부산과 경상도 일부 지역에 송출되는 아침 라디오 프로그램에서 '부산 아가씨의 잡동사니' 쯤으로 기억되는 한 코너를 맡았다. 생활정보들을 모아 원고를 직접 작성하고, 마이크 앞에 앉아 걸쭉한 부산 사투리를 과장되게 쓰면서 내 방송 인생의 출발을 알렸다.

이후로 20여 년이 흘렀고 이제는 대학에서 수업을 함께하는 제자들이, 또는 다양한 특강에서 만난 방송작가 지망생들이 나에게 털어놓는 고민들을 들어주는 나이가 되었다. 그들의 진지하고 깊이 있는 고민을 들을 때면 '내가 이런 얘기를 들어줄 자격이 있을까?', '내가 전하는 말이 과연 도움이 될까?' 등 여러 생각들이 앞서 대답하기를 주저하곤 한다. 그렇지만 방송의 여러 장르에서 글쓰기를 하며 실패도 하고 시청자들의 귀중한 공감도 얻었다. 그 경험들을 풀어놓으려 한다.

강의실에서 만난 후배나 제자들이 자주 하는 질문이 몇 있다.

공통적으로 방송작가로서 자질에 관한 것이다. 방송작가가 되기 위해 어떤 능력을 갈고닦아야 하는지 묻는 이가 많다. 짐작하겠지만 방송 글쓰기 역시 많이 보고, 많이 읽고, 많이 써야만 실력이 는다. 그리고 '일상의 관찰력'을 키워야 한다. 관찰의 사전적 의미는 '사물의 현상이나 동태 따위를 주의하여 잘 살펴보는 것'이다. 다시 말해, 눈에 보이는 것을 그냥 바라보는 데서 그치지 않고 각별히, 관심을 가지고, 주의 깊게 살펴보는 행위를 뜻한다. 특정 대상을 그저 바라보는 것이 아니라, 관찰하며 보았을 때 우리는 그 안에 숨겨진 의미를 '발견'할 수 있고 그것으로부터 '이해'와 '깨달음'을 얻을 수 있다.

평소 대중교통을 이용하는 나는 지하철에서 사람들의 신발을 관찰하곤 한다. 라디오작가로 활동하던 시절부터 생긴 버릇이다. 신발을 좋아하기도 하지만, 신발이야말로 그 사람만이 가진 특성을 잘 보여주는 매개체라고 생각하기 때문이다. 매일 다른 옷으로 갈아입는 사람은 많지만, 일주일 내내 다른 신발을 신는 사람은 많지 않다. 발이 불편해 느끼는 스트레스는 생각보다 크기 때문에 사람들은 자신이 평소에 즐겨 신는 신발을 무의식 중에 자주 찾기 마련이다. 그래서 신발을 보고 그 사람의 하루를, 그리고 인생을 그려보는 나만의 상상놀이이자 스토리텔링이다.

단정한 정장 차림의 중년 부인이 걷기 편하지만 우아한 하이힐을 신었다면, 보험설계사로서 그녀가 오늘 하루 만날 사람들과의 대화를 상상해 볼 수 있다. 70대가 훌쩍 넘은 어르신이 옷차림과 어울리진 않지만 새 것으로 보이는 운동화를 신은 모습에서는, 지난 가족모임에서 자녀들이 사 온 운동화를 소중히 아꼈다가 친구들과의 모임에 신고 나온 아버지의 마음을 상상해 본다. 이렇게 신발을 관찰하면서 신발 속에 담긴 각자의 사연을 떠올려 본다.

신발의 주인들이 한 걸음씩 내딛으며 쌓아온 인생의 의미를 생각하다 보면, 그들의 일상 역시 소중한 내 가족, 내 친구의 삶과 다르지 않음을 깨닫는다. 시청자이기도 한 신발 주인들을 이해하는 마음으로, 또는 그들이 공감해 주기를 바라며 글을 쓴다면 조금 더 공감이 가고 위로가 되는 글을 쓸 수 있지 않을까. 주위를 둘러보면 사소하고 평범해서 '주목받지 못한 것들'이 우리의 애정 어린 시선을 기다리며, 자신이 지닌 이야기의 가치를 이제는 알아봐 달라고 신호를 보내고 있을지 모른다.

물론 일상을 관찰해 글로 표현하는 연습을 꾸준히 한다고 해도, 작가로 입문하거나 스토리텔러로서 가치를 인정받기란 쉽지 않다. 20년 전 나 역시 그랬다. 방송작가 지망생이던 당시에는 방송국이 주관하는 공개채용이 심심찮게 있었다. 방송작가라는 직업을 아는 사람들의 수가 많지 않은 반면, 작가를 필요로 하는 프로그램의 수는 점점 많아지던 때였다. PD나 기자, 카메라 감독, 아나운서 등 다른 직종은 이른바 '언론고시'를 치르지만 방송작가는 이들과 다르다. 방송작가는 크게 드라마작가와 비드라마작가로 나눌 수 있다. 드라마작가는 예전에 비해 그 기회가 많이 줄긴 했지만 각 방송국에서 단막극이나 미니시리즈 공모전을 통해 데뷔하는 경우가 많다. 이때는 순수하게 자신이 써놓은 극본, 즉 작품으로 승부수를 띄워야 한다.

그럼 비드라마작가인 구성작가는 어떨까? 내가 난생처음 구성작가 공채 시험을 본 곳은 부산 KBS였다. 1차 서류전형에서 자기소개서와 이력서, 그리고 KBS 프로그램 중 한 편의 모니터 즉 작품평가를 요구했다. 당시 대학 재학 중이었지만, 경험이라도 해보자는 생각으로 지원을 했고 운이 좋게 1차 서류전형을 통과했다. KBS 공개홀로 필기시험과 면접을 보러 오라는 연락이 왔다. 면접은 알겠는데, 필기시험이라니! 도대체 감이 잡히지 않아 방청객 아르바이트 때 안면을 익힌 작가 분에게 도움 요청을 하기 위해 연락을 했다. 아마도 프로그램 기획이나 구성을 해보라고 하지 않겠냐며 귀띔을 해 주었다.

드디어 찾아온 면접 당일. 1차 서류전형 과정을 거쳤는데도, 수십 명의 지원자들이 KBS 공개홀에 모여 있었다. 서로 눈치를 보며 이리저리 다른 지원자들의 면면을 살피던 그때, PD로 보이는 한 사람이 들어오더니 칠판에 큰 글씨로 '사과'라는 단어를 썼다. 그리고 백지를 두 장씩 나눠주었다.

"어떤 형식의 글이라도 좋으니, 사과를 주제로 글을 써 주십시오. 시간은 30분 드리겠습니다. 필기시험 후 바로 면접을 시작하겠습니다."

'사과, 30분, 곧바로 면접.' 정신이 아득해졌다. 부산 KBS 프로그램 중 한 편을 기획하거나 구성해보라는 요청이 있을 줄 알았는데 보기 좋게 예상이 빗나갔다. 너무 간단하고, 그래서 너무 폭넓은 주제와 필기시험 방식에 적잖이 놀랐지만 그렇게 멍하니 있기엔 30분이라는 시간이 짧았다.

곧바로 브레인스토밍을 시작했다. 사과하면 떠오르는 단어들을 두서없이 쓰기 시작했다. 백설공주, 뉴턴, 세잔, 명절을 앞두고 치솟는 과일 값, 그리고 시골의 사과농장 등. 정말 단편적인 지식과 기억의 찰나들이 지나갔다. 그 많은 글감들 중 무엇을 선택해 썼는지 지금은 정확히 기억나지 않는다. 시골 할아버지 댁에 놀러 가 옆 과수원의 사과를 몰래 따먹었던 기억을 라디오 오프닝 형태의 글로 썼던 것도 같고, 경제학 전공을 살려 치솟는 과일 값에도 수익이 농민에게 돌아가지 않는 유통구조를 비판하는 시사 프로그램 기획안을 썼던 것 같기도 하다. 아무튼 두 글의 방향을 두고 한참을 고민하다 십여 분을 남겨두고 허겁지겁 글을 쓰기 시작했던 기억만이 남아 있다. 결과는 당연히 불합격이었다.

구성작가 지망생들은 내가 쓴 대본이 현실이 되는 기적의 순간을 꿈꾼다. 20여 년이 흐른 지금, 방송사에서 여러 명의 구성작가를 뽑는 공채 시험은 더 이상 찾아볼 수 없게 되었다. 이젠 구성작가가 되려면 특채라는 형식의 바늘구멍을 통과해야 한다. 많은 작가 지망생들이 오늘도 미디어 관련 취업사이트나 애플리케이션을 '즐겨찾기' 해놓고 매일매일 구직공고를 체크하고 있다. 요즘은 각 프로그램별로 작가를 채용하는 경우가 많다. 그러다 보면, 가뭄의 단비처럼 채용 소식이 뜬다. 그도 아니면 특정 학과나 방송아카데미, 지인을 통해 알음알음으로 채용한다. 그런데 채용 방식이 공채이든, 특채이든 지원자에게 요구하는 바는 거의 비슷하다. 보통 자기소개서와 이력서, 그리고 해당 방송의 모니터나 한 회 구성안을 제출하라고 한다.

여기서 중요한 것이 모니터와 구성안이다. 먼저 구성작가가 필수로 준비해야 하는 방송 모니터에서는 해당 프로그램을 칭찬만 해서도, 그렇다고 단점만을 열거해서도 안 된다. 그럼 장점과 단점을 반반씩 잘 섞으면 안 되냐고? 그것도 안 된다. 채용 담당자들이 원하는 모니터란, 이 프로그램의 기획의도와 구성의 특징을 방송 제작진의 시선으로 파악하고 있으며 현재 처한 어려움을 짚어주면서도 앞으로 개선 방향까지 제안하는 신선한 글이다. 물론 어렵다. 하지만 방법이 아주 없는 것은 아니다. 일단, 해당 방송을 구성하는 요소들을 구분하여 요소별 장단점을 꼽아본다. 예를 들어, 방송의 주제와 소재, MC 및 출연자의 역할, 세트의 배치, 자막이나 컴퓨터그래픽의 활용 등을 꼼꼼히 분석한다. 만약 내가 작가라면 어떻게 개선하고 싶은지 조목조목 서술한다.

구성안 쓰기는 더 복잡하다. 그 프로그램이 그동안 방영한 방송 목록을 모두 체크하여 아직까지 방송하지 않은 아이템이면서, 기존의 큰 구성 틀을 벗어나지 않지만, 참신함이 느껴지는 구성안, 한마디로 'Something New'를 제시해야 한다. 여기에 당장 우리 팀에 합류해도 바로 일을 진행할 수 있겠다는 신뢰까지 주려면 방송 용어도 적절히 활용해야 한다. 기존의 제작진들은 자신이 갖지 못한 것을 새로 유입되는 동료 혹은 후배가 채워주길 기대한다. 그래서 구성작가를 꿈꾸는 사람들이 그리 많은데도 방송 현장에선 늘 인재가 없다고 불평하고 있다.

방송을 위해 쓴 글들은 누가 읽어도, 누가 들어도 단번에 이해할 수 있도록 써야 한다. 실제로 방송 대본이 어떻게 생겼는지 궁금하다는 이들에게 원고를 보여주면 "너무 쉽다"며 실망하는 표정을 지을 때가 있다. 문학 작품처럼 작가만의 개성 있는 문체를 찾아보기는 조금 어렵고, 다양한 기법으로 수놓은 아름다운 문장을 만나기도 쉽지 않다. 오히려 자신의 글솜씨를 뽐낸다고 다른 이들이 잘 사용하지 않는 어휘를 쓰거나 문장에 기교를 부린다면 방송 글로서는 낙제점을 받기 일쑤다. 방송 작가들에게 쉬운 언어 사용하기, 간결한 문장 쓰기는 아무리 강조해도 지나치지 않는 글쓰기 지침이다.

덧붙여 이 책을 읽는 독자들 누구나 작가처럼 글을 잘 쓸 수 있다. 글쓰기에 재능이 없는 사람일지라도 말이다. 누구나 알 만한 어휘를 사용하고, 하나의 문장에 한 가지의 정보만을 담는 짧은 문장이라면 지금 당장 써볼 만하지 않은가. 방송 글이 이런 특징을 가지게 된 이유는 더 많은 이들과 소통하기 위해서다. SNS나 블로그, 책을 통해 나의 이야기를 들려주고 싶은데 어떻게 시작할지 몰라 망설이는 독자라면 방송작가가 글을 쓰는 과정을 따라가며 실마리를 찾아보자. 글 쓰는 과정을 꾸준히 즐기겠다는 마음만 있다면 당신도 이제 대중에게 친근하게 다가가는 글을 쓸 수 있을 것이다.

오늘도 방송작가 지망생들이 나에게 묻는다.

"방송작가로는 어떻게 입문할 수 있나요?"

그럼 난 이렇게 대답한다.

"그때그때 달라요! 하지만 확실한 건, 미리 준비를 하고 있던 사람만이 기회를 잡을 수 있어요. 그러니 평소에 어떤 프로그램이든 꼼꼼하게 모니터 한다는 마음으로 시청하고, '내가 만약 저 프로를 제작한다면'이라는 시각으로 구성 연습을 하는 게 도움이 됩니다."

_____

_____

_____

_____

_____

_____

_____

_____

기회가 있을 때마다
나와 주위 사람들의
말버릇을 귀담아듣고
차곡차곡 모아보려 한다.

영화 「원더 우먼Wonder Woman」을 보았다. 강인하고 아름다운 그녀가 인류를 구원하는 이야기는 여성이 봐도, 아니 여성이 봐서 더 흥미로운 영화였다. 그러나 내가 꼽는 최고의 여성 히어로는 따로 있다. 그녀는 바로, 소머즈! 「소머즈The Bionic Woman」는 미국에서 1970년대에 만들어진 시리즈 드라마다. 제목 그대로, 교통사고로 인해 기계인간으로 변한 제이미 소머즈의 이야기를 담고 있다.

교통사고로 대수술을 하면서 한쪽 팔과 두 다리에 엄청난 능력을 지니게 된 소머즈는, 악당이 나타나면 '뚜뚜뚜뚜'라는 음향 효과와 함께 금발 머리를 휘날리며 우리 앞에 나타났다. 그녀가 가진 능력 가운데 나를 사로잡은 것은 '청력'이었다. 기계로 만든 오른쪽 귀는 그녀에게 뛰어난 청력을 선물했고, 그 능력으로 악당들의 음모를 엿들어 멋진 작전을 짰다. 당시 초등학생이던 나는 그녀의 무쇠 팔, 무쇠 다리보다 뛰어난 청력을 부러워했다. 아마 타인의 비밀을 알 수 있다는 점이 매력적으로 다가왔었나 보다.

소머즈란 이름을 다시 떠올리게 된 건 어른이 되고 나서다. 시끄러운 식당이나 술집에 가면 남들은 소음 속에서 앞자리의 말소리도 잘 듣지 못했지만, 난 마치 통역사처럼 서로가 하는 이야기를 전해주곤 했다. 소음 속에서도 신기하게 그들의 말소리가 다 들렸다. 심지어 마음만 먹으면 옆 테이블 대화 소리도 들을 수 있었다. 친구들이 "쟤들은 싸우나 봐"라고 관심을 보이면 "맞아. 남자애가 어제 술 마신다고 여자 친구 전화를 안 받았대"라며 그들의 대화 내용을 전달했다. 남들보다 귀가 밝다는 이유로 "와! 저게 들려? 너 소머즈다"란 말을 듣게 되었다.

소머즈처럼 밝은 귀는 방송작가 시절, 나에게 유용한 무기가 되었다. 작가들은 이 세상에 흩어져 있는 다양한 글감들을 모으기 위해서라도 다른 사람들의 사연에 관심을 가질 수밖에 없다. 조금은 남다른 청력을 지닌 나는 남들보다 글감 수집하기가 수월했다. 라디오 프로그램을 구성할 때였다. 매일 다른 주제로 오프닝을 써야 한다는 것이 나에게 가장 큰 숙제였다. 오늘의 화제나 이슈로 오프닝 멘트를 쓰면 무난하겠지만, 앞서 방송된 프로그램에서 이미 그 소재를 사용했을 가능성이 컸다. 사람들의 관심을 집중시키면서도 나의 프로그램에서만 얘기할 수 있는 오프닝 소재는 뭐가 있을까 늘 고민했다. 고민을 거듭해도 글감이 도저히 떠오르지 않을 땐 사람들이 많이 모인 장소를 찾았다. 지하철도 좋고 카페도 좋다. 그곳에 가서 가만히 앉아 눈은 책을 보는 척하면서 귀로는 타인의 대화 소리나 전화 통화를 듣는다.

지하철 저편에 앉은 중학생이 학원을 빼먹고 친구와 놀러 가겠다며 엄마에게 허락을 구하는 이야기도 듣고, 카페에서 산후조리원 동기들끼리 모여 갓난아기를 돌보는 것이 얼마나 어려운 일인지 토로하는 푸념도 들어본다. 이런 사연은 멋진 스토리텔링 소재가 되었다. '허락'을 주제로 라디오 오프닝을 써서 청취자들이 저마다 '허락'에 관한 추억을 떠올리게 할 수도 있고, 출산 장려를 권장하면서도 아직은 미숙하고 두려운 아기 엄마들에게 진짜 필요한 도움이 무엇인지 실감하지 못하는 정부나 제도를 꼬집는 멘트를 쓸 수도 있다.

라디오 방송뿐만이 아니다. 술집에서 중년 남성들이 둘러앉아 가정에서 소외되는 서러움을 털어놓는 것을 듣고 이 시대 '아빠'들의 고민을 들어보는 토크쇼를 기획하기도 했고, 국회의원 선거를 앞두고는 아주머니들이 목욕탕에서 정치인에 대해 한두 마디씩 던지는 비판의 목소리를 잘 정제하여 토론 방송에서 질문으로 재탄생시키기도 했다. 이 외에도 나의 청력으로 찾아낸 방송 소재는 수없이 많다. 지금도 남편과 맛집에서 밥을 먹다가 "여보, 저기 뒤쪽 테이블 오늘 결혼 1주년이래"라며 남들의 사연을 전한다. 한 번은 지하철 한편에서 내 강의를 듣는 학생들이 수업에 대해 품평하는 소리를 생생하게 들은 적도 있다. 여전히 나는 '소머즈 같다'라는 말을 종종 듣는다. 그리고 이 능력을 어떤 형태의 글이든 글감 찾기에 유용하게 활용하고 있다.

그런데 요즘 들어 작가의 능력치를 높여주는 무기는 청력이 아니라 '호기심'이 아닐까 하는 생각이 든다. 아무리 귀가 밝아도 타인의 삶이 나와 아무 상관이 없다고 생각하면 그 대화 소리가 들릴 리 없다. 다른 사람들은 무슨 고민을 하고, 무엇에 흥미를 가지며, 어떤 욕망으로 살아가는지 끊임없이 궁금하니 나의 귀가 저절로 열리는 것이 아닐까? 그래서 '소머즈의 귀'는 '호기심 천국'인 나의 오지랖을, 그리고 글감을 발견하고 싶은 나의 욕심을 달리 표현한 말일지도 모르겠다.

주위의 소리와 이야기에 관심을 기울이고 귀를 열다 보면 또 하나의 재미있는 사실을 발견한다. 사람은 누구나 특유의 말버릇을 가지고 있다. 그 사람이 자주 쓰는 감탄사나 단어, 문장을 통해 그 사람의 성격이나 성향을 짐작하기도 한다. "짜증 나", "진짜 화나게 하네", "그럴 줄 알았어" 등의 부정적 표현을 자주 쓰는 사람들과 "괜찮아", "진짜 대단하다", "정말 행복해" 같은 긍정적 표현을 자주 쓰는 사람들은 평소 표정부터 다르다.

남편은 내가 유난히 "사실은"이라는 단어를 많이 사용한다고 말했다. 중요한 말을 해야 할 때 꼭 "사실은"하고 포석을 깐다고 했다. 왜 그럴까. 어릴 때부터 나는 집이나 학교에서 착한 아이가 되어야 한다고 늘 다짐했다. 내가 원하는 것, 내가 하고 싶은 것을 드러내기보다 주위 기대에 맞추려 했고 아픔이나 싫은 감정을 숨기는 것에 익숙했다. 그래서 단번에 나의 속내를 드러내지 못하고 눈치를 보다가 슬며시 진심을 말하는 버릇이 생긴 듯하다. "뭐 먹고 싶어?"라는 물음에 "아무거나"라고 답했다가, 메뉴가 정해진 다음에야 "사실은, 나 이거 먹고 싶었어"라고 말한다. 하루 일과를 들려줄 때도 "사실은" 하고 운을 떼야, "오늘 안 좋은 일이 있었어"라는 말을 이어갈 수 있다. 나도 모르게 내뱉는 말버릇이 감추고 싶은 속마음이나 인생을 바라보는 가치관을 드러낸다.

방송 글은 읽기 위한 글이 아니라, 말하기 위한 글이다. 그래서 쓰는 사람의 개성보다는 이 글을 시청자들에게 직접 들려줄 사람, 즉 사회자나 출연자들의 말맛을 살려 써야 한다. 매일 한두 시간씩 청취자들에게 친근한 이야기를 건네는 라디오. 라디오를 진행하는 DJ를 위한 글쓰기에서는 그들의 말버릇을 귀로 관찰하는 일이 필수다. DJ가 자주 쓰는 단어나 문장 중 일부를 살려 원고에 자연스럽게 스며들게 쓰면 좋다. 말버릇 가운데 프로그램의 특성에 어울리는 문구가 있다면 슬로건으로 쓸 수 있다.

나와 함께 2년 동안 라디오 프로그램을 만들었던 DJ는 사석이나 방송에서 "어때?", "어떠세요?"라고 상대의 의견을 자주 물었다. 난 그녀를 관찰한 후 이 말버릇을 방송 원고에서도 잘 살리면 좋겠단 생각을 했다. 그래서 오프닝 멘트나 브리지Bridge 멘트를 쓸 때 "여러분은 어떠세요?"라는 문장을 살려 결말 즈음에 쓰곤 했다. 제작진의 생각만 일방적으로 전달하는 방송이 아니라, 당신의 생각은 어떤지 청취자에게 묻고 그들이 잠시나마 이 주제에 대해 함께 생각해보길 권유하는 방송을 만들고 싶었다. DJ의 평소 말버릇이 '대화하듯 마음과 생각을 주고받는 방송'이라는 프로그램의 가치관을 전달하는 매개체가 된 셈이다.

사람들에게 사랑받는 TV 프로그램에도 저마다의 말버릇 혹은 유행어가 있다. 「그것이 알고 싶다」를 상징하는 문장이 된 "그런데 말입니다"의 경우, 처음에는 "그런데"로 표기되었지만 사회자인 김상중 씨가 좀 더 정중하고 단호하게 표현하고 싶어 "그런데 말입니다"로 바꿨다고 알려져 있다. 이후 이 문장은 당연하게 보이는 것에 의심을 품고 집요하게 추적한다는 시사다큐 프로그램의 가치관을 담은 상징적 멘트가 되었다. JTBC 「뉴스룸」에서 손석희 앵커는 심층 보도를 전하기 전 늘 "한 걸음 더 들어가 보겠습니다"라고 말하고 담당 기자를 호출한다. 이 문장은 여타의 뉴스 프로그램처럼 한 꼭지씩 뉴스를 나열하는 것이 아니라, 한 이슈에 대해 집중적으로 취재하고 이면까지 들여다보겠다는 의지의 표현이기도 하다. 「한 끼 줍쇼」의 MC 강호동 씨는 "이런 얘기, 저런 얘기"라는 문구를 매회 반복하여 결국, 소박한 한 끼 식사를 하며 다양한 이웃들과 허물없이 진솔한 얘기를 한다는 프로그램의 취지를 설명하는 유행어로 만들었다.

이제 막 글쓰기를 시작하는 사람들 또한 방송작가들의 평소 습관에서 도움을 받을 수 있다. 방송 글은 이미지나 오디오를 뒷받침해야 한다. 글을 쓰기 전에 어떤 영상을 보여줄 것인지, 어떤 음악이나 음향을 들려줄 것인지를 먼저 정한다. 그리고 시청자가 마치 내 눈앞에 있는 것처럼 생각하고 말하듯이 글을 쓴다. 독자 여러분도 당장 하고 싶은 이야기가 있다면 문득 떠오르는 이미지들을 차분히 정리해보자. 이미지의 흐름대로 글로 옮겨 놓은 후, 옆에 있는 사람에게 들려준다는 마음으로 말하듯이 써본다. 종이 위에 글로 바로 표현하기는 어려워도 이미지를 떠올리며 상상하거나 마음 편한 상대와 대화를 이어가는 일은 그만큼 어렵지 않을 것이다.

말하는 대로 현실이 된다고 한다. 스피치 전문가들은 평소 어떤 말을 사용하는지가 운명을 결정짓는다고까지 주장한다. 과장된 표현일지 몰라도, 말이 지닌 힘이 대단하다는 점은 인정해야 할 것 같다. 우연히 어떤 단어나 문장을 듣고 그 말을 많이 쓰던 사람이 떠오를 때가 있다. 그 말을 쓰던 순간의 표정과 행동까지 떠오르며 인물에 대한 이미지와 기억이 되살아나기도 한다. 습관처럼 무심코 내뱉는 말이 우리 자신을, 혹은 우리가 만든 작품을 제일 잘 드러내는 상징물이 될 수 있단 뜻이다.

　　나에게 좋은 글이란, 작가를 느낄 수 있는 문장들로 채워진 글이다. 글쓴이의 말투, 가치관, 인생까지 그려볼 수 있는 경험은 얼마나 멋진 일인가. 그래서 기회가 있을 때마다 나와 주위 사람들의 말버릇을 귀담아듣고 차곡차곡 모아보려 한다. 말하듯이 쓴 글로 독자 또는 시청자들이 작가와 대화를 나누는 듯한 상상에 빠질 수 있다면, 이 또한 글로 소통하는 이들의 기쁨이다.

방송작가로서, 글을 쓰기 전 세팅. 주위 사람들의 말을 수집해 대본에 옮기는 작업을 한다.

_____

_____

_____

_____

_____

_____

_____

_____

'글쓰기'가 아니라

'글을 세상에 내보내기'가

두려운 것은 아닌지.

어린 시절부터 계단에서 사고를 당하는 일이 잦았다. 층층대를 오르내리며 미끄러지거나 넘어지고 구르는 일이 다반사였다. 갓 대학생이 되어 오리엔테이션에 참석하기 위해 설레며 나서던 날은 집 계단에서 발을 헛디뎌 아래로 구르는 바람에 파스 냄새를 풍기며 선배와 동기들을 만나야 했다. 첫 월급을 타서 근사한 구두를 샀던 때는 새 구두를 처음 신은 날, 계단을 내려가다 굽이 부러지며 발목을 다쳤다. 이후 계단을 걷는 별것 아닌 일이 나에겐 쉽지 않은 '별일'이 되었다.

그래서 나는 계단을 두려워한다. 고소공포증이 있는 것은 아니다. 바람이 불어 흔들리는 케이블카도, 절벽 옆으로 깔아 놓은 유리 바닥도, 아찔한 고공에서 떨어지는 놀이기구도 그다지 두렵지 않다. 오직 계단만 그렇다. 사실 모든 두려움에는 이유가 있다. 개가 무서운 이는 동네 어귀에서 사나운 개에게 쫓긴 기억이 있기 때문일 테고, 물이 무서운 이는 계곡이나 하다못해 욕조에서라도 물에 잠기는 공포를 경험했기 때문일 것이다.

글쓰기가 두려운 것은 무엇 때문일까? 과거, 자신도 모르는 사이에 글을 쓰면서 부정적 사건을 경험했고, 그 기억이 감정을 건드려 글을 쓰려 할 때마다 툭 하고 두려움이 솟아오르는 건 아닐는지. 글쓰기 자체가 부담스럽고, 내 글을 보여주는 일은 더더욱 어렵다는 이들을 자주 만난다. 그들과 이야기를 나눠보면 저마다 사연이 있다. 내가 만난 어떤 이는 십 년 전, 자신의 소설을 처음 읽은 친구의 악평을 들은 후, 지금까지도 다른 사람의 시선과 평이 무서워 그동안 쓴 글들을 서랍 깊숙이 감춰 두고 있다.

사람들은 가끔 묻는다. 글을 쓰는 일이, 글을 써서 타인에게 보여주는 일이 두렵지 않느냐고. 나 역시 지금 쓰는 이 글을 이름도, 얼굴도 모르는 누군가가 읽을 생각을 하면 긴장이 몰려온다. 글을 쓰는 직업 중에서도 타인의 평가에 제일 민감하게 반응하는 직업이 바로 방송작가다. 기획안부터 구성안, 대본에 이르기까지 방송작가가 쓴 모든 글은 혼자서 완성할 수 없다. 초안을 쓴 후 늘 연출자나 선후배 작가들, 카메라 감독들, 진행자 등 함께 일하는 사람들에게 글을 보여줘야 하고 수정을 거듭해야 한다. 게다가 방송이 끝나면 곧바로 시청률이라는 성적표를 받아 들고 자아비판의 시간을 가진다.

"김 작가, 오늘 원고는…"으로 시작하는 말을 살면서 얼마나 많이 들었던가. 함께 일하는 팀원들 중 나보다 경력이 많거나 실력이 뛰어난 사람들에게 글을 보여줄 때는 내가 그들의 기대치를 충족시킬 수 있을까 하는 걱정에 원고를 내미는 손이 떨린다. 후배이거나 이 일을 갓 시작한 초보들과 일한다고 글을 보여주는 일이 쉬울 리 없다. '에이, 경력 많다더니 프로도 별 것 없네'라는 말을 들을까 싶어 뒤통수가 화끈거린다. 누구나 내 작품을 다른 사람에게 보여준다고 생각하면 떨리고 긴장될 수 밖에 없다. 그러니 글 쓰는 일을 두려워하는 자신을 탓할 필요가 없다. 다만 프로들은 그 두려움을 감추는 법을 알고 있거나, 두려움으로 떨리던 순간보다 공감 가는 글로 인정받는 순간의 기쁨을 더 크고 가치 있게 생각할 뿐이다.

그래도 두려움을 도저히 넘어설 수 없을 때가 있다. 방송작가 시절에도 몇 번의 슬럼프가 있었다. 그중 가장 큰 위기는, 라디오에서 일을 시작한 지 2년이 지났을 즈음 다른 방송사로 자리를 옮기면서 찾아왔다. 글쓰기가 고통을 줄 수 있다는 사실을 처음 안 시기이기도 하다. 처음 라디오 글을 쓰면서는 방송을 듣고 공감이 되었다는 청취자들의 피드백도 심심치 않게 들었고, 새로운 코너를 가져가면 참신한 기획이라는 칭찬을 듣기도 했다. 가진 재주보다 과분한 칭찬을 받는 시간들이 이어지자 정말 내가 글 쓰는 재능을 타고 난 것이라는 착각에 빠졌다. 그러던 중, 평소 선망하던 방송국에서 텔레비전 경력 작가를 뽑는다는 소식을 들었다. 그 전까지 텔레비전 프로그램 대본을 써본 적이 없었기에 망설였지만 선배의 추천으로 바로 면접을 볼 기회를 얻었다. 내가 써 왔던 기획안과 대본들, 방송 비평문 등을 포트폴리오로 만들어 가져갔고, 그날 바로 다음 주부터 일하자는 제안을 받았다.

라디오 글을 쓰면서 들었던 좋은 평판만을 믿고 덥석 텔레비전 시사 프로그램의 메인작가를 맡았다. 그즈음 내가 만든 첫 라디오 다큐멘터리가 상을 받았던 터라 텔레비전이라고 뭐 다르겠냐는 건방진 생각도 들었다. 그렇게 나의 악몽 같은 텔레비전 진출기가 시작되었다. 같은 방송 글이라 해도 라디오와 텔레비전 원고의 차이는 크다. 텔레비전 방송을 만들기 위해서는 무엇보다 '영상'도 글처럼 읽고 쓸 줄 알아야 한다. 같은 주제로 다큐멘터리를 만들더라도 텔레비전에서는 화면으로 보여줄 거리가 필요하다는 얘기다.

영상을 글처럼 다루는 능력은 자료조사나 서브작가 단계를 거치면서 자연스럽게 기를 수 있다. 하지만 나는 그 수련의 시간을 거치지 않았으니, 촬영 구성안이나 편집 구성안을 쓰면서 헤맸던 것은 어찌 보면 너무나 당연한 결과였다. 함께 일하게 된 동료들도 당황하기는 마찬가지였다. "김 작가, 그래서 뭘 찍으라는 거야?, 이건 또 무슨 말이야?", 스태프 회의 때마다 "김 작가 구성안에는 글만 있고 그림이 없어" 같은 냉혹한 평가들이 이어졌다. 회의 때마다 나 역시, 묻고 싶은 것들이 많았지만 질문을 잘 못하면 "그것도 몰라?"라며 한심한 눈으로 쳐다볼까봐 입을 다물고 있어야 했다. 그런 날이면 하루 종일 속상한 마음을 꾹꾹 눌러 담았다가 퇴근길 아무도 없는 육교를 건너며 눈물을 펑펑 흘리곤 했다.

처음엔 회의 시간이 싫었다. 그게 누구든지, 내 글을 보여주는 순간들이 찾아오면 가슴이 벌렁거리기 시작했다. 결국 뭐든 쓰기 위해 노트북을 펼칠 때마다 속이 답답하고 머리가 아픈 지경까지 이르렀다. 정말 도망치고 싶었다. 이렇게 모든 사람들이 내 글이 아니라고 말한다면, 방송작가 일을 그만둬야 하나 스스로에게 의심을 품었다. 무엇보다 견디기 힘들었던 것은, 내가 가장 좋아하는 일이었던 글쓰기가 어느덧 나를 가장 힘들게 만들고 있다는 사실이었다. 좋아하는 일은 직업으로 삼으면 안 된다더니, 정말 그런가 보다 생각했다.

프로듀서가 편집한 영상에 맞춰 원고를 쓰면서 한계에 다다른 나를 느꼈다. 이 글을 끝으로 그만둬야겠다는 결심이 섰다. 그만두겠다고 생각하니 어떤 평가를 받아도 상관이 없을 것 같았다. 어차피 마지막이니 "원고가 왜 이래요?"라는 말을 들으면 "그렇죠. 그래서 이 일 안 하려고요"라고 말하면 그뿐이었다. 그런데 이상했다. 타인의 평가가 상관없다고 마음먹는 순간부터 원고의 빈 칸을 채우는 손길에 막힘이 없었다. 마지막 작품이라는 생각에 그 누구도 아닌, 스스로가 만족할 만한 글을 쓰자며 평소보다 몰입했다. 나 혼자만의 마지막 방송이 나간 후, 팀원들과 선배들에게 처음으로 "괜찮게 썼다"는 평을 들었다.

결국 방송국은 그만두지 않았다. 그만둘 수가 없었다. 막상 거기서 도망치려 하니, 이렇게 그만두면 앞으로 영영 글 쓰는 시간을 두려워할 것만 같았다. 결단을 내렸다. 먼 길이 되겠지만 다시 처음으로 돌아가기로 했다. 텔레비전 방송을 만드는 일이 처음인 내게 다큐멘터리는 당연히 벅찬 것이었다. 프로그램의 전체 틀을 짜고, 후배 작가들의 글을 조율하는 메인작가라는 자리도 생각보다 책임이 막중해서 부담감이 컸다. 방송국 측에 다른 프로그램의 서브작가부터 다시 시작하고 싶다는 제안을 했다. 주위 사람들은 몇 개월만 고생하다 보면 적응하게 될 거라며 말렸지만 매번 겁을 먹으며 글을 쓸 수는 없었다. 당시에는 그 방법만이 글쓰기의 두려움을 떨칠 수 있는 유일한 길처럼 보였다.

서브작가에서 메인작가로, 처음 맡았던 시사 다큐멘터리 팀으로 돌아오는 데 꼬박 3년이 걸렸다. 다시 맡게 된 프로그램에서 첫 아이템이 방송되던 날을 잊을 수 없다. 작가실에 혼자 남아 3년 전 썼던 원고와 지금의 원고를 나란히 펼쳐 놓고 비교하며 나의 선택이 옳았음을 확인했다. 그동안 영상에 대한 감각을 키웠고, 팀원과 글로 소통하는 과정에서 생기는 어려움을 차근히 풀어가는 방법도 배웠다.

표현하고 싶은 생각이 있고, 전하고 싶은 메시지가 있다면 우선 부담감을 버려보자. 그저 시간을 보낸다는 마음으로 놀이를 하듯이 글을 쓰면 된다. 그래도 두렵다면 아무도 보여주지 않겠다는 다짐을 하며 첫 문장을 열어보자. 한 편의 글을 쓴 후, 이대로 내 서랍 속에만 감춰두기 아깝다는 생각이 들고 한 명의 독자라도 글에 공감해 주면 좋겠다는 욕구가 생기면, 그때 세상에 내보이면 된다. 글에 대한 반응이나 타인의 의견은 감정이 아닌 이성이라는 필터에 한 번 걸러내도록 하자. 공격적이거나 비난의 말들은 흘려보내고 글에 대한 논리적 비판만을 모아서 새겨듣는 것이다. 타인의 말에서 감정을 담은 단어들을 덜어내고 나면 우리에게 상처를 주는 표현들은 생각보다 많지 않다.

아직도 글쓰기가 두려운 사람이 있다면 스스로에게 질문해 보는 건 어떨까. '글쓰기'가 아니라 '글을 세상에 내보내기'가 두려운 것은 아닌지, 두려움의 실체가 무엇인지. 그렇게 자문자답을 이어가다 보면 두려움을 극복할 수 있는 나만의 해답을 찾게 될 것이다.

_____

_____

_____

_____

_____

_____

_____

_____

_____

"자신이 쓴 글을 마치 낯선 사람의
작품을 읽듯 읽어나가면서
이 낯선 작가의 취향과 장점은
무엇인지 살펴보라."

_도러시아 브랜디 지음, 『작가 수업』 중에서

여름의 어느 날, 동네에 새로 생긴 공부 카페를 찾았다. 휴일이지만 무더위를 피해 에어컨 아래서 이런저런 공부를 하러 온 사람들로 빈자리가 없었다. 중고등학생부터 중년의 남녀까지 책이나 노트북을 펼치고 뭔가 열중하는 사람들의 연령대도 다양했다. 그중 공무원 시험 교재에 색깔 펜으로 줄을 그으며 책 속으로 파고 들어갈 듯한 한 대학생이 눈에 띄었다. 그를 보니 문득 나의 대학교 방학 시절이 떠올랐다. '나도 저렇게 꿈을 이루기 위해 몰두하던 시간이 있었지' 하면서.

대학 방송국에서 활동하면서 방송작가가 되고 싶다는 꿈이 생겼다. 2학년, 3학년을 거치며 다른 친구들은 전공 공부에 매진하거나 취업을 위한 영어 공부, 혹은 각종 고시 준비에 매달리기 시작했다. 학기 중에는 함께 시간표를 짜서 몰려다니며 수업을 듣던 단짝 친구들도 방학이 되면 뿔뿔이 흩어져 미래의 직업을 위해 시간을 투자했다.

그런 친구들을 보며 나는 점점 불안하고 의기소침해졌다. 방송작가가 되겠다는 목표는 있었지만, 어떻게 준비해야 하는지 알려주는 이가 없었다. 예전에는 방송작가라는 직업이 조금은 생소했고, 지금처럼 선배들의 친절한 안내가 담긴 책이 시중에 잘 있지도 않았다. 방송 글을 쓴다는 것이 내게는 신기루처럼 멀게 느껴졌다. 그런데도 집에서 텔레비전을 보고 있으면 나도 저런 작품을 만들고 싶다는 갈망은 더 커졌다. 이렇게 멍하니 있다가는 방송작가는커녕, 그 무엇도 될 수 없을 것이란 생각이 들었다.

3학년 여름 방학이 시작되자마자 매일 학교 도서관에 나가기 시작했다. 아침 일찍 도서관에 도착하면 간행물실부터 찾았다. 그곳에서 하루 종일 신문의 문화면이나 TV 혹은 영화 관련 잡지들을 읽었다. 기사 중 방송 프로그램 소개나 제작기, 연출가나 작가의 이야기가 나오면 무조건 스크랩을 해서 보고 또 보았다. 지나가다 우연히 나를 발견한 동기나 선후배들은 나의 공부 모습을 보고 의아해했다. 도서관에 와서 놀기만 한다며 대놓고 비웃던 친구도 있었다. 그들에게는 심심풀이로 읽던 기사들이 나에게는 방송작가 수험서이자 글쓰기를 위한 필수교재였다.

그러던 중 몇 년 전 신문에서 한 방송작가의 죽음을 알리는 뉴스를 찾았다. 잡지에서는 또 다른 작가가 그녀를 추모하여 쓴 글도 발견했다. 현재까지도 휴먼 다큐멘터리의 교과서로 불리는 MBC 「인간 시대」의 고故 박명성 작가였다. 「인간 시대」는 내가 중고등학생 시절 엄마와 함께 꼬박꼬박 챙겨보던 프로그램이었다. 주위에서 흔히 만날 수 있는 평범한 이웃들의 희로애락을 담아내어 때론 감동에, 때론 안타까움에 눈물짓게 했던 방송이었다.

특히 '수잔 브링크의 아리랑' 편을 보며 나와 엄마가 수건이 흠뻑 젖을 정도로 울었던 기억이 있다. 스웨덴 입양아 신유숙 씨를 통해 입양의 아픔을 그렸던 이 다큐멘터리는 나중에 영화로도 제작되었다. 평범한 이웃의 사연에서 특별한 가치를 발견했던 「인간 시대」는 10년 동안 거의 모든 내용을 박명성 작가가 집필했다고 한다. 훗날 선배들이 들려준 이야기에 따르면, 그녀는 작품이 완성되는 순간까지 마음에 드는 문장을 만들기 위해 원고를 고치고 또 고쳤다고 한다. 그날도 밤을 새우며 방송에 대한 고민을 계속했을 그녀는 자신의 집에서 갑자기 쓰러진 후 안타까운 죽음을 맞이했다고 전해진다.

방송작가가 되고 싶다고 외치기만 했지 왜 방송 글을 쓰려고 하는지 스스로 갈피를 잡지 못했던 나는, 고故 박명성 작가가 남긴 인터뷰 기사에서 꿈에 대한 실마리를 찾았다. 기자가 그녀에게 내레이션을 쓰는 데 세세한 정성을 쏟아붓는 이유를 묻자 다음과 같이 답했다.

> "가장 큰 보람이며 한 달에 서너 편 집필해야 하는 고역을 기꺼이 감수
> 하게 되는 것도 저를 포함한 모든 시청자가 「인간 시대」를 보고 한층 우
> 리네 삶을 이해해줄 수 있기 때문이죠." (중략)
> "과대 포장에 의한 상투적이고 자극적인 묘사는 오히려 식상하기 쉽고
> 공감도 불러일으키지 못한다."
> _채규진 기자, 「M-TV 「인간 시대」 방송작가 박명성 씨」, 『중앙일보』, 1991.4.4.

글쓰기는 자신의 글솜씨를 자랑하는 장이 아니며 그렇다고 작
품 주인공을 과하게 꾸미거나 허황되게 묘사해서도 안 된다고 그녀는
말하고 있었다. '소박하고 담백하지만 진실된 글을 쓰라.' 얼굴 한 번 마
주한 적 없지만, 나보다 그 길을 먼저 걸어본 선배가 다독이며 들려주
는 이야기 같았다. 그때 만난 문장은 지금까지 가슴에 남아 새 글을 구
상하거나 완성한 글을 재단하는 과정에서 나만의 기준이 되고 있다.

선배의 말이 작가를 꿈꾸던 내게 좋은 글에 대한 가치관을 심어
줬다면, 방송작가가 된 후에는 두 권의 책이 글쓰기 태도를 다잡아 주었
다. 첫 번째 책은 글을 쓰는 사람들에게 워낙 유명해서 수식어가 따로
필요 없는 스티븐 킹Stephen King의 『유혹하는 글쓰기』이다. 500여 편의
소설을 남기며 최고의 작가로 불리는 저자는 대중을 사로잡는 글을 어
떻게 써야 하는지 유쾌한 일화를 곁들여 비법을 들려준다. 성공한 작가
의 글쓰기 철학과 그의 성장 과정을 만날 수 있다는 것이 매력적이다.
작가를 꿈꾸는 이들에게 이 책이 왜 필독서가 되었는지 책을 몇 장 넘기
다 보면 쉽게 이해할 수 있다.

"글을 쓸 때는 문을 닫을 것, 글을 고칠 때는 문을 열어둘 것. 다시 말해서 처음에는 나 자신만을 위한 글이지만 곧 바깥세상으로 나가게 된다는 뜻이었다."

_스티븐 킹 지음, 김진준 옮김, 『유혹하는 글쓰기』, 김영사.

방송작가가 공들여 준비한 방송이 전파를 타고 나면 그때부터는 여유롭게 휴식을 취할 것 같지만 사실 그렇지 못하다. 가령 맛집이나 건강 정보를 전하는 교양 프로그램 작가들은 사무실 전화기 앞을 떠날 수가 없다. 요즘은 인터넷 이용자가 늘어 프로그램 게시판을 통해 관련 정보나 전화번호를 검색하는 사람들이 늘었지만, 여전히 직접 제작팀에게 전화를 걸어 문의하는 분들도 적지 않기 때문이다. 더불어 방송 후 맞춤법이나 호칭을 잘못 사용했다고 충고와 질책을 보내는 시청자의 전화도 받아야 한다.

초보 방송작가였을 때 이 전화들을 응대하는 것이 참 곤욕스러웠다. 내가 만든 작품을 봐주었다는 고마움보다는 'TV를 왜 이리 꼼꼼히 보는 걸까', '그런가 보다 하고 지나치면 될 것을 굳이 전화하는 이유는 뭘까'라는 생각이 들 정도였다. 그즈음 『유혹하는 글쓰기』에서 앞서 소개한 구절을 만났다. 학생이던 스티븐 킹이 주간 신문의 편집장에게 처음 쓴 기사를 보여준 후 들은 말이었다. 풀이하면, 자기가 할 이야기의 내용을 최대한 올바르게 쓰고 그 후에는 글에 대한 어떤 반응이나 비판은 모두 독자의 몫이므로 작가는 그 평가를 막지 말고 받아들여야 한다는 뜻이다.

방송도 다르지 않다. 완성하기 전에는 제작진의 창작물이지만, TV나 라디오를 통해 나오는 순간부터는 모두가 공유하는 작품이 된다.

글을 쓰는 동안에는 문을 닫고 몰입하여 최선을 다해야겠지만 글이 세상에 공개된 후에는 칭찬이든, 비판이든 마음의 문을 열어 수용해야 한다. 시청자의 관심과 조언이 없는 프로그램은 그만큼 세상으로 널리 퍼지지 못한 작품일 테니까 말이다.

"소설의 목표는 정확한 문법이 아니라 독자를 따뜻이 맞이하여 이야기를 들려주는 것, 그리고 가능하다면 자기가 소설을 읽고 있다는 사실조차 잊게 만드는 것이다. 한 문장으로 이루어진 문단은 글보다 말에더 가까운 것이고 그것은 좋은 일이다. 글쓰기는 유혹이다. 좋은 말솜씨도 역시 유혹의 일부분이다."
_스티븐 킹 지음, 김진준 옮김, 『유혹하는 글쓰기』, 김영사.

수첩 맨 앞장에 이 글귀를 옮겨 놓고 수첩을 펼칠 때마다 곱씹어보기도 했다. 방송을 보는 이들이 시간 가는 줄 모르고 내가 만든 이야기 속으로 빠져드는 모습은 상상만 해도 근사한 일이었다. 방송 작가들은 시청자를 유혹하고 감동까지 주고 싶다는 욕심 때문에 고단함이 밀려와도 키보드에서 손을 놓지 못하는 것이 아닐까.

그렇게 평생 떠날 수 없을 것만 같았던 방송국에서 멀어져야 하는 순간이 내게도 찾아왔다. 공부를 더 하고 싶어 진학한 대학원 생활과 방송 일을 병행하기가 쉽지 않았다. 나란 사람은 한꺼번에 여러 가지 일을 척척 해내는 체력과 집중력을 갖지 못했다. 둘 중 하나를 포기해야 했다. 선택의 기준은 지금이 아니면 영영 못 할 것 같은 일이었다. 결국 대학원 과정에 몰입하기로 하고 잠시 방송 일을 쉬어가기로 했다.

물론 공부를 하는 내내 마음이 편치 않았다. 대학원에 가자 아무도 나를 '김 작가'로 불러주지 않았다. 연구를 하며 쓰는 논문은 방송과는 형식과 내용에서 큰 차이가 있어 어려움을 겪었다. 어떤 글이든 보통 이상은 쓸 것이라고 생각했다가 교수님과 선배들에게 매번 쓴소리를 듣자 자신감이 떨어졌다. 한동안 방송 글도 쓰지 못해 작가라는 정체성도 위태롭게 느껴졌다. 그때 『작가 수업』이란 책을 만났다.

1934년에 나왔다가 절판된 후, 1980년에 재출간된 도러시아 브랜디Dorothea Brande의 『작가 수업』은 작가들이 현실에서 고민하는 문제들을 세심히 다루고 있다. 우리나라에는 2010년이 되어서야 번역본을 만날 수 있었는데, 시대가 변했음에도 작가들이 고민하는 근본 문제들은 달라지지 않았다는 점을 이 책을 통해 알았다. 글쓰기를 시작하는 초보자나 나처럼 작가로서 침체기를 맞이한 사람, 또는 글쓰기를 가르치는 교사들에게 『작가 수업』은 다양한 비법을 제시한다. 특히 자신의 취향이나 장점을 찾는 노력을 하라는 이야기는 글을 쓰는 사람이라면 누구든 새겨들을 만하다.

> "자신이 쓴 글을 마치 낯선 사람의 작품을 읽듯 읽어나가면서 이 낯선 작가의 취향과 장점은 무엇인지 살펴보라. 자신의 작품에 대한 선입견은 모두 한쪽으로 치워두라. 지금까지 붙들고 있었던 야망이나 희망이나 두려움이 있다면 모두 잊고 이 낯선 작가가 조언을 청해온다면 그에게 가장 잘 맞는 분야는 무엇이라고 말해줄지 생각해보라. 그동안 써둔 글에서 발견되는 반복, 거듭 나타나는 생각, 자주 나오는 산문 형식이 실마리를 제시해줄 것이다. 그런 요소들은 그대의 타고난 재능이 어디에 있는지 알려줄 것이다."
>
> _도러시아 브랜디 지음, 강미경 옮김, 『작가 수업』, 공존.

이 책의 제안에 따라, 내가 쓴 글을 다시 읽고 객관적인 시선으로 장단점을 찾기 시작했다. 나는 다른 사람들을 인터뷰하거나 기승전결과 같이 구조화된 이야기를 쓰고 분석하는 것에 자신이 있었다. 그래서 논문을 쓸 때도 연구대상자를 인터뷰하거나 작품의 이야기 구조를 분석하는 방법론을 택해 글을 썼다. 다행히 나의 재능을 파악하고 나서는 논문을 쓸 때 더 이상 막막하지 않았고 오히려 논리적으로 나의 주장을 증명하는 논문 쓰기도 꽤 재미있다고 느꼈다. 『작가 수업』의 문장들이 나에게 가르쳐주었다. 논문을 쓰고, 소설을 완성하고, 방송을 만드는 일이 모두 누군가를 설득하는 일이므로 결국에는 하나의 길로 통하기 마련이라는 사실을.

> "모든 글은 조리법이나 공식처럼 단지 정보 자체의 전달에만 그치는 게 아니라는 점에서 '설득력을 무기로 삼는 논문'이라고 할 수 있다. 작가는 독자의 관심을 붙잡아두면서 독자가 작가의 눈으로 세상을 바라보도록, 작가가 이끄는 대로 이 대목에서는 감동을 받고, 저 상황에서는 슬퍼하고, 또 다른 상황에서는 마음 놓고 실컷 웃도록 유도한다. 그런 점에서 모든 소설은 설득력을 지닌다. 종류 여하를 막론하고 무릇 지어낸 이야기의 근저에는 작가의 확신이 자리한다."
>
> _도러시아 브랜디 지음, 강미경 옮김, 『작가 수업』, 공존.

부족한 나의 글 앞에서 고민하고 흔들릴 때마다 힘을 주던 문장들이다. 글을 쓰는 일이 여전히 두렵고, 매일 글과 함께하는 작가의 삶을 살 수 있을지 스스로 의심이 들 때마다 다음의 글들을 곁에 두고 주문처럼 외웠다. 마음속으로 몇 번씩 읽다 보면 어느새 다시 펜을 들 용기를, 키보드 앞에 앉을 용기를 주던 위로의 문장들. 내가 글쓰기를 멈추지 않고 계속할 수 있었던 것은 이들 덕분이라 해도 과언이 아니다.

> "우리에게 필요한 것은 타고난 재능을 더 늘리는 것이 아니라 활용하는 법을 배우는 것이다."
> _도러시아 브랜디 지음, 강미경 옮김, 『작가 수업』, 공존.

> "궁극적으로 글쓰기란 작품을 읽는 이들의 삶을 풍요롭게 하고 아울러 작가 자신의 삶도 풍요롭게 해준다. 글쓰기의 목적은 살아남고 이겨내고 일어서는 것이다. 행복해지는 것이다."
> _스티븐 킹 지음, 김진준 옮김, 『유혹하는 글쓰기』, 김영사.

_____

_____

_____

_____

_____

_____

_____

_____

경험에 앞서 사람들을
이해하겠다는 마음가짐이 없다면
성과는 없을지 모른다.

방송작가로 일하면서 남들에게는 차마 꺼내기 부끄러운 경험이 몇 차례 있었다. 10여 년 전, 부산에 다문화가정 자녀들을 위한 대안학교가 문을 연다는 소식을 듣고 우리 팀은 이 학교에 자녀를 보낼 다문화가정들을 취재하기로 했다. 그렇게 학교 측에서 추천해준 가정들 중에 네팔에서 왔다는 두루가 씨 가족이 있었다.

처음 두루가 씨의 집을 방문했을 때, 집에는 그녀와 아이들만 있었다. 방 안에 걸어둔 가족사진을 보니, 두루가 씨와 남편은 한 눈에 봐도 10살 이상 차이가 나 보였다. 사진을 보며 '이 부부도 국제결혼 중개업체를 통해 결혼을 했구나' 하고 지레짐작했다. 다문화가정을 취재할 때, 어떻게 만나서 결혼을 하게 됐느냐는 질문이 오히려 그들의 자존심을 건드리는 것 같아, 첫 만남에 대한 질문을 의식적으로 피했다. 다문화가정은 경제적, 문화적으로 어려움이 많을 것이라고 넘겨짚고 무거운 질문들만 늘어놨다.

그때였다. 내 질문에 묵묵히 답을 하던 두루가 씨가 갑자기 환한 웃음을 지으며 내게 물어왔다.

"근데, 몇 살이세요?"

"저요? 서른 살요."

"어머, 그럼 나보다 언니네! 언니라고 불러도 되죠? 근데 방송 만들려면 원래 이런 질문만 해야 돼요?"

"네? 왜요? 받고 싶은 질문이라도 있어요?"

"아니, 우리 가족을 촬영하려면요, 가족 소개도 하고, 우리 부부가 어떻게 만났는지 연애 시절 이야기도 하고, 시어머니랑 나랑 친해진 과정도 얘기하고… 그래야 되는 거 아니에요?"

순간 번쩍했다. 나는 앞에 앉은 두루가 씨에게 질문을 한 것이 아니라 내 상상 속에 있는, 타지에서 힘겨워하는 결혼이민 여성에게 질문을 던지고 있었다. 그러고 보니 취재를 시작한 지 한 시간 동안 그녀와 눈도 제대로 맞추지 않았다는 걸 깨달았다. 두루가 씨의 날카로운 지적을 받은 후, 나는 취재수첩을 덮어두고 마주앉아 이런저런 이야기를 나누었다. 환한 미소와 경쾌한 목소리로 쉴 새 없이 얘기하는 두루가 씨는 마치 내가 오래전부터 알고 있던 씩씩한 동네 여동생 같았다.

스물아홉 살의 그녀는 네팔에서 왔다. 한국에 있는 남편과 사진을 주고받으며 정을 쌓았다는 두루가 씨. 이후 남편을 사랑하게 됐고 결혼을 결심했지만 엄했던 친정아버지는 귀한 딸의 한국행을 허락하지 않았다. 결국, 두루가 씨는 가족들 몰래 사랑을 찾아 한국행을 결심했고, 세월은 어느덧 10년이 흘러 지금은 아홉 살이 된 아들과 여덟 살의 딸을 둔 한국 아줌마가 됐다. 누구보다 유쾌한 성격 때문에 한국말이 빨리 늘고 문화에 빨리 적응했다. 이제 동네에서는 명물로 통하며 주위 사람들에게 감초 같은 존재가 됐다.

그날 이후 두루가 씨와의 인연은 계속됐다. 그녀는 대안학교 학부모 모임에도 적극적으로 참여했고, 다른 엄마들까지 모아서 한국어 배우기를 주도했다. 웃음과 애교가 넘치는 두루가 씨는 어디서든 밝은 기운을 만드는 미소천사였다. 그런 그녀가 카메라를 향해 단 한 번, 눈물을 보인 적이 있었다. 어느 날, 아들 진호가 친구들과 놀다가 와서는 이불을 뒤집어쓰고 울었다고 했다. 아들을 달래 이유를 들을 수 있었다.

"아이들끼리 말과 당나귀, 노새가 뭐가 다른지 얘기하고 있었대요. 근데 갑자기 한 친구가 우리 진호 보고 '말하고 당나귀하고 섞여서 노새가 태어나니까, 너도 노새네' 하며 놀렸다는 거예요. 한 친구가 그러니까, 다른 친구들도 '니네 엄마는 맨발로 다니는 후진국에서 왔다며?' 하고 계속 놀리더래요. 저 때문에 아이가 상처받는 것 같아서 너무 속상해요."

하지만 이런 얘기를 들었다고 우울해하고 있을 두루가 씨가 아니었다. 그녀는 아들과 딸을 앉혀놓고 엄마가 한국인이 아니라고 부끄러워할 필요가 없다고, 아직 친구들이 잘 몰라서 그런 것이니 다음엔 너희들이 알려주면 된다고 또박또박 설명했다. 역시 씩씩한 두루가 씨였다.

이민자나 이방인에 대한 편견 때문에 당혹감을 느꼈을 두루가 씨의 심정을 이해할 수 있는 사건이 내게도 일어났다. 남편과 함께 프랑스 파리를 여행할 때의 일이다. 평소 운동복에 관심이 많은 남편과 나는 파리 중심가에 있는 유명 스포츠 브랜드 매장에 들렀다. 한국에서 흔히 찾아볼 수 없는 제품들도 팔고 있어서 둘 다 즐거워하며 가게 안을 활보했다. 그러다 알 수 없는 부담감과 압박을 느끼기 시작했다. 덩치가 크고 인상이 무서운 보디가드들이 곳곳에 서 있었는데, 대부분 우리 부부를 매섭게 노려보고 있었다. 그때, 한 남성이 다가오더니 남편에게 불어로 말을 걸었다. 제대로 알아들을 수 없었고 그의 말투가 어찌나 위협적인지 심장이 뛰기 시작했다. 놀란 가슴을 진정시키며 더듬더듬 영어로 무슨 일이냐고 물었지만 그는 다른 동료를 한 명 더 부르더니 다짜고짜 남편의 몸을 수색했다. 어찌나 당황하고 화가 났던지, 영어로 항변했지만 나조차 무슨 말을 내뱉고 있는지 알 수 없었다. 우린 영어로 항의하고 그들은 불어로 대응하며 고성이 몇 번 오갔고, 대충 파악한 진상은 이랬다. 최근 매장에 아시아인들이 다녀가고 나면 꼭 물건들이 없어져서 보안을 강화했다는 것이다. 불쾌한 마음을 감출 수 없었지만 언어가 통하지 않아 억울함을 뒤로 하고 매장을 나서야 했다. 말로만 듣던 인종차별이 얼마나 폭력적인 행위인지 그제야 체감할 수 있었다.

글을 쓰거나 다양한 콘텐츠를 만드는 작가들도 의도하지 않게 작품 속에서 많은 대상들을 부정적으로 정형화하여 그리고 있다. 드라마는 남성 노인을 현명하고 지혜로운 인물로 그리는 반면, 여성 노인은 대체로 이기적이거나 무식하게 묘사한다. 청소년들, 특히 '중2'는 감정에 휘둘리기 쉽고 어른들에게 반항적이라며 아무렇지 않게 그들을 하나의 이미지로 덧씌운다. 결혼을 통해 이주한 여성들은 한국 전통문화를 반드시 배워야 하고, 가족에게 희생해야 한다는 가치관을 강요한다. 여러 작가들이 작품의 주제로 평등과 인권을 중요하게 내세우고 있지만 다른 문화나 타인에 대해 제대로 이해하고 존중해 주려는 노력은 여전히 많이 아쉽다.

글을 쓰기 위해서는 경험을 많이 해야 한다고 말한다. 나 역시 방송 일을 처음 시작했을 때 이와 같은 조언을 수없이 들었다. "직접 만나 보고, 진짜 해 봐야 작가가 자세히 쓸 수 있지"라고들 했다. 다양한 일들을 실제로 해 보거나 겪어 보면 그만큼 깨닫게 되는 바가 크다. 그래서 많은 글쓰기 도서들이 새로운 환경과 일, 사람들을 힘닿는 대로 경험해보라고 조언한다. 그러나 직접 경험해 본다고 무조건 생생한 글쓰기가 가능한 것일까. 그렇지 않다. 뭐든 경험하는 데는 시간과 돈, 그리고 공이 든다. 비효율적이기도 하고, 경험에 앞서 그 환경이나 사람들을 이해하겠다는 마음가짐이 없다면 성과는 없을지 모른다. 직장 내 성차별에 대한 글을 쓰기 위해 당장 한 회사에 취업해 현실을 체험하는 것도 좋겠지만, 관련 통계들을 가만히 들여다보며 통찰력을 발휘하여 숨은 의미를 찾아내거나 자신이 그 상황에 처했다는 가정 아래, 글 속 대상의 상황과 감정을 진심으로 공감해 보려는 시도를 통해서도 진정성 있는 글을 쓸 수 있다.

글쓰기에서 필요한 직접 경험이란, 물리적 경험이 아니라 심리적 경험이 아닐까 생각한다. 글 쓸 대상에 감정이나 정신을 이입해 본다면, "이 사람은 이럴 거야"라고 쉽게 단정 짓지 못하게 된다. 대상을 보다 깊이 알고 싶다는 욕구가 생기고, 작품 속에서 어쩔 수 없이 약자나 악인 등 부정적 인물로 표현하더라도 왜 그런 특성을 가지게 됐는지 독자나 시청자들이 충분히 이해할 수 있도록 서술할 것이다.

두루가 씨를 처음 만난 지 십 년이 흘렀다. 그녀와의 만남은 짧았지만 내 인생에 미친 영향은 참으로 크다. 이후 방송을 제작하면서 그동안 외면했던 사회적 약자나 소수자 문제에 더 관심을 가지게 되었고, 하나의 이슈에 대해 여러 가지 시각이 있을 수 있음을 인정하게 되었다. 방송 일을 그만두고 공부를 시작하면서는 결혼이민 여성들이나 노년의 삶, 그리고 질병 등이 미디어에서 어떻게 재현되는지에 대한 논문을 썼다. 색안경을 벗으니 타인의 고민을 나의 고민으로 받아들일 수 있었고, 생각하고 질문하게 됐다. 그러니 편견이나 선입관이라는 허물은 그 누구도 아닌, 자기 자신을 위해 당장 벗어던져 버려야 하지 않을까.

DAY 5 '지레짐작하면 글이 산으로 간다'의 예시인 다문화가정 자녀들을 취재한 다큐멘터리 대본이다. 사회적 약자나 소수자 문제에 시청자들이 조금 더 관심을 기울였으면 하는 의도로 기획한 프로그램이다. 다문화가정을 있는 그대로 보여주는 이 대본을 통해 정형화되지 않고 편견 없는 관점의 글쓰기를 지향한다.

방송 대본 특성상 실제 방송 제작진이 소통하는 용어를 썼다.

방송 글에서 큐시트, 구성안, 내레이션 원고 또는 대본은 다른 형식으로 구분된다. 책에 실은 것은 '대본' 또는 '내레이션 원고'라고 소개하는 것이 맞다.

용어의 뜻

슬래시 원고에서 앞뒤 멘트나 대사, 현장음을 구분하기 위해 약식으로 쓰는 것. 방송작가의 취향에 따라 사용하기도, 사용하지 않기도 함.

타임 체크sec 해당 장면이 나오는 시간. 이 시간 동안 영상을 채울 내레이션이나 화면 효과를 추가. ex. # 밤길, 아이들 달리는 8: 8초 동안 밤길에 아이들이 달리는 장면이 이어진다는 뜻.

이탤릭/볼드Bold 표시 PD나 성우, 오디오 스태프 등 제작진에게 전하는 요청사항. ex. (1초 보고~): 영상을 1초 정도 가만히 보다가 내레이션을 시작하라는 뜻.

F.S. Full Shot, 인물이나 배경 전체가 나오도록 설정된 화면.

Slow. 슬로 모션 효과를 이용하여 인물의 동작을 느리게 만든 화면.

BG. Background의 약자. 화면과 함께 등장하는 배경음악.

TITLE IN. 프로그램의 타이틀 자막이 화면 안으로 들어오는 효과.

INT. Interview의 약자, 출연자와의 면담으로 담긴 인터뷰.

EFF. Effect의 약자, 촬영 당시 영상에 녹음된 현장음.

아시아공동체학교, 희망의 문을 열다

# 밤길, 아이들 달리는 8 　(타임 체크sec*)	어두운 밤, 도로 위를 달리는 아이들! 2시간을 쉬지 않고 가야 목표 지점에 도착할 수 있다.
# 교관 얘기하는 EFF.*	/*"자, 왼쪽으로 붙고!"/
# 지친 표정의 아이 6	아이들은 지친 기색이 역력하지만 걸음을 멈추지 않는다.
# 학생과 선생님 걸어가며 EFF.	/"힘들어요." "나는 이거 열 번 하라고 해도 하겠다, 오늘." "그게 아니라, 빛이 없어서 앞이 　안 보인다고요."/
# 멀리 걸어가는 아이들 5	이들은 아시아공동체학교 학생들!
# 교관 얘기하는 EFF.	/"힘듭니까?" "아니요!" "힘듭니까?" "아니요" "힘든 사람은 앞으로!" "안 힘듭니다."/
# 오리걸음으로 걷는 7	힘든 길이었지만 끝까지 해낼 수 있다는 자신감을 얻었다.

이철호 교장 선생님 INT.*

"일종의 극기훈련인 것 같은데, 이것을 생각하면서 학교생활이 힘들 때마다 잘
 견뎌내 줬으면 좋겠습니다."

# 걸어가는 아이들 (Slow.*) 11	*(BG.*흐르고~)* *(1초 보다가~)* 다문화가정 자녀들을 위해 세워진 아시아공동체학교! 이곳에서 아이들은 세상과 만나는 법을 배운다.
# 영어 공부하는 (Slow.) 11	한국인이지만, '코시안'이라 불리며 편견의 시선을 받아온 아이들! 그러나 아시아공동체학교에서, 이들은 희망의 증거가 되고 있다.
# 선호, 장구 치면 TITLE IN.*	'아시아공동체학교, 희망의 문을 열다!'

열정, 학교를 세우다

# 건물 F.S.* 3	*(그냥 보고…)* 부산의 한 폐공장.
# 용달차 들어오는 10	수출 의류를 생산하던 공장이었지만 지금은 아시아공동체학교의 보금자리로 새 단장이 한창이다.

줄 푸는   /"어디 놓을까? 저기로 놓을까?/

짐 옮기는 23   학교 물품을 옮기느라 이른 아침부터
                                             분주한 이들은, 학교를 설립하기 위해
                                             모인 추진 위원들이다.

가구 들고 가는   교수와 목사, 화물차 운전기사까지
                                             직업은 다양하지만…
                                             이들은 외국인노동자와 다문화가정
                                             자녀를 위해 대안공간이 필요하다는 데
                                             뜻을 같이해 모이게 됐다.

박효석 선생님 INT.

"처음에는 공부방이었어요. 공부방을 추진하게 됐는데, 차라리 공부방보다는 학교
  형식을 빌려서 하자는 선배 말을 듣고, 그렇다면 차라리 학교가 더 낫지 않겠나
  해서 추진을 하게 됐어요."

(중략)

학교 F.S 6   (2초, 보다가~)
                                             아시아공동체학교에
                                             처음으로 전학생이 왔다.

제니 소개하는 EFF.   /"러시아 말로 만나서 반갑다고 인사하겠단다.
                                             자, 인사 한 번 들어보자!"
                                             "비아따 빡나꼬미트…"/

# 다른 학생 앞으로 나오고 8	러시아에서 살다 온 제니! 학교가 낯설게 느껴질 제니를 위해 학생들은 환영의 글을 준비했다.
# 맞이하는 글 읽는 EFF.	"제니 언니의 입학을 환영합니다! 비록, 태어난 곳은 다르지만 우리는 언제나 함께할 사람들입니다. 공부할 때나 놀 때 말이 통하지 않아서 힘들겠지만, 우리 모두 한마음으로 통일해서 눈빛, 표정만으로도 서로의 마음을 알 수 있는, 그런 좋은 친구가 됩시다."
# 진호 문제 푸는 11	수업시간에도 작은 변화들이 생기기 시작했다. 예전엔 쉬운 질문에도 틀릴까 두려워 서로 대답을 미뤘지만 이제는 자신의 목소리를 낼 수 있게 됐다.
# 하늘에서 공원으로! 6	(2초 보다가~) 아시아공동체학교의 가을 소풍날!
# 둥글게 앉아있는 5	소풍 역시, 온 가족이 함께 참가했다.
# 도시락 꺼내고 13	점심시간이 되자, 엄마들의 솜씨 자랑이 펼쳐졌다. 그중에서도 가장 인기 있는 도시락은 러시아 엄마, 몰가 씨의 김밥!

# 몰가에게 김밥 받고 EFF.	/"어머, 정말 예쁘다. 이거 어떻게 만들었어요?" "솜씨가 끝내준다. 완전 예술이다, 예술! 이거 메추리 알 아니에요?"/
# 몰가, 설명하는 3	도시락에도 아시아 각국의 개성이 묻어난다.
# 아이들, 줄넘기하는 8	(BG 흐르고~) 한국 땅에서 살며, 한국의 놀이를 즐기는 우리의 아이들!
# 맨발로 줄 넘는 선호 10	이들이 편견의 선을 넘어, 사회에서 당당히 꿈을 펼칠 그 날까지 아시아공동체학교가 지금처럼 힘이 되어 줄 것이다.

진호 엄마 INT.

"안 아프고 밝게 자랐으면 좋겠어요. 그리고 사회에 꼭 도움이 되는 아이, 봉사 같은 것도 하고 남을 돕고… 어른을 배려할 줄 알고 다 그런 거죠."

이철호 선생님 INT.

"여러 사람들이 자신에게 도움을 줬다고 해서 사회에 책임을 느끼는 것이 아니라, 사회의 한 일원으로서 자기가 배웠던 것을 사회에 많이 베풀면서 사회에 책임을 질 수 있는 그런 구성원으로 자라났으면 좋겠습니다.

아울러 이 학생들이 학교에 다니고 졸업할 때쯤에는 민족적, 인종적 편견이 없는
그런 사회가 아울러 되었으면 하고 바랍니다."

에필로그   *(BG 흐르고~)*

- 진호 엄마, 철민 엄마 14   이미 우리의 이웃이 된 다문화 가정들!
                                        이들은 한국인으로 태어난 아이들을,
                                        한국인으로 키우는 것이
                                        왜 어려운 일인지 되묻고 있다.

- 선호 보이는 15   그리고 '코시안'이라 불리는 아이들이,
                                         '자랑스러운 코리안'으로 불릴 그날이
                                         멀지 않았다고 말한다.

                                         그날을 향해 아시아공동체학교,
                                         그 희망의 문은 언제나
                                         열려 있을 것이다.

- 장구채 들고 장난치는 6

방송국 편집실에 보관한 촬영 테이프들. 60분 다큐멘터리를 위해 수십 배 분량을 촬영한다.

끊임없이 질문을 던지고, 더 나은 정보를
선별하고, 현상 뒤에 숨어 있는 의미를
찾아내는 능력은 초보뿐 아니라 글을 쓰는
모두에게 필요한 기초 체력이다.

나는 운이 좋은 구성작가였다. 20여 년 전, 방송계에는 작가 수가 그리 많지 않아 방송국에 들어오면 곧바로 작가로 입봉할 수 있었다. 라디오작가로 일을 시작한 나 역시, 방금 내가 쓴 글이 라디오를 통해 흘러나오는 경험을 남들보다 일찍 할 수 있었다.

지금은 상황이 달라졌다. '내 글'을 써서 방송으로 내보낼 기회를 가지는 데 상당한 시간이 필요하다. 방송 현장에서는 프로그램 전체를 집필하는 메인작가, 한 코너를 맡는 서브작가, 작가를 돕는 자료조사원 등으로 작가가 세분화되었고 단계별로 수련해야 할 시간이 길어졌다. 방송사나 프로그램 종류에 따라 자료조사원과 '막내'작가가 둘 다 있기도 하고 하나만 있기도 하다. 예능 프로그램에서는 막내작가를, 교양 프로그램에서는 주로 자료조사원을 둔다. 직접적인 섭외나 집필에 짧게라도 참여하면 '작가' 타이틀로 부르기도 한다.

주변에서 글 좀 쓴다는 소리를 듣고 방송계에 입문하지만 자신의 문장 한 줄 쓸 수 없는 상황에 실망하고 그만두는 후배들이 많다. 노트북을 펼치고 타자 소리를 내면서 글을 쓰는 작가의 면모를 보여주기보다는 온종일 기사를 검색하고, 섭외 전화를 돌리고, 촬영본을 기록하는 이른바 방송 만들기의 밑작업을 도맡아 해야 하기 때문이다. 자료조사원 혹은 막내작가로 불리는 고된 시간을 짧게는 6개월 길게는 2년 정도 보내고 나서야 방송 말미에 스치듯 지나가는 '구성: ○○○'이란 자막을 새길 수 있다. 일을 시작하고 잡무를 처리하며 정신없이 시간을 보내다 퍼뜩 정신을 차리고 보면 글을 써본 게 언제였나 싶고, 이 일이 적성에 맞긴 한지 자신할 수 없어 방송계를 떠나고 싶어진다.

보통 이 위기의 순간은 주기가 있는데 주로 6개월 단위로 찾아온다. 아마 방송국 시계가 봄 개편과 가을 개편에 따라 움직이다 보니,

프로그램의 존폐를 결정짓고 옆 동료가 먼저 입봉하는 순간을 지켜봐야 할 시기마다 위기감을 느끼게 되는 것이리라. 그래서 방송계에서는 "6개월만 버텨라"라는 말이 있다. 6개월마다 찾아오는 고비를 잘 넘겨, 막내이지만 '작가'로 불릴 기회를 주고자 함이다. 자신의 꼭지 하나를 맡으면 짧은 분량이지만 나의 기획, 나의 원고가 방송을 매개로 세상에 나간다는 뿌듯함으로 버틸 수 있다.

많은 후배를 만나면서 깨달은 바가 있다. 좋은 방송작가의 재목은 자료조사 작업부터 남다르다. 재빨리 정보를 찾고 선배들이 시키는 일만 충실히 하면 되는 자리니 업무를 맡기면 뭐 그리 큰 실력 차이가 있을까 싶지만 이들에게도 '한 끗 차이'가 존재한다.

자료조사원에게 주어지는 임무는 크게 세 가지다. 첫 번째, 아이디어 회의에 참가해야 한다. 매주 혹은 매일 방송되는 프로그램의 경우, 아이템이나 출연자를 선정하는 아이디어 회의는 프로그램 성패를 결정짓는 과정이다. 시청자가 흥미나 호기심을 가질 만한 주제가 무엇인지를 놓고 제작진 간 설전이 오가는 시간이기도 하다. 이 중요한 시간에 까마득한 후배들에게 발언의 기회가 돌아갈까 하겠지만, 사실 자료조사원이 가능성을 인정받을 절호의 순간이 이때다. 직접 아이디어를 내는 것도 필요하고, 후배들은 무엇보다 선배 작가나 PD들이 의견을 낼 때 망설임 없이 질문을 던지거나 딴죽을 걸어야 한다. 베테랑인 선배들은 이미 방송을 보는 시각이 구조화되어 있어 자칫하면 실패가 적거나 성공을 보장하는 안전한 아이디어를 떠올리기가 쉽다. 이때 도발적인 질문과 의견을 내놓는 역할을 신입 스태프들이 해야 한다. 그들은 시청자의 입장에 가까우면서 신선하고 창의적인 시각을 가진 예비 인재들이기 때문이다.

'잘되는' 프로그램을 보면 아이디어 회의 분위기부터 다르다. 후배들은 "왜요?"라는 질문으로 끊임없이 선배들을 도발하고, 날카롭게 반대 의견을 던진다. 선배들은 그런 후배들을 나무라기보다 경청하고 격려한다. 그 과정에서 제대로 된 프로그램의 틀이 갖춰진다. 방송이 얼마나 신선한 시각을 제공하는지는 후배들의 입에 달렸다.

두 번째, 아이템이 정해지면 자료조사원은 다음 작업인 정보검색에 들어간다. 주제에 관해 유용한 모든 정보를 모은다는 자세로 정보를 수집하고 분류한다. 떡잎부터 다른 자료조사원은 사진 한 장도 허투루 선택하지 않고, 통계치 하나를 찾을 때도 출처를 꼼꼼히 기록한다. 방송을 보면 종종 잘못된 사진을 쓰거나 편파적인 통계를 사용해서 비난 받는 프로그램들이 있다. 아마 자료조사원이 실수를 했고, 그 실수를 메인작가나 PD들이 미처 확인하지 못해서일 것이다.

세 번째, 오랜 밤을 모니터 앞에 앉아있어야 한다. 제작진이 촬영해 온 영상 중에서 쓸 만한 화면들을 골라내는 작업, 일명 '서치Search'를 해야 하기 때문이다. 아이템을 정하고 정보 수집까지 마쳐 본격적으로 촬영에 들어가면, 자료조사원의 업무는 더 많아진다. 매일 촬영해 온 영상들이 산처럼 쌓이기 전에 어떤 장면들이 찍혔고, 어떤 인터뷰들이 담겼는지 일일이 기록하는 고단한 작업이 기다리고 있다.

선배 작가들은 서치본을 읽으며 매의 눈으로 후배들의 영상 스토리텔링 감각을 눈치 챌 수 있다. 감각 있는 자료조사원은 한 프로그램 안에서 나눈 이야기 단위인 시퀀스를 파악하여 어떤 장면, 어떤 인터뷰가 중요한지 찾아 밑줄을 그어놓거나 메모를 남긴다. 단순하게 장면을 묘사하기보다 장면이 가진 의미까지 파악할 수 있게 서술한다. 예를 들어, 촬영한 화면을 보고 '걸어가는 주인공 부부의 뒷모습'으로 기록할 수도 있지만, '앞서가는 남편과 다리를 절며 바삐 따라가는 아내'라고 묘사한다면 영상이 주는 느낌은 확연히 다르다. 영상을 읽는 감각이 탁월한 자료조사원과 일하는 선배 작가와 PD는 천군만마를 얻은 것이나 다름없다.

　　자료조사원들 중 유독 기억에 남는 후배가 있다. 아이디어마다 "그거 재미없는 것 같은데요", "다른 방송에서 본 것 같은데요"를 연발하던 그녀가 얄밉기도 했지만 통통 튀는 관점 덕분에 아이디어 회의는 언제나 즐거웠다. 찬반 쟁점이 있는 아이템을 다룰 때면 결과가 상반되는 통계치를 찾아와 보다 논리적인 방송이 가능하게 했으며, 영상을 읽는 눈이 예사롭지 않아 편집 작업을 한결 수월하게 만들었다. 그녀와 2년 가까이 부산에서 시사 프로그램을 함께 만들며 조금씩 성장하는 후배의 모습을 보는 것이 뿌듯했다. 하지만 내 품 안에 가두기에는 그녀의 재능이 아까웠다. 선배로서 서울행을 권유했고 현재까지 그녀는 이름난 프로덕션에서 메인작가로 일하고 있다.

　　무협지나 히어로 영화들은 주로 주인공의 성장 스토리를 다룬다. 장차 영웅이 될 그들은 평범한 일상을 살아가다 자신에게 닥친 시련에 맞서거나 소명을 달성하기 위해 모험 길에 오른다. 이때 이들에게 정신적 스승이나 조력자가 나타난다. 영웅이 되기 위해 이들은 혹독한 훈련을 받는데, 기초를 다지는 과정을 끝없이 반복한 후에야 스승이 만든 첫 시험이나 관문을 통과할 수 있다. 자료조사원이 베테랑 작가가 되어 대중에게 영향을 끼치는 글을 쓰는 과정도 영웅의 성장 서사와 비슷하지 않을까. 우리는 누구나 자신의 인생에서 어려움을 극복하는 작은 영웅이니 말이다. 자료조사원으로 보내는 시간은 고단하고 불안하지만 작가가 되기 위해 기초체력을 다지는 시간이기도 하다. 끊임없이 질문을 던지고, 더 나은 정보를 선별하고, 현상 뒤에 숨어 있는 의미를 찾아내는 능력은 초보뿐 아니라 글을 쓰는 모두에게 필요한 기초 체력이다. 글쓰기를 시작하는 단계에서 갈고닦았던 실력은 앞으로 어떤 적을 만나든지 거뜬히 상대할 수 있는 자신만의 무기가 되어 줄 것이다.

필요한 주변 근육을 제대로
단련시켜 놓으면
부담감이 큰 글을 써야 할 때도
제 실력을 발휘할 수 있다.

하루 종일 책상에 앉아 있다 보니 오래전부터 허리가 좋지 않았다. 결국 병원에 갔고, 좌골신경통과 고관절염이라는 진단을 받았다. 병원에선 꾸준히 운동을 해서 척추 주변 근육을 강화시키라고 조언했다. 척추를 지지하고 있는 근육과 인대의 힘이 약해지면 통증이 생길 수 있으니 근육을 단련시켜야 한다고 했다. 통증이 어느 정도 줄어든 후, 곧바로 필라테스를 배우기 시작했다. 척추를 둘러싼 코어Core 근육을 강화하는 법을 부지런히 익혔다. 신기하게도 운동을 시작한 지 2~3개월이 지나자 오래 앉아 글을 써도 예전에 비해 허리에 부담이 가지 않았다. 허리 주변 근육을 키우니 무리하는 상황이 와도 버틸 수 있는 힘이 생긴 듯했다.

요즘 주위에서 글쓰기에 대한 부담감을 토로하는 이들이 늘었다. 글을 잘 쓰려면 꼭 재능이 필요하다고 생각하는 사람들도 있다. 나는 그렇게 믿지 않는다. 재능으로 쓸 수 있는 글은 시, 소설과 같은 일부 문학 장르라고 생각하고, 방송 글을 비롯해 논술문, 자기소개서 등은 연습으로 충분히 잘 쓸 수 있는 분야라고 믿는다. 그럼 글쓰기는 어떻게 연습하면 좋을까? 운동처럼 글쓰기 역시 필요한 주변 근육을 제대로 단련시켜 놓으면 부담감이 큰 글을 써야 할 때도 제 실력을 발휘할 수 있다.

평상시 글쓰기 근육을 키우기 위해 내가 추천하는 방법은 '따라 쓰기'다. 마음에 드는 문체나 가독성이 좋은 구조를 가진 글쓴이를 한 명 선택한다. 만약 자신이 영화를 좋아한다면 즐겨 읽는 평론가의 글이나 기자의 글을 고르면 된다. 인기 있는 베스트셀러 작가의 책도 좋다. '이 사람처럼 쓰고 싶다'는 생각이 들면, 그 작가의 작품들을 한동안 집중해서 읽어본다. 그럼 어느새 좋아하는 작가의 문체가 자연스럽게 내

안에 스며들어 흉내 낼 수 있는 단계에 이른다. 물론 누군가를 흉내 내기에 그친다면 진짜 나만의 글을 쓰기 어려울지 모른다. 어느 정도 시간이 흐르면 이제, 작은 것이라도 바꾸려는 시도를 해야 한다. 문장 길이를 작가의 글보다 짧게 혹은 길게 써본다든지, 그의 글에는 없는 대화체를 도입한다든지, 작가가 즐겨 쓰는 단어들을 내가 좋아하는 단어들로 교체해 보는 식으로 작은 것부터 변화를 꾀할 수 있다. 거기서부터 나만의 스타일 찾기가 시작된다.

글쓴이의 스타일은 '문체', 즉 문장에서 느껴지는 필자의 특징에서 잘 드러난다. 개성 있는 문체를 갖추려면 상당한 시간과 연습이 필요하다. 그 인고의 시간을 조금이라도 단축시켜 주는 지름길이 바로 필사筆寫다. 필사는 작가를 꿈꾸는 사람이라면 한 번씩은 해봤을 정도로 글쓰기 능력을 키우는 데 큰 도움을 주는 방법이다.

방송 대본을 쓸 때도 필사가 도움이 될까? 대답은 물론 '그렇다'이지만, 고려해야 할 것이 있다. TV 방송은 영상이 우선시되는 글쓰기인 만큼 단순히 좋은 문장이나 존경하는 작가의 글을 베껴 쓰는 것에 그쳐서는 안 된다. 방송 대본의 필사를 위해서는 먼저, 자신이 닮고자 하는 선배 작가나 자신이 쓰고 싶은 장르의 방송 중 잘된 작품을 고른다. 그리고 그 방송을 다시 보면서 오디오는 끄고, 영상의 흐름만을 읽는다. 이후 백지에 비디오 부분에 들어갈 각 장면들과 장면별 시간을 기록한다. 여기서부터가 중요하다. 자신이 그 프로그램의 작가가 됐다고 생각하고 영상의 공간에 채워 넣을 내레이션이나 멘트들을 직접 써본다. 이 과정은 이후 자신이 얼마나 부족한지, 그리고 선배들이 왜 방송 글쓰기의 고수이며 전문가인지를 직접 체험해 보기 위해서다. 아마 단 몇 초의 영상을 글로 메우기가 쉽지 않음을 깨닫게 될 것이다.

이후, 앞서 비디오 항목만을 기록한 원고지를 따로 복사하고 오디오 항목에는 실제 방송된 멘트를 따라 써본다. 대본 보기가 제공되는 방송이라 하더라도 되도록 다시 보기를 통해 들리는 대로 써보는 것이 방송 글에 대한 감각을 키우는 데 도움을 준다. 방송 글은 읽기 위한 글이 아니라 듣기 위한 글이기 때문이다. 이어서 자신이 앞서 써놓은 대본과 선배들이 쓴 대본을 비교하여 어떤 부분이 다른지 분석해본다. 휴먼 다큐멘터리의 주인공이 산책하는 장면에서 나는 그날의 날씨를 서술했는데, 선배 작가는 이 산책이 출연자에게 주는 의미가 무엇인지 서술했다면 그 차이를 발견하는 순간 큰 배움을 얻은 것이다. 방송에서는 영상을 설명하는 글보다 구체적인 정보를 주는 글이 좋고, 정보를 주는 글보다는 영상에서 보이는 것들의 숨은 가치를 발견하는 글이 더 의미 있다.

물론 베껴 쓰기만 하다 보면 나도 모르게 표절을 행할 수도 있고, 어떤 선배를 따라 쓰기만 한다며 복제품이라는 오해를 받을 수도 있다. 하지만 단순히 베껴 쓰기에 그치지 않고 선배의 장점을 배우면서도 그 글을 비판하는 자세로 접근한다면 머지않아 자신만의 문체를 가진 창의적인 작가로 거듭날 수 있을 것이다.

글을 잘 쓰기 위해 평소 키워두면 좋은 능력 중에 '질문하기'가 있다. 어떤 인물이나 상황을 파악하려면, 특정인을 만나 질문을 던지고 필요한 정보를 얻는 인터뷰 과정이 필요하다. 나 역시 방송 일을 하면서 수많은 사람들을 인터뷰했다. 지금은 메이저리거가 된 야구선수부터 정치인, 교수, 공원에서 만난 어르신과 노숙자까지…. 직업도, 나이도, 살아가는 환경도 다양한 그들을 만나면서 질문을 하는 내공도 조금씩 쌓였다. 많은 실패를 거듭하며 나름대로 터득한 인터뷰 요령은 다음과 같다.

우선, 라포Rapport를 형성한 후 인터뷰를 진행해야 한다. 라포는 상담이나 교육, 치료를 할 때, 심리적 교류를 나누는 친밀한 관계를 뜻한다. 상담이나 치료를 할 때는 신뢰를 바탕으로 한 상호 협조가 중요하므로, 대상자와의 라포가 형성된 후에야 원하는 결과를 얻을 수 있다. 라포를 형성하려면 상대방의 감정과 생각, 경험에 공감하는 과정이 무엇보다 중요하다. 이를 인터뷰에 응용하면, 인터뷰어와 인터뷰이가 심리적 교류를 나누는 관계가 되어야 솔직하고 깊이 있는 인터뷰가 가능해지므로, 두 사람 사이에도 공감대를 먼저 형성해 두면 좋다.

시사다큐 프로그램을 담당했을 당시 '갱생보호공단'이란 곳을 취재한 적이 있었다. 교도소에서 나와 바로 사회로 복귀가 어려운 출소자들을 지원하는 기관이었다. 이곳에서 몇몇 출소자들을 소개해주어 인터뷰할 기회가 생겼다. 하지만 방문 첫날, 이들은 나의 눈을 쳐다보지도 않은 채 제작진의 방문을 귀찮게만 여겼다. 이대로는 안 되겠다고 생각해 방송 아이템 순서를 바꾸어 좀 더 시간을 갖기로 했다. 그리고 PD와 둘이서 시간이 날 때마다 추억의 간식거리나 새로 나온 소소한 생활용품들을 사서 찾아갔다. 추억의 간식거리를 먹으며 자연스레 어린 시절을 얘기하는 사람들이 늘었고, 신기한 생활용품의 쓰임새를 설명할 때는 서로 눈을 맞추어 주었다. 헤어질 때 가져간 물건들을 선물로 주면 고맙다며 손을 잡아주거나 헤어지는 것을 아쉬워하기도 했다. 몇 차례 방문으로 서로 반갑게 인사하는 사이가 되자 그들의 삶에 대해 질문을 할 수 있었고, 카메라로 촬영을 해도 거부감 없이 인터뷰를 진행할 수 있었다.

인터뷰를 잘하려면 사전조사는 많이 하면 할수록 좋다. 출소자들이나 노숙자들을 인터뷰하러 간다면 그전에 그들의 기본적 생활이 어떤지 정도는 미리 정보를 얻어서 가야 한다. 관련자들에게 전화로 문의를 해도 좋고 자료를 찾아도 좋다. 그래야 인터뷰 대상자들이 어이없어하거나 불쾌해 할 질문들을 사전에 차단할 수 있다.

사전조사는 사실, 전문가들을 인터뷰할 때 더욱 필요하다. 만약 찬반 논쟁이 되는 이슈에 대해 전문가의 의견을 묻는 인터뷰를 진행한다면, 적어도 그 사람의 입장이 무엇이고 대표적 주장은 무엇인지 정도는 파악하고 가야 한다. 그래야 구체적이고 본질적인 질문을 할 수 있다. 일례로, 지역인재할당제에 대한 전문가의 의견을 물으러 간다면 그가 다른 매체를 통해서 의견을 피력한 적은 없는지 찾아본 후, 질문지를 만들어간다. "지역할당제에 대해 어떻게 생각하십니까?"라는 질문보다, "얼마 전 지역인재 할당제에 관한 칼럼을 기고하면서 '역차별'이란 말을 쓰셨는데, 어떤 점에서 그렇습니까?"라는 질문이 보다 구체적이고, 본질적인 문제로 들어갈 수 있게 해준다. 덧붙여, 인터뷰를 성의 있게 준비해 왔다는 좋은 인상까지 줄 수 있다.

인터뷰를 시작하기 전, 라포도 형성했고 사전 정보도 충분히 찾아봤다면 이제 질문 구성에 공을 들여야 한다. 질문의 순서는 대상자가 '하고 싶은 말'로 시작해서 우리가 '듣고 싶은 말'로 끝내는 것이 좋다. 만남 직후부터 너무 단도직입적으로 질문을 하면 인터뷰 대상자가 당황하거나 경직되기 쉽다. 더구나 앞에 녹음기나 카메라를 설치해 두고 질문을 한다면 분위기는 더욱 삭막해지므로, 가벼운 질문이나 대상자들이 평소 말하고 싶었던 내용을 물어보며 인터뷰의 물꼬를 트는 편이 낫다.

상대방이 최근 어떤 변화를 꾀했다면 변화가 인상적이었다는 간단한 감상평과 함께 변화를 시도하게 된 이유를 질문하는 식이다. 소설가를 인터뷰한다면 가볍게는 헤어스타일의 변화나 신상의 변화 등을 물어도 좋고, 보다 깊게는 최근 작품에서 달라진 점을 찾거나 신작에 대한 소개를 부탁해보자. 인터뷰 대상자가 마음의 빗장을 열었다면, 다음부터 우리가 진짜 궁금하고 알고 싶지만, 인터뷰 대상자는 쉽게 말하기 어려울 질문을 꺼낼 수 있다. 좋은 인터뷰를 위해서는 충분한 예열이 필요하다. 인터뷰에서 좋은 질문을 던지는 비결은 상대에 대한 관심에서 시작하고, 그 관심은 상대에 대한 예의와 배려를 전제한 것이어야 한다.

글쓰기 근육을 단련시키기 위한 마지막 제안은, '가까운 사람에게 쓴 소리 듣기'다. 방송계에서는 시청자를 '중학생 수준'으로 두고 방송을 만들라는 말이 있다. 불특정 다수를 대상으로 방송을 만드는 만큼, 중학생 정도의 지적 수준을 가진 이들이 이해할 수 있는 내용과 형식으로 콘텐츠를 만드는 것이 무난하다는 뜻일 게다. 나는 이 말에 늘 의구심이 들었다. 얼굴도, 특징도 모르는 다수를 막연히 상정하고 자세한 글쓰기가 가능할까. 독자나 시청자를 구체화하지 않고 쓰는 글은, 어느 부분을 선택하고 배제할 것인지 기준을 세우기 어려워 자칫, 보편적이고 무난한 스토리텔링으로 흐를 수 있다. 반대로 핵심 시청자를 마음속으로 정해놓으면, 그 사람에게 들려주듯 스토리텔링을 할 수 있어 강조할 부분이 무엇인지 선택하기 쉽다. 특정인이 어렵게 느끼겠다 싶은 정보는 한 번 더 친절한 설명을 덧붙이다 보면, 점점 쉽고 재미있는 글로 변해간다.

방송작가 시절, 나는 주로 엄마를 염두에 두고 글을 썼다. 엄마는 가난 때문에 초등학교를 겨우 졸업했고, 서른 살에 남편을 저 세상으로 보낸 후 구멍가게를 열고 두 남매를 키우며 평생 서민의 일상을 사셨다. 엄마는 딸이 방송작가가 되자 라디오나 텔레비전을 허투루 시청하지 않으셨다. 신기하게도 엄마가 재미있게 봤다고 하는 방송은 시청률이 잘 나왔다. 반면, 딸이 만들었다고 하니 텔레비전 앞에 앉긴 했지만 10분도 안 되어 눈이 감기고 급기야 꾸벅꾸벅 졸기 시작한다면 그 방송은 실패작이 되기 일쑤였다. 엄마의 비평은 나에게 시청률 '바로미터'였던 셈이다.

언젠가부터 편집 구성안을 쓸 즈음, 엄마에게 "이번에 방송할 아이템은 ○○인데 이런 내용이 담겨 있어. 어때 엄마?"라고 묻는 일이 잦아졌다. '편집 구성안 쓰기'는 그동안 촬영하고 녹화한 내용을 바탕으로, 어떻게 하면 최대치의 작품을 만들어낼 것인지 그 비율과 배열을 고민하는 과정이다. 스토리텔링의 방향과 순서, 그리고 소구점을 수정할 수 있는 마지막 기회이기도 하다. 편집 구성안을 쓰기 전에 엄마에게 먼저 스토리를 들려드리면 엄마는 이해가 되지 않는 부분이나 식상한 부분, 흥미로운 지점 등을 엄마만의 진술한 언어로 들려주었다.

"야야, 내용이 너무 어렵다", "내가 아는 아줌마 얘기랑 비슷하네. 그런 사람 많다", "근데 그걸 누가 보겠나?" 등.

때론 그 평가가 너무 직설적이고 심하게 아파서 상처를 받기도 했지만, 엄마가 '어렵다, 재미없다, 이상하다'고 하는 지점들을 다시 한번 고민해서 고쳐 쓰고 나면 훨씬 나은 글이 되었다. 엄마는 언제나 내게 가장 두렵고도 유익한 시청자였다. 글을 쓰다 방향을 잃었다면 혹은 작품에 대한 확신이 없다면, 그때는 늘 가까이 있지만 누구보다 냉정한 평가를 해줄 주위 사람을 첫 독자로 정해 보길 권한다. 그에게 들려준다는 마음가짐으로 글을 쓰다 보면, 군데군데 "이게 뭐야"를 외치는 첫 독자의 목소리가 들리는 것만 같아 정신이 번쩍 들지도 모른다.

글을 쓰는 과정은 매순간 몸과 마음이 고된 일이다. 많은 작가들이 직업병이라며 몸 이곳저곳의 통증을 호소하곤 한다. 나 역시 허리 때문에 한동안 고생하다 필라테스를 시작한 지 일 년이 다 되어간다. 비슷한 시기에 운동을 시작한 다른 회원들에 비해, 실력이 느는 속도는 더디기만 했다. 그래도 포기하지 않고 나만의 속도로 꾸준히 운동을 하다 보니, 이제는 동작들을 할 때 제법 그럴듯해 보인다. 요즘은 통증 때문에 글을 쓰다가 멈추고 침대로 향하는 일도 없어졌다. 이제 누군가 글쓰기에 필요한 재능에 관해 묻는다면 무슨 일이든 오랫동안 꾸준히 연습할 수 있는 힘이라고 답해야겠다.

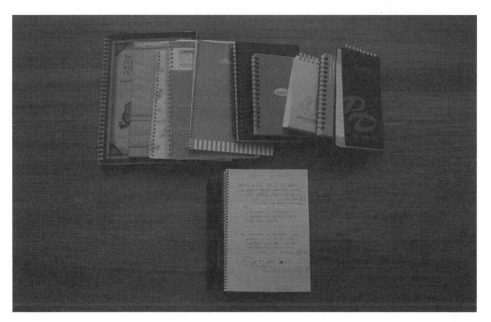

글쓰기 근육 기르기 중 '질문하기' 때 쓰는 노트들. 인터뷰를 준비하며 꼭 해야 할 질문과 핵심 키워드들을 정리한다.

글쓴이가 가진 생각과 감정을
짜임새 있는 형식에 따라 쓰면
실제로 글 쓰는 데 필요한
시간과 지면을 줄일 수 있다.

나는 여러 권의 책을 동시에 읽는 것을 좋아한다. 일상의 흐름에 따라 읽는 책의 갈래가 다르다. 남들보다 한 시간 먼저 출근해 카페에서 책을 읽는다. 이때는 짧은 시간이지만 집중력은 최고치일 때라 주로 지식을 쌓기 위한 책을 선택한다. 출근해서 업무를 보고 난 후 머리를 식히기 위해서는 소설이나 시, 수필집을 즐겨 읽고, 집으로 돌아와 서재에 앉으면, 전공 분야인 미디어 관련 책이나 글쓰기 책을 읽는다.

인상 깊은 내용이라 장소에 상관없이 한동안 덮지 못했던 책은 『이오덕의 글쓰기』다. 예전에 저자의 다른 책들을 읽고 감명 받은 적도 있지만, 특히 이 책에서는 어린이들이 자신의 말로 자기 이야기를 진솔하게 쓰도록 도와야 한다는 저자의 신념을 더 강하게 느낄 수 있었다.

평생 글쓰기 교육에 대해 진심 어린 조언을 아끼지 않았던 이오덕 선생은 삶을 가꾸는 글을 쓰려면, '글짓기'가 아닌 '글쓰기'를 해야 한다고 말한다. 이 책에서 그는 "글짓기란, 삶을 떠나 거짓스런 글을 머리로 꾸며 만드는 흉내 내기 재주를 가르치는 것"이라고 비판하고 있다. 아마 누군가를 의식하고 작위적으로 글을 짓지 말고 마음의 흐름대로 솔직하고 소박하게 글을 써내려가라는 의미일 것이다.

『안정효의 글쓰기 만보』라는 책에서도 비슷한 맥락의 충고를 찾을 수 있다. 이 책에서는 "작품은 하나의 생명체"이므로, "잉태한 줄거리 하나가 스스로 왕성하게 자라나고, 그러고는 완성이라는 절정에서 창작 과정은 끝난다"라고 말한다. 즉 글은 제품이 아니므로, 기한이나 길이를 미리 정해두고 쓰는 행위를 피해야 한다는 뜻이다. 저자는 이를 '안 맞춤 글쓰기'라고 부른다.

나는 용감하게도, '글짓기'와 '맞춤 글쓰기'가 때론 필요하다는 주장을 하려 한다. 단, 방송 글쓰기를 주로 해온 내 경험에 비추어서 말이다. 내 책장 중심 자리에 위치하여 글을 쓰다 방향을 잃었을 때마다 스승 역할을 했던 두 책의 조언을 반박하려는 것은 아니다. 솔직한 내용의 글쓰기, 자유로운 형식의 글쓰기는 모든 작가들이 추구하고 꿈꾸는 글쓰기다. 그런데도 쉽게 실천할 수 없는 이유는 무엇일까. 살다 보니 세상이 우리에게 요구하는 글들은 대부분 형식의 테두리를 주고 읽는 이가 원하는 내용을 채우라고 말한다. 다들 한 번씩은 써본다는 자기소개서만 봐도 그렇다. 예전엔 쪽수를 제한하더니 이제는 아예 단락을 나누어 단락별로 써야 할 글자 수를 제시하고 있다. 채용 담당자가 자기소개서를 끝까지 읽게 하려면 이 기준부터 따라야 한다.

방송 글은 또 어떤가. 습작 시절에는 라디오 프로그램이든, 텔레비전 프로그램이든 글을 써내려가기 전에 선배들의 글을 흉내 내고 시청자를 철저히 의식하는 글쓰기를 연습한다. 그 이유는 첫째, 방송 글은 혼자서는 결코 완성할 수 없는 형태의 글이기 때문이다. 방송계가 암묵적으로 동의한 문법에 맞춰서 써야 작품을 같이 만드는 다른 창작자들, PD나 카메라감독, 오디오감독, 출연자 등이 구성안과 대본을 한눈에 알아볼 수 있다. 자신이 맡고 싶은 장르의 방송 대본을 구해서 형식과 내용을 흉내 내보고 미리 익숙해지면 좋다.

둘째, 방송 글은 자신이 표현하고 싶은 글보다는 타인, 즉 시청자가 원하고 그들을 대변하는 글이 되어야 한다. 제작진의 생각과 감정, 주장들을 쓰기에 앞서 시청자가 공감할 수 있는지, 그들의 삶에 어떤 도움을 주는 글인지 자문하고 재단하며 글을 써 나간다. 이런 이유에서 방송 글은 쓴다기보다 '짓는다'는 표현이 더 어울린다고 생각한다.

일반적인 글쓰기도 쓰다 보면 짓는다는 표현이 어울릴 때도 있다. 독자에게 정보를 주거나 독자를 설득하기 위한 글처럼 목적이 뚜렷

한 글일수록 그렇다. 글쓴이가 가진 생각과 감정을 짜임새 있는 형식에 따라 쓰면 실제로 글 쓰는 데 필요한 시간과 지면을 줄일 수 있다. 세부 내용을 시간이나 공간의 순서에 따라 배열하거나 논리의 흐름대로 구성하면 독자 역시 평소 익숙한 구조의 글이라 이해하기 쉽다. 주제를 효과적으로 뒷받침하기 위해 줄거리를 어떻게 엮어나갈 것인지 계획하고 쓰는 글들은 대부분 방송 글짓기의 과정과 다르지 않다.

구체적으로 짓기의 개념은 기획, 구성 등 글쓰기의 전 과정에서 유용하게 쓰인다. '짓는다'는 말에는 어떤 재료들을 가지고 하나의 완성품을 만든다는 뜻이 있다. 방송 글에서는 주위에 모든 사물과 현상들, 내가 만나는 모든 이들이 글 쓸 거리가 될 수 있다. 다채로운 재료들로 하나의 프로그램, 하나의 글을 완성시키려면 다음의 글짓기 과정이 필요하다.

작품의 큰 틀을 정하는 기획 단계에서는 먼저 '관련 짓기'를 해야 한다. 장르, 카테고리와 소재, 대중의 욕구 등을 서로 관계 맺게 연결하는 과정에서 'Something New'가 나온다. 만약, 제작진이 유명 관광지를 돌아보는 여행에 시들해진 사람들의 욕구를 읽었다고 가정하자. 그럼 여행지에서 현지인의 삶을 직접 살아보는 새로운 여행 트렌드에 관심을 갖게 될 것이다. 여기에 예능 프로그램과 다큐멘터리의 특성을 혼합해 인기를 얻고 있는 리얼리티 장르를 연결한다면 어떨까. 그리고 출연자는 시청자들이 만나고 싶고, 일상을 엿보고 싶어 하는 연예인으로 정한다면? 현재의 여러 가지 이슈와 방송 형식, 화제의 인물 등이 관계를 맺도록 부지런히 연결하다 보면 「효리네 민박」과 같은 프로그램을 기획할 수 있을 것이다.

두 번째 과정은 '갈래 짓기'다. 이는 구성 단계, 책으로 따지면 목차를 짓는 것이라 할 수 있다. 도시인들은 그림 같은 풍경을 가진 섬에서 무엇을 해보고 싶을까? 일반인들은 동경하던 연예인의 집에서 어떤 경험을 하기를 원할까? 이런 질문과 대답들을 반복하며 항목으로 정리해서 일단은 두서없이 나열한다. 그 후 비슷한 항목은 묶고 다른 성격의 항목들은 구분을 지어 경계를 명확히 한다. 첫 장면에서 시청자들의 마음을 단번에 사로잡은 후, 한 시간 동안 그 마음을 밀었다 당겼다 하며 관심이 이어지도록 각 항목들을 배치한다. 이렇게 갈래 지은 항목들의 순서까지 정하고 나면, 촬영의 방향키가 되는 구성안이 완성된다.

마지막 단계는 '의미 짓기'라고 이름 붙일 수 있다. 프로그램의 지도라 할 수 있는 구성안을 따라 무사히 촬영을 마쳤다면, 이제 편집과 방송 대본 쓰기가 남았다. 같은 촬영본이라도 누구의 손길을 거치는가에 따라 방송의 질은 달라진다. 하루 동안 일어난 일을 순차적으로 편집할 수도 있고, 하루 중 가장 긴장감 있는 순간을 처음에 보여주며 '도대체 무슨 일이 있었던 것일까?'라는 궁금증을 품게 할 수도 있다. 출연자들이 함께 노을을 바라보며 방송이 끝나는 장면에서 '인연'에 관한 자막을 넣을 수도 있고, 출연자들의 인터뷰로 마무리할 수도 있다.

텍스트의 처음 내용을 어떻게 여는가, 끝을 어떻게 마무리하는가에 따라 지향하는 바가 드러난다. 편집된 장면이나 인터뷰 중 무엇을 강조하느냐에 따라 방송의 의미, 즉 제작진이 전달하고픈 메시지가 정해지는 것이다.

아동 문학가이자 교사이기도 했던 이오덕 선생이 '글짓기'가 아닌 '글쓰기' 교육을 해야 한다는 조언을 남긴 이유는, 아마 어린이들이 자기 삶을 떠나 거짓의 글로 자신을 표현해선 안 된다고 생각했기 때문일 것이다. 이런 신념은 모든 글쓴이에게 분명 큰 울림을 준다.

방송 글은 오롯이 자기를 표현하는 글이 될 수 없고, 끊임없이 타인의 눈에 들기 위해 애써야 하는 글이다. 시청자의 삶이 곧 나의 삶이란 생각으로 글을 짓다 보면 언젠가 '글짓기'를 해도 '글쓰기'가 되어, 누구나 감동하고 공감하는 글을 쓰는 경지에 오르게 될 것이다. 결국 방송작가도 대중의 삶을 가꾸는 글짓기, 아니 글쓰기를 늘 갈망하고 그 길을 향해 나아가는 사람들이다.

　　보통의 글을 쓸 때도 그렇지 않을까. 작가의 마음이 이끄는 대로 써서 문장이 스스로 자라나게 하여 쓰는 글은 진솔하고 생동감이 있을 것이다. 독자를 먼저 생각하는 글쓰기도 때론 필요하다. 많은 사람에게 공감과 즐거움을 주기 위해, 작가가 정제된 틀 안에서 이리저리 이야기를 짜 맞추어 쓰는 글들은 독자에게 친절한 글이라는 느낌을 줄 수 있다. 그러니 내가 쓸 글의 목적이 무엇인가를 먼저 생각한 후 글에 어떤 테두리를 두를지 결정하도록 하자.

만족할 만한 성과를 얻진 못해도
글을 접하는 사람들에게 자극을 주고,
멈춰 서서 생각할 거리를 던질 수
있다면 족하다.

방송계는 봄, 가을 두 차례의 개편 때가 제일 바쁘다. 이 시기가 오면 새롭게 편성을 기다리던 프로그램들이 하나둘 시청자들 앞에 제 모습을 드러낸다. 군대를 다녀온 스타의 복귀 작품으로 기대를 모으는 프로그램부터 앞선 시즌의 성공 요소를 강화해 대중을 매혹시킬 준비를 마친 시즌제 프로그램까지, 더 다양한 즐거움을 보여 줄 생각에 방송계가 술렁인다.

하지만 동시에 개편을 준비하는 기간은 피를 말리는 잔인한 시기다. 개편을 맞아 전파를 타는 방송은 사실 치열한 내부 전쟁에서 승리를 거머쥔 작품이다. 개편 시기를 기다리며 많은 연출자와 작가들, 그리고 프로덕션들이 새 작품을 기획하여 방송사 편성 책임자에게 구애를 펼친다. 방송사 내부는 물론이고 동일 장르에서도 경쟁력 있는 작품이라는 점을 효과적으로 제시해야 한다. 제작진이 원하는 채널, 원하는 시간대에 편성을 받기 위해서다. 작품의 가능성을 인정받기 위해 준비하는 것이 바로 기획안이다.

방송 기획안에는 크게 세 가지 내용이 담긴다. 어떤 목적을 가지고 만드는 프로그램이고 목적을 가능하게 할 세부 전략은 무엇이며 현재의 제작 환경에서 실현 가능성이 있는지이다. 기존 작품들과 비교했을 때, 특별한 점이나 색다른 시각을 갖추고 있다는 것을 강조하여 읽는 사람의 흥미를 불러일으키거나 마음을 끌어야 한다.

방송계에 인생 명언처럼 전해 내려오는 말이 있다. '하늘 아래 새로운 것은 없다!' 최근 방송이나 영화들을 훑어봐도 인문학, 요리, 치유 등 주목받는 아이템들은 이미 작품으로 만들었거나 기획이 끝났다. 문득 떠오른 아이디어들을 실행에 옮기려고 보면 어느새 비슷한 작품이 세상에 나와 있어 실망하고 만다. 이때 필요한 것은 좌절과 절망이 아니다. 같은 소재, 비슷한 주제라도 접근 방법을 달리해 보는 새로운 시도가 필요하다.

　오래전에 방송됐지만 지금까지도 종종 '다시보기'를 하는 다큐멘터리가 있다. KBS에서 2010년 추석 특집 방송으로 제작한 「서울의 달밤」이다. 이 작품에 주목했던 이유는 추석 명절이면 빼놓지 않고 등장하는 '고향'을 소재로 한 프로그램 중 기획부터 차별화된 시각이 돋보였기 때문이다. 이 프로그램이 나오기 전까지 보통 '명절에 더 깊어지는 고향에 대한 그리움'을 주제로 방송을 만들면, 시골 고향집에서 자식들을 애타게 기다리는 노부부나 고향이 그리워도 가지 못하는 이산가족 같이 누구나 예상 가능한 시각에서 접근하는 것이 대부분이었다.

　「서울의 달밤」 제작진의 시각은 시작부터 달랐다. 그들은 거꾸로 고향이 아닌, 서울을 바라봤다. 명절에도 고향에 가지 못하고 치열하고 고단하게 '서울살이'를 해내는 젊은이들의 사연에 주목했다. 연휴 기간에도 편의점 알바를 하느라 집에 내려가지 못하는 대학생, 고시원에서 공무원 준비를 하면서 합격하기 전까지는 가족과 친척들을 만날 수 없다는 고시생, 고향의 가족들이 보고 싶지만 명절 선물을 나르느라 한 눈을 팔 틈도 없다는 택배 기사까지, 저마다의 사연으로 고향을 향한 그리움을 뒤로 한 채 서울에서 살아가는 사람들의 일상을 카메라가 비춘다. 자신이 나고 자란 정든 공간을 떠나 학업이나 직장생활을 해 본 사람이라면, 또는 그런 가족을 기다려 본 사람이라면 누구나 이 작품이 전하는 감정과 메시지에 쉬이 공감하고 빠져든다.

　하늘 아래에 새로운 것은 없다지만 남들과 같지 않은 참신한 시각은 존재한다. 주위에서 흔히 보던 사물이나 대상이 찰나의 순간, 다르게 보이는 경험이 한 번씩은 있을 것이다. 무뚝뚝하고 엄해서 늘 무섭고 크게만 보였던 아버지였는데 어느 날 앞서 걸어가는 모습에서 왜소하고 힘없는 노년이 보여 마음이 저려 온다. 항상 이용하던 버스 정류장인데 언젠가부터 마음에 드는 이성을 발견했다면 그 장소는 하루 중 가장 설레는 시간을 선물하는 곳이 된다. 누군가에겐 한 번 쓰고 버리는 종이컵이지만 내가 그린 그림이나 캘리그래피가 담겼다면 결코 버릴 수 없는 보물로 간직해야 한다.

참신한 시각은 낯설게 보았을 때 가능하다. 대학에서 '영상 스토리텔링'에 관한 과목을 가르칠 때, 한 학기에 한 번씩은 야외수업을 했다. 두세 시간 동안 이어진 야외수업에서는 꼭 현장에서 수행해야 하는 과제를 주었다. 학생들을 삼삼오오 짝지어주고 가장 흔해 보이는 대상이나 풍경을 한 장의 사진으로 찍어, 가장 특별한 이야기를 담아오라고 시켰다.

학생들이 찍은 사진들 중 기억에 남는 작품들이 여럿 있다. 도서관 앞 벤치에 놓인 종이컵을 촬영해온 학생들은 종이컵 입구에 이로 여러 번 깨문 자국을 클로즈업해 졸업을 앞둔 학생의 초조함이 엿보인다는 이야기를 입혔다. 학교의 제일 높은 건물 옥상에서 캠퍼스 정경을 찍은 학생들은 가까이에서 보면 고단하고 치열한 대학생활이지만 멀리서 보니 낭만이 가득한 공간이라며 시간이 흘러 자신들이 기억할 캠퍼스 생활을 미리 만난 것 같다고 했다.

낯설게 보기는 어렵지 않다. 늘 가까이 보던 대상이라면 한 번쯤 멀리에서 바라볼 필요가 있다. 동일한 위치에서 보던 사물은 위, 아래를 바꾸어 뒤집어 보는 것도 새로운 접근법이며, 습관처럼 매일 걷던 익숙한 길에서 벗어나면 조금 오래 걸리고 불편한 길에서 매력적인 사람이나 풍경을 만나는 행운이 찾아올지도 모른다.

방송작가로서 나 역시 동료들과 함께 기획한 작품 하나하나가 다 소중하다. 그 가운데에도 특히 애정이 가는 프로그램들이 있다. 남들과 다른 시각으로 접근해, 안팎에서 새로운 시도라는 평가를 받았던 콘텐츠들이 그렇다. KBS 1TV에서 밤 12시를 넘긴 심야시간에 방송했지만, 영화와 여행을 좋아하던 시청자들을 중심으로 마니아층을 형성했던 「씨네 투어 영화 속으로」도 그중 한편이다.

　　「씨네 투어 영화 속으로」는 '감독과 함께 떠나는 영화 촬영지 여행'이라는 콘셉트로 기획된 작품이다. 한 편의 영화를 선정해 영화의 주요 촬영지나 소품을 발견한 공간 등을 영화감독과 직접 찾아가 본다. 이때 영화에 출연했던 배우나 영화를 재미있게 본 관객, 혹은 영화평론가가 감독과 동행한다. 감독이 영화를 촬영하며 그 장소를 선택한 이유는 무엇인지, 공들여 연출한 장면에 감춰둔 의미는 있는지, 영화를 본 관객들에게 무엇을 전달코자 했는지 묻고 답했다. 영화 촬영지로 여행을 떠나면서 시청자가 직접 감독이나 평론가가 되어 영화를 읽어 보는 새로운 장르의 프로그램이었다. 시청률이 높진 않았지만, 방송이 회를 거듭하자 게시판에 찾아와 영화 속 공간을 이해하게 되었다는 평이나 촬영지로 여행을 다녀온 것 같다는 의견이 이어졌다. 그 덕에 며칠씩 이어지는 야외촬영에 몸이 힘들어도 제작진 모두가 기쁘게 방송을 만들었던 기억이 난다.

　　새로운 작품의 기획안을 잘 썼다고 반드시 결과도 좋은 것은 아니다. 기획은 뛰어나지만 얼마 가지 않아 새벽이슬처럼 사라져 버리는 콘텐츠들이 무수히 많다. 비록 만족할 만한 성과를 얻진 못해도 글을 접하는 사람들에게 자극을 주고, 멈춰 서서 생각할 거리를 던질 수 있다면 족하다. 오늘도 독창적인 시각을 제안하고 다양한 접근법을 보여주는 다채로운 글과 콘텐츠들을 만난다. 그 작품들이 말하는 듯하다. 한 곳에 고여 있지 말고 새로운 시도를 할 수 있는 용기 있는 창작자가 되라고.

DAY 9 '한 번쯤 낯설게 보기'의 예시 프로그램 「씨네 투어 영화 속으로」 대본(내레이션 원고)이다. MC가 등장하여 최신 영화, 지나간 영화를 리뷰하는 통상적인 영화 프로그램과는 달리, 시청자들이 이입하며 공감하고 정보를 얻어갈 수 있도록 시청자 참여형 영화 프로그램을 만들었다.

〈영화클립〉 영화 속 장면을 가져와 편집했다. 영화 프로그램에서 영화 주요 장면을 짧게 보여줄 때가 있는데, 이때 'CLIP을 넣는다'라는 표현을 쓴다.
〈현장: ○○○〉 제작진이 특정 지역에서 직접 촬영한 장면이다.

용어의 뜻

Na. 내레이션(Narration). 'N'이라고 표시하기도 함.
PIP. Picture In Picture의 약자. 화면 안에 작은 화면을 넣는 효과.

KBS 「씨네 투어 영화 속으로」

장준환 감독의 무한상상 「지구를 지켜라」

# 병구 얼굴 보이면	(영화대사) "혹시, 고향이 안드로메다 아니십니까?"
	(Na.*) 「지구를 지켜라」는 외계인을 소재로 한 영화다.
	"…안드로메다 아니냐고? 이 더러운 외계인 놈아!"
# 외계인 연구 노트	바로 우리 곁에 외계인이 있을지도 모른다는 상상.
# 사진, 강 사장 차에서 내린	"저놈은 안드로메다 pk-45행성에서 온 외계인 놈이야!"
# 강 사장 삭발시키는	엉뚱한 상상과 독특한 소품으로 「지구를 지켜라」는 화제가 됐다.
# 병구, 강 사장 이리저리 보는	기발한 상상력으로 많은 상을 받은 장준환 감독. 감독의 상상력은 어디에서 온 것일까?
# 순이 얘기하는	"…그렇게 하니까, 진짜 외계인 같아?" "외계인 같은 게 아니라 진짜 외계인이야!"

병구, 순이 돌아보면 TITLE IN.   장준환 감독의 무한상상 「지구를 지켜라」

〈현장: 탄광촌〉

위에서 내려다 본 탄광촌 F.S.   감독은 이 영화에서 필요한 대부분의
아이디어를 탄광촌에서 얻었다고 한다.

두 사람 걷고   영화를 구상하면서 강원도의 모든
탄광촌을 돌아다닌 감독.
이번엔 소설가 김미진 씨와 동행했다.

나무 쌓여 있고,   "영화 찍기 전에 탄광촌 많이 다니셨죠?"
두 사람 걸으면서   "굉장히 많이 다녔죠….."

감독, 스틸 잡히면 7   「지구를 지켜라」로 여러 영화제에서
감독상을 받은 장준환 감독.

김미진 씨 7   김미진 씨는 이 영화를 인상 깊게 본
관객이다.

김미진 씨, 감독 INT.   "탄광촌에서 받은 이미지를 영화에
차용했는데, 어떤 부분이 영감을 줬나요?"
"여기 쌓여 있는 삶의 느낌, 고된 삶의 느낌!
여기서 자랐을 병구는 어땠을까….
실제로 병구 지하실 안에도 이런
디테일들이 지하실을 꾸몄을 거라고
생각을 했어요.
…병구 지하실을 꾸미기도 했고요."

〈영화클럽〉

강 사장 얼굴에 테이프 붙이는　　　　자신이 다녔던 회사 사장을
　　　　　　　　　　　　　　　　　외계인으로 지목한 병구.

순이 물어보는　　　　　　　　　　"근데 머리는 왜 깎은 거야?"
　　　　　　　　　　　　　　　　　"저놈들 머리카락은 텔레파시
　　　　　　　　　　　　　　　　　주고받을 때…
　　　　　　　　　　　　　　　　　안테나 역할을 하는 거지."

순이 헬멧 벗으려고 하면　　　　　병구는 외계인들이
　　　　　　　　　　　　　　　　　곧 지구를 파괴할 거라고 믿는다.

　　　　　　　　　　　　　　　　　"안 돼, 위험해! …너 미쳤어?
　　　　　　　　　　　　　　　　　이 정도 거리에선… 순식간에 당하고
　　　　　　　　　　　　　　　　　만단 말이야."

순이 물파스 들고　　　　　　　　"그냥 바르면 돼?"
　　　　　　　　　　　　　　　　　"흡수를 빠르게 하려면 피부를
　　　　　　　　　　　　　　　　　벗겨내야 돼."

때수건 손에 끼고　　　　　　　　때수건과 물파스!
　　　　　　　　　　　　　　　　　병구가 지구를 구하기 위해
　　　　　　　　　　　　　　　　　외계인을 고문하는 주요 도구다.
　　　　　　　　　　　　　　　　　여기서부터, 감독의 상상이 시작된다.

때밀이 수건으로 문지르는　　　　"이 정도면 됐어."
　　　　　　　　　　　　　　　　　"…너무 많이 벗겼나?"
　　　　　　　　　　　　　　　　　"아냐, 됐어."

# 둘이서 물파스 흔들면	감독의 상상 속에서 태어난 고문실.
	어둡고 칙칙한 분위기가
	탄광촌과 닮아있다.
# 물파스 바르고,	"오빠, 효과가 있나 봐."
강 사장 비명 지르는	"골고루 발라."

〈현장: 탄광촌 탈의실〉

# 탄차길 걸어가는	영화에 나오는 소품들을
	이곳, 탄광촌에서 쉽게 발견할 수 있다.
# 탈의실 들어가는	"…아버지와 함께, 여긴 탈의실!
	광부들의 모자, 옷…."
	"헬멧이 인상적이었는데."
# 감독, 헬멧 꺼내는	외계인의 텔레파시를 차단하는 모자는
	광부의 모자에 여러 물건을 덧댄 것이다.

# 헬멧 들고 설명하는 EFF.	동판을 하나하나 두드려서 만든 것…
	…부속품들은 텔레파시를 차단하기 위해서.
	/외계인 바이러스가 퍼진다는데
	우리 하나씩.
	/이 동네엔 외계인 없는 것 같아요.

# 광산 안으로 들어가는	"여기는 탄차들의 출동준비를 기다리는 탄차들인가 봐요."
	감독이 탄광촌에서 가장 인상 깊게 본 것은 버려지거나, 여러 개를 뭉쳐놓은 듯한 물건들이었다.
# 전선 보면서 EFF.	"굉장히 복잡한 느낌… 에어리언 시리즈 같은… 그런 부분이 마음에 들었고요, 거기에 사연이 많이 쌓인 것 같다는 느낌이 좋았죠."
# 돌아보면	상상력을 자극하는 낡은 물건들. 감독은 그런 물건들을 재조립해 영화에 사용했다.
# 작업장 안, 감독 기둥의 전선 보면서 EFF. 스파이크 일어나던 전기봉. (PIP.*: 전기고문하는 장면)	스파이크 일어나던 전기봉. 그것도 이런 선을 조합하다가 봉을 달아서. /만드신 거? /혼자 만들었다는 상상을 많이 했던 것 같아요. /감독님의 무궁한 상상력이 사실은 이런 걸려 있는, 모두가 버리고 간 이러한 것들로부터 결국 한 편의 영화로 재탄생한 거란 생각이 드네요.
(후략)	

_____

_____

_____

_____

_____

_____

_____

_____

글을 읽는 이들이 흥미를 잃지 않도록
'밀당'의 배치가 필요하다.

어린 시절, 명절 때 시골에 내려가면 할머니를 따라 방앗간에 가는 것이 큰 즐거움이었다. 할머니가 가져간 쌀이 모락모락 김이 나는 떡이 되어 나오고, 빨간 고추가 빻아져 고운 가루가 되어 쏟아지는 광경은 어린 내게 신기함 그 자체였다. 방앗간에서 한참을 기다리는 과정이 지루하지 않고 오히려 넋을 놓고 보게 만드는 마술 같았다. 지금도 방앗간이라는 말을 들으면 그때 고춧가루의 매운 냄새와 갓 나온 떡의 온기가 느껴지는 듯하다.

한때 나는 동네에 '글 짓는 방앗간'이라는 이름의 작은 공간을 차리는 것이 꿈이었다. 동네마다 작은 공방에 삼삼오오 모여 작품을 만들고 그 작품을 수줍게 전시하는 것처럼, 글쓰기 공방을 차려 글을 보다 쉽게 쓰는 방법을 공유하고 자신이 쓴 글을 들려주거나 작은 책으로 엮어보면 재미있을 것 같았다. '글 짓는 방앗간'에서는 평범한 사람들의 사연이 누군가에게 온기를 주는 스토리가 되고, 나만의 추억과 경험들이 작품으로 탄생해 타인의 가슴까지 날아가는 고운 가루가 될 수 있을 것 같았다. 돌이켜보니 굳이 글쓰기 공방을 차리지 않더라도 방송작가로 일을 하던 순간들이 글 짓는 방앗간을 실현하는 시간이었다는 생각이 든다.

그중에서도 쌀이 떡이 되고 딱딱한 곡식이 가루가 되는 마법 같은 과정은 구성안을 쓰는 과정과 비슷하다. 구성안은 방송 촬영이나 녹화에 앞서, 기획 단계에서 그 프로그램의 얼개를 정리하는 계획표, 또는 설계도다. 구성안 쓰기의 핵심은 하나의 주제를 전달하기 위해 소주제들을 분류하고, 이 소주제들을 제작진이 설득하고 싶은 논리에 맞게 전개하는 일이다.

글의 개요를 짜고 구성하기 전, 꼭 거쳐야 할 작업이 있다. 자료조사나 취재, 인터뷰 등을 통해 얻은 재료들을 배열하는 작업이다. 이 단계에서 그동안 모아둔 재료들을 어떻게 묶을지, 어떻게 가공하여 하나의 줄거리로 엮으면 좋을지를 고민해야 한다. 같은 재료라도 방앗간에 따라 떡 맛이나 종류가 달라지듯이, 같은 소재와 정보들을 가지고도 어떤 스토리텔러를 만나느냐에 따라 방송의 방향은 확연히 달라진다.

동네에서 흔히 보이는 '폐지 줍는 할머니의 사연'이라는 재료에서 우리 사회의 노인 문제를 함께 고민하는 시사 프로그램의 기획이 나올 수도 있고, 한 할머니의 기구한 삶을 통해 인생의 의미를 돌아보며 시청자의 보편적 정서에 호소하는 휴먼 다큐멘터리가 탄생할 수도 있다. 같은 휴먼 다큐멘터리라도 할머니의 하루 중 도로 위에서 리어카를 끌고 위험하게 걸어가는 모습에 의미를 부여할 것인지, 폐지 수집으로 모은 꼬깃꼬깃한 돈을 보며 행복하다고 말하는 할머니의 표정에 주목할 것인지에 따라 프로그램의 주제가 달라질 수도 있다. 어떤 이미지와 이야기를 만들어낼 것이냐 하는 선택의 몫이 방앗간 주인의 손맛, 즉 방송작가의 구성력에 달렸다.

방송 글 가운데 구성의 힘이 드러나는 작품을 추천하라면, 나는 망설임 없이 이 프로그램을 꼽는다. 일요일 낮에 부모님 혹은 할머니, 할아버지와 함께라면 어김없이 봐야 하는 바로 그 방송이다.

"전국~ 노래~ 자랑~ 빰빠밤 빰빠빠밤~"

역사와 전통을 자랑하는 KBS「전국노래자랑」은 1980년부터 지금까지 매주 일요일에 방송되는 국내 최장수 프로그램이다. 방송 역사에 있어서 매회 새로운 기록들을 갱신하고 있다. 특히 진행자인 송해는 그 자신이 곧 '전국노래자랑'이라고 할 만큼 프로그램의 대표 브랜드이자 정체성이 되었다. 방송계에선 '송해 이후에 누가 대를 이어 MC를 맡을 것인가'를 두고 십수 년 간 무성한 소문이 돌고 있기도 하다.

　그럼에도 「전국노래자랑」의 진짜 주인공이 일반인 출연자라는 사실은 누구도 부인할 수 없다. 조금은 서툴고 촌스러운 모습으로 등장했던 출연자 중에는 지금 이름만 들어도 알 만한 가수가 된 인물들도 많다. 「전국노래자랑」을 보며 한 번쯤 '저 출연자는 어떻게 방송에 나오게 됐을까' 하고 생각해 본 적이 있을 것이다. TV를 보면 '저 정도 가창력이라면 나도 할 수 있을 것 같은데?' 또는 '노래도 못하는데 어떻게 방송에 나왔지?' 하는 출연자들도 있기 때문이다.

　얼마 전 한 구청의 의뢰로 '치유의 글쓰기'란 수업을 진행한 적이 있다. 수강생들에게 '인생 사진'이라고 부를 수 있는 사진 한 장을 선택해 오라고 주문했다. 다음 시간, 나비넥타이에 근사한 양복 차림을 한 중년 남성이 눈에 띄어 그분이 가져온 사진을 소개하게 했다. 놀랍게도 그분은 「전국노래자랑」에 출연했던 사진을 보여주었다.

　사연은 이랬다. 본인이 사는 지역구에 「전국노래자랑」이 세 번 찾아왔는데, 그때마다 모두 지원을 했단다. 그런데 두 번을 내리 예심 통과조차 못 했다. 어느덧 「전국노래자랑」에 출연하는 것이 버킷리스트가 되었다고 한다. 그때부터 「전국노래자랑」을 볼 때마다 어떤 출연자들이 방송에 나오는지 면면을 분석하기 시작했다는 것이다.

　그 결과 그는 출연자들이 세 가지 유형으로 나뉜다는 사실을 발견했단다. 첫 번째 유형은 물론 노래를 잘하는 사람이다. 이들은 주로 록이나 발라드 장르같이 가창력을 뽐내는 고음 위주의 노래를 부르더란다. 두 번째 유형은 지역 특산물이나 자랑거리를 들고 나와 송해 선생님과 콩트 무대를 만드는 출연자들이다. 특산물을 들고 오는 사람들은 해녀나 농민 대표 등 관계자들이 대부분이었다고 한다. 마지막 세 번째

부류는 재미있는 사연을 가지고 나온 인물들이었단다.

　　노래 실력도, 특산물도 뽐낼 자신이 없던 그는 자연스럽게 세 번째 유형에 주목했다. 박구윤이라는 가수를 닮았다는 소리를 종종 들어서 헤어스타일부터 나비넥타이와 양복, 소품까지 가수와 똑같이 준비를 하고 그의 노래 「뿐이고」를 선곡했다. 자동차 영업을 하던 자신의 직업 소개 멘트를 짧지만 강렬하게 준비했고, 예심에서는 뚝심 있는 세 번째 도전이라는 점을 내세워 심사위원들에게 어필했다. 끝내 그는 「전국노래자랑」 출연이라는 오랜 소원을 이루었다. 프로그램 출연 후에도 좋은 일은 이어졌다. 일부러 자동차 영업소에 전화를 걸어 자신을 찾는 고객들이 생겨 영업 실적 1위까지 달성할 수 있었다. 방송을 매번 모니터하여 출연자를 유형화하고 그 속에서 자신의 경쟁력을 찾다 보니 어느새 「전국노래자랑」이란 프로그램의 구성까지 꿰뚫는 수준에 이른 것이다.

　　사실, 쇼 · 오락 프로그램 작가들은 대본 집필보다 구성에 더 공을 들일 때가 많다. 쇼 · 오락 프로그램의 구성은 음악의 강약과 빠르기까지 고려하여 출연자와 곡들을 배열해야 한다. 프로그램 전체 분위기가 비약을 거쳐 절정에 이르는 과정 즉, 기승전결起承轉結의 흐름이 유연하게 이어질 수 있도록 하기 위해서다. 노래 오디션 프로그램이라고 줄곧 가창력으로 승부하는 인물들을 배치한다면 노래 실력에 대한 감탄도 무뎌지게 되고 프로그램을 보는 재미와 흥미도 줄어들게 된다. 그렇다고 웃음을 주는 출연자들만 등장한다면 프로그램의 목적이나 방향성을 잃게 되는 결과를 낳는다. 출연자의 성별, 나이, 특성, 곡의 빠르기, 장르까지 잘 살펴 다양성 있게 연결하면서, 방송을 보는 이들의 흥이 점점 고조되도록 만들어야 한다.

구성의 힘은 글을 쓸 때만 발휘되는 것이 아니다. 유명 식당의 코스 요리는 메인 요리가 고객에게 최고의 맛을 선사할 수 있도록 애피타이저와 디저트까지 치밀하게 연결하여 제공된다. 이름난 강사들의 강의를 들어 보면 한 시간 내내 주요 지식을 전달하는 것이 아니라, 친근한 사례나 유머로 청중들의 관심을 끈 후, 이들의 관심도가 절정에 달했을 때 자신이 설득하고 싶은 진짜 메시지를 꺼낸다. 대중의 마음을 사로잡는 최고의 요리사 혹은 최고의 강사가 내놓은 결과물은 마치 한 편의 작품을 보는 것 같다.

연애에만 밀고 당기기가 필요한 게 아니다. 갖가지 요소들을 조화롭게 결합시키면서도 글을 읽는 이들이 내내 흥미를 잃지 않도록 만드는 이른바, '밀당'의 배치가 필요하다. 애써 만든 콘텐츠가 외면 받지 않게 하려면 전문가들의 완급조절 능력인 구성력을 배울 필요가 있다.

아직도 「전국노래자랑」을 어르신들만 보는 고루한 프로그램이라고 생각하는가. 그렇다면 한 편의 글에서 구성이 얼마나 중요한지를 배울 절호의 기회를 놓치고 있는 셈이다. 「전국노래자랑」이야말로 한 회도 같은 주인공, 비슷한 이야기가 없는, 그래서 매회가 새롭기만 한 구성의 묘미를 보여주는 '끝판 왕'이다.

_____

_____

_____

_____

_____

_____

_____

_____

컴퓨터를 활용해 수없이 썼다 지우며
글을 써나갈 수도, 원고지나 노트 위에
손으로 꾹꾹 눌러 쓰며 더 많은 고민과
진중함을 쏟을 수도 있다.

글 쓰는 과정을 '글감 발견하기', '구성하기', '쓰고 다듬기'라는 단계로 나눈다면, 아날로그 환경에서 글을 쓰던 시절에 비해 요즘은 매 단계가 훨씬 수월해졌다. 글감을 찾고 선택하는 첫 단계부터 디지털 도구들을 사용하게 되면서 작가들은 발품을 줄여 시간과 체력을 아낄 수 있다.

2000년 즈음, 내가 맡은 라디오 프로그램에서 '10년 전 오늘'이라는 코너를 기획했다. 연도의 앞자리가 '1'에서 '2'로 바뀌는 어마어마한 변화를 경험하며 10년 전을 추억하고, 오늘을 사는 의미를 되새겨보자는 그럴듯한 기획의도를 가지고 시작한 코너였다. 첫 방송이 나가고 반응이 좋았다. 10년 전 오늘 있었던 역사적인 사건들과 인상적인 소식들을 "그땐 그랬죠"라고 소개하자, 잊었던 기억을 소환해줘서 고맙다는 인사부터 현재의 변화에 격세지감을 느낀다는 의견까지 청취자들의 응원이 이어졌다.

담당 작가로서 뿌듯해야 할 상황이었지만 마냥 기뻐할 수 없었다. 코너를 준비하는 과정이 꽤 번거로웠다. 당시 컴퓨터를 이용해 기사 검색을 하려면 '하이텔'이나 '천리안', '나우누리' 같은 PC 통신을 이용해야 했는데, 검색하고 기사를 확인하는 데 상당한 시간이 걸리는 것은 물론이고 당시 10년 전 기사는 거의 데이터화되어 있지 않았다. 할 수 없이 일주일에 한 번씩 방송국 근처에서 가장 크다는 시립도서관을 찾아갔다. 신문과 잡지를 연도별로 모아 놓은 간행물실을 찾아가 먼지 속에서 과거 해당 일자의 기사들을 뒤졌다. 대부분 대출이 안 되는 자료들이어서, 쓸 만한 기사들을 발견하면 낑낑대며 신문 뭉치를 들고 복사를 하거나 노트에 일일이 옮겨 써야 했다. 5분짜리 코너를 위해 일주일 중 하루를 꼬박 투자했다.

만약 지금, 그때와 같은 코너를 기획한다면 어떨까. 기사 검색은 그야말로 식은 죽 먹기다. 키보드 몇 번만 두드리면 10년 전이 아니라 몇십 년 전의 기사도 찾을 수 있다. 방송작가나 연구자들이 즐겨 찾는 '카인즈www.bigkinds.or.kr'란 사이트를 이용하면 더 오래전 기사도 가뿐히 검색할 수 있다. 한국언론연구원에서 구축한 이 사이트는 기사에 등장하는 주요 키워드 분석이나 최근 이슈에 대해 심층 분석한 내용까지 얻을 수 있다. 결과를 번거롭게 복사하거나 프린트를 할 필요도 없다. 이미지를 캡처해 앉은 자리에서 곧바로 편집도 가능하다.

이외에도, 글감 수집 과정에 도움을 주는 빅데이터 분석 애플리케이션이나 검색 사이트도 많다. 가령, '빅워드'와 같은 무료 빅데이터 분석 앱을 이용하면 찾고자 하는 단어별로 내용을 일목요연하게 정리할 수 있고, 관련해서 어떤 이슈들이 급부상하고 있는지 최근 동향을 파악할 수 있다. 간단한 검색어만 입력하면 온라인상의 방대한 데이터 중 대중의 관심도가 높은 알짜배기 정보를 추려낼 수 있다. 선거와 같이 특별한 시기에는 각 신문사와 방송사 데이터저널리즘팀 등에서 제공하는 빅데이터 관련 서비스를 이용하여 어느 정당과 후보가 더 많이 언급되었는지, 여론의 향방이 긍정적인지 부정적인지 알아볼 수 있다.

새로운 글이나 작품을 기획해야 하는 사람이라면 수많은 데이터 중 요즘 대중의 관심사가 무엇인지 선별할 수 있어 유용하다. 글을 쓰는 분야가 한정되어 있다면 특정 주제에 관한 데이터만을 골라 정보를 제공하는 앱을 이용할 수 있다. 분야별 의사와 병원을 추천하는 '메디히어' 같은 의료 서비스 앱이나 맛집 탐방 앱, 영화나 도서를 소개하는 앱처럼 특화된 프로그램들은 사용자가 좋아할 만한 콘텐츠를 제공해주고, 다른 사람들의 취향까지 엿볼 수 있어 쓸모가 많다.

글감을 정하고 자료도 충분히 모았다면, 이들을 어떻게 활용하여 한 편의 글을 쓸 것인지 논리적 개요를 짜는 단계에 들어설 것이다. 개요를 짤 때 브레인스토밍이나 마인드맵 관련 앱이 도움이 된다. '생각의 지도'란 뜻의 마인드맵은 그때그때 떠오르는 생각을 유기적으로 연결하고 정리하기 위해 창작자들이 자주 쓰는 방법이다. 중심 내용을 가운데 두고 거미줄처럼 생각을 확장시켜서 단어나 문장을 기록하면 마치 한 장의 지도처럼 시각화한 결과물을 얻을 수 있다. 디지털 환경이 발전하기 전에는 종이에 직접 마인드맵을 그려야 했지만, 현재는 시중에 마인드맵과 관련된 앱이 여러 종류 있고 무료로 제공하는 소프트웨어도 많다.

싱크와이즈ThinkWise, OKMindmap, simpleMind, freeMind, xmind, ALMind 등이 무료로 이용할 수 있는 것이다. 이들은 개인의 아이디어를 마치 한편의 그림처럼 멋지게 보여주고 생각의 흐름을 일목요연하게 정리해주는 것이 장점이다. 마인드맵을 그려가는 방식이나 결과가 나타날 때의 디자인 등이 앱마다 다르기 때문에, 지극히 개인적인 취향으로 나에게 맞는 앱을 선택하면 된다.

글쓰기 준비 작업뿐 아니라, 실제 방송 글이나 출판을 목적으로 한 글쓰기에 유용한 앱도 많다. 사진과 함께 사진에 얽힌 정보나 이야기들을 서술할 수 있도록 틀을 만들어, 이미지와 글을 결합해 책을 내고 싶은 사람들에게 도움을 주는 도구들도 있다. 많은 사람들이 사용하고 있는 '카카오 브런치'나 '씀'과 같은 글쓰기 플랫폼은, 종이나 컴퓨터를 이용해 글을 썼을 때는 발견하지 못하던 매력들을 느끼게 해준다. 스마트폰을 이용해 언제 어디서든 글을 쉽게 쓸 수 있고, 완성한 글은 마치 작은 책처럼 손안에서 그럴듯한 작품으로 탄생한다. 정적인 이미지를 곁들인 글에 만족하지 못한다면 손쉽게 만들 수 있는 동영상 앱을 찾아보자. 사진을 연결하거나 직접 촬영한 동영상을 바탕으로 그 위에 자막과 내레이션까지 직접 입힐 수 있어서 스스로 '1인 미디어 제작자'가 되어 콘텐츠를 유통할 수도 있다.

디지털 도구들은 글쓰기의 생산성을 높인다. 더 많은 기사를 빠른 시간 내에 검색할 수 있고, 데이터를 논리적으로 체계화 시킬 수 있으며, 글 속에서 전달할 정보들을 한눈에 알아보기 쉽게 하여 오류를 잡아내는 데도 유용하다. 그러나 디지털 도구들이 반드시 더 나은 글을 쓰게 해준다고 생각하지는 않는다. 고백하자면, 뻔하지 않은 창의적인 글을 쓰고 싶을 때 나는 편리한 도구들을 멀리하고 오히려 추억의 도구들을 찾는다. 글에 관한 영감이 떠오르지 않을 때 빅데이터 분석에 의지하기 보다는 백지 위에 펜으로 낙서를 끄적인다. 빅데이터 분석 결과나 포털사이트에서 보기 좋게 정렬한 기사들을 참고하는 대신, 종이 신문이나 잡지들을 손에 잡히는 대로 펼치다 보면, 예상치 못한 지면에서 재미있는 소식이 눈에 들어오거나 생뚱맞은 기사에서 내가 쓰고자 하는 주제와 연결점을 발견하기도 한다.

구성을 하거나 실제 집필을 할 때도 마찬가지다. 앱이나 컴퓨터를 활용해 수없이 썼다 지우며 글을 써나갈 수도 있지만, 원고지나 노트 위에 손으로 꾹꾹 눌러 쓰며 단어 하나, 문장 한 줄을 완성하는 데 더 많은 고민과 진중함을 쏟을 수도 있다. 글을 쓰고 다듬는 과정에서는 맞춤법 검사기를 사용할 수 있지만, 무거운 국어사전을 옆에 끼고 앉아 글을 쓰다 보면 왠지 든든한 마음마저 생긴다. 나는 국어사전을 맞춤법을 점검하거나 말뜻을 찾는 목적 외에도 글이 잘 풀리지 않을 때 실마리를 얻는 수단으로 사용한다. 게임을 하듯 국어사전을 펼쳐 그 페이지에 나오는 단어들을 눈으로 훑다 보면, 훅하고 영감이 떠오르거나 풀리지 않는 글의 물꼬를 찾아내기도 한다.

디지털 도구와 아날로그 도구의 쓰임새는 그때그때 다르다. 경험상, 빠른 시간 내에 공간에 얽매이지 않고 글을 써야 할 때는 디지털 도구들을 잘 활용하면 좋다. 나에게 맞춤형 데이터와 툴을 제공하므로 편리하게 작품을 창작할 수 있다. 아날로그 도구들은 펜의 종류에 따라, 종이의 질에 따라 같은 문장이라도 다른 느낌으로 다가온다. 지금도 나는, 아이디어들을 두서없이 모을 때는 연필과 줄이 없는 재생지 노트를 주로 사용하고, 정갈하게 다듬어진 글을 쓰고 싶을 때는 만년필에 고급스러운 색지를 즐겨 찾는다. 분명한 사실은 쓰고자 하는 글의 특성과 글쓴이의 취향에 따라 골라 쓰는 도구들이 글을 쓰고 싶은 욕망을 부추기고 글 쓰는 시간에 몰입할 수 있도록 우리를 이끈다는 점이다.

_____

_____

_____

_____

_____

_____

_____

_____

당장의 쓸모에 얽매이지 말고 일단 담는다.
기차를 한 칸 한 칸 이어 붙이듯
'연결의 힘'으로 쓴다. 누군가에게
설명서를 제공한다는 마음으로.

넷플릭스 다큐멘터리 「조지아의 상인The Trader」의 첫 장면은 감자밭에서 시작한다. 조지아의 작은 마을에서 감자를 키우는 농부가 자신이 필요한 물건과 감자를 바꾸기 위해 흥정을 시도하고 있다. 이후 카메라는 오래된 차를 끌고 감자를 경작하는 마을을 찾아다니며 다양한 잡동사니들과 감자를 교환하는 상인의 행적을 뒤좇는다.

다큐멘터리가 소개하는 조지아의 상인은 그 옛날 봇짐이나 등짐을 지고 시장을 돌며 물건을 팔던 우리네 보부상과 닮았다. 1990년 러시아로부터 독립한 신생국가 조지아Georgia에서는 이처럼 현대판 보부상들을 심심찮게 볼 수 있다고 한다. 산악 지대에 자리해 있어 이동이 쉽지 않은 마을 사람들에게 상인들은 물건과 물건을 맞바꾸어 교환경제가 이루어지도록 중간자 역할을 한다. 이들은 가치 있는 것이면 무엇이든 받고, 무엇이든 판다. 가내수공업으로 만들었다고 천시하거나 반대로 값이 나가는 사치품이라고 외면하는 일이 없다. 상인과 마을 사람들 사이에서는 언젠가, 누군가에게 쓸모가 있을 것이라는 판단이 서면 상인들의 흥정 대상이 된다. 조지아의 상인에게 봇짐이나 등짐이라 할 수 있는 차 트렁크에는 생활에 필요한 온갖 품목들이 다 들어 있다.

글을 쓰기 위해 자리를 잡고 앉았지만 앞이 막막해 질 때가 있다. 무엇에 대해 쓸 것인지 글감은 정했지만 그 글감을 어떻게 풀어가야 할지 감이 잡히지 않은 경우를 자주 경험한다. 아이디어를 떠올려봐도 남들이 이미 다 썼던 뻔한 내용이고 내가 남들보다 더 뛰어난 솜씨로 이야기를 풀어낼 자신 또한 없다. 그렇다고 독창적인 생각들만 추려 서술하려니 독자들에게 공감을 받지 못할까 안절부절 못하게 된다.

이런저런 생각들이 이어지다 보면 결국 글감 자체가 잘못된 것은 아닌지, 혹은 첫 문장을 시작도 하지 못하는 내 모습을 보며 실력이 모자란 것은 아닌지 의구심이 몰려든다. 이렇게 고민의 늪에서 허우적 거리기 전에 우리가 할 일은 단 한가지다.「조지아의 상인」처럼 품목을 가리지 말고, 당장의 쓸모에 얽매이지 말고 일단 나의 보따리에 담고 보는 것이다. 나중에 모조리 담아둔 것들을 펼쳐 보면 그 중 나만의 이야기를 만드는 데 꼭 필요한 재료들을 찾아내기 마련이다.

　　이때 유의할 점은, 생각의 수면 위로 떠오르는 것은 무엇이든 잡아채어 지면에 써 놓는다는 것이다. 뭐 이런 게 쓸모가 있을까 하는 것들도 지나고 보면 좋은 이야기의 밑천이 될 수 있다. 메모장이어도 좋고 노트북이어도 좋다. 머릿속에 떠올린 것들을 가장 빨리 옮길 수 있는 도구를 펼치자. 그리고 논리나 평가란 잣대는 저 뒤로 숨기고 우선, 필터링 없이 내 안의 글감들을 쏟아내 보자. 이때 핵심은 떠오르는 아이디어나 에피소드에 대해 가치 판단은 뒤로 미룬다.

　　'커피'라는 글감을 잡고 한 편의 교양 프로그램을 써야 한다고 가정해보자. 단편적으로는 커피의 종류나 커피의 역사, 커피를 생산하는 국가 등에 대한 정보들을 찾아서 나열할 수 있다. 바리스타는 어떤 커피를 좋은 커피라고 생각하는지, 커피 중독은 어느 정도 수준을 말하는지, 커피 소비에 드는 돈을 아까워하지 않는 이유는 무엇인지 등 내가 직접 궁금한 것에 대해 답을 찾아가는 과정을 기술할 수도 있다. 보다 바깥으로 눈을 돌리면, 커피와 건강을 다룬 정보 이면에 숨은 이해관계를 파헤칠 수도 있고, 특정 브랜드의 커피 회사가 흥망성쇠를 겪은 과정을 해석해 경제적 메시지를 찾아볼 수도 있다.

　　이렇게 다양한 아이디어들을 풀어 쓰는 과정에선 '독자나 시청자들이 어떻게 생각할까'에 관해 아직 고려하지 않아도 된다. 그저 생각의 흐름대로 옮겨 써서 정리하다 보면 이야기 거리가 유난히 풍부한 항목이나 질문이 끊이지 않고 나오는 지점을 발견하게 된다. 그 부분이 내가 하고 싶은 이야기 혹은 대중에게 알려주고 싶은 메시지일 가능성이 크다. 보부상이나 「조지아의 상인」처럼 커피라는 소재에 대한 아이디어들을 스토리텔링의 장에 충분히 펼쳐 놓았다면, 무엇에 대해 더 깊고 자세히 쓸 것인지에 대한 선택과 판단은 그 이후에 해도 늦지 않다.

한 편의 글을 짧게 쓰는 것이 쉬울까, 길게 쓰는 것이 쉬울까? 사람마다 다를 수 있지만, 일단 분량이 긴 글을 써야 한다고 하면 부담이 밀려오는 것이 사실이다. 방송작가인 나도 같은 주제로 글을 쓰더라도, 10분짜리 짧은 꼭지를 만들 때보다 60분짜리 영상을 만들어야 할 때 어떤 문장이나 문단들로 채워야 할지 망설인다. 이럴 때 나는 기차를 한 칸, 한 칸 이어 붙여 완성된 본체를 만들듯 '연결의 힘'으로 글을 쓰라고 제안한다.

올해 일곱 살 된 조카가 나를 만날 때마다 불러 달라는 노래가 있다. 지독한 음치여서 웬만하면 노래를 부르지 않지만 조카의 애교에 넘어가 매번 노래를 부르게 된다. 바로, "원숭이 엉덩이는 빨개. 빨간 것은 사과"로 시작하는 노래다. 언제부터 이 노래를 불러 줬는지 정확히 기억나진 않지만, 처음에 노래 가사가 기억나지 않아 "기차는 빨라, 빠른 것은 지하철, 지하철은 편리해, 편리한 건 컴퓨터" 등 뒤로 갈수록 내 맘대로 개사를 해서 부르기 시작했다. 끝날 듯 끝나지 않고 매번 부를 때마다 달라지는 가사가 재미있었는지, 조카는 나를 만날 때마다 이 노래를 불러달라고 조른다. 마치 천 일 동안 이어지는 설화가 담긴 『천일야화』에서 왕이 이야기를 계속 듣고 싶어 했던 것처럼.

글쓰기도 이 노래를 이어가는 것과 다르지 않다. 연관이 없을 것 같은 내용들에서 공통점이나 연결지점을 포착하여 이어가다 보면 이야기를 풍성하게 만들 수 있다. 앞서 예를 들었던 커피 이야기로 돌아가 보자. 다양하게 펼쳐 놓은 에피소드나 정보들 중 커피 소비에 대해 보다 자세히 쓰고 싶다면 커피 소비와 공정 무역을 연결해 쓸 수 있고, 하루 종일 카페인의 힘을 빌려야 하는 우리의 노동 시간과 강도의 연관성을 주목할 수도 있다. 밥값에는 지갑을 열지 않아도 커피와 디저트에는 '작은 사치'를 누리고 싶어 하는 사람들의 소비 행위를 문화심리학으로 읽어 보는 글을 구성할 수도 있다. 이렇게 꼬리에 꼬리를 물듯이야기의 조각조각을 이어 붙여 쓰면 길게 써야 하는 글도 어렵지 않게 완성할 수 있다.

그래도 글의 분량을 채우거나, 하나의 글감에 대해 자세히 쓰는 것이 어렵다는 사람들에게 추천하는 방법이 또 있다. 사용설명서처럼 글을 써보란 것이다. 평소 가족이나 주위 사람들은 컴퓨터나 휴대폰을 새로 구입했거나 갑자기 고장이 났을 때, 나에게 연락한다. 그럼 전부는 아니지만 8할 정도는 빠른 시간 안에 해결법을 찾아줄 수 있다. 내가 주위 사람들의 해결사 노릇을 하게 된 것은 호기심이 많은 얼리어답터이거나 기기들에 대해 특별한 지식이 있어서가 아니다. 나의 비밀은 바로 설명서 읽기에 있다.

나는 대부분의 사람들이 귀찮아 하거나 중요하게 생각하지 않는 사용설명서, 제품안내서를 꼼꼼하게 읽는다. 깨알같이 쓰인 매뉴얼을 찬찬히 읽어 보는 것이 생각보다 재미있고, 글이나 그림으로 표현된 안내를 좇아갔을 뿐인데 실제 눈앞의 문제들이 해결되는 과정에서 묘한 즐거움을 느낀다. 나에게 세상의 모든 설명서는 두 가지로 나뉜다. 분류의 기준은 친절한가, 그렇지 않은가이다. 친절한 설명서는 기기의 세부 부위나 기능, 혹은 사용 상황에 따라 항목이 잘게 구분되어 있다.

잘 구성된 목차는 사용자들이 필요한 항목을 쉽게 찾게 한다. 내용을 서술할 때도 문장이 길지 않고 어려운 용어 대신 사용자에게 친근한 용어를 사용하며, 도움이 된다면 기꺼이 그림으로 보여준다.

설명서의 영어 표현인 'manual'은 '손의, 손으로 하는, 손에'라는 뜻이다. 두루뭉술하고 뜬구름 잡는 사용법이 아니라, 뜻 그대로 손에 잡힐 듯 명쾌하면서도 상세한 안내서가 나에겐 좋은 매뉴얼이다. 글감을 정하고, 자료를 수집하고 본격적인 글쓰기에 들어갔다면, 누군가에게 그 주제나 소재에 대해 설명서를 제공한다는 마음으로 자세히 글을 써보면 어떨까? 나중에 글이나 방송이 완성된 후 확인하면 이렇게 서술한 내용의 상당 부분을 사용하지 않고 편집했을 가능성이 크다. 그렇다 해도 글로 정리하는 순간, 종이나 컴퓨터 모니터 위에 모습을 드러낸 내용들은 하나의 콘텐츠로 의미를 가지게 된다. 비록 세상에 나가지 못할 내용이라도 필요할 때면 언제든 꺼내 쓸 수 있는 나만의 글쓰기 잡화점을 가진 것이 되니, 작가로서 재료들을 가득 갖고 있다는 든든하고 배부른 기분을 맛볼 수 있다.

_____

_____

_____

_____

_____

_____

_____

_____

구슬은 잘 꿰면 작품으로 재탄생해
가치를 높일 수 있지만
여기저기 흩어진 구슬들은
그저 재료일 뿐이다.

영상 기획안 공모전에 심사위원으로 참석한 적이 있었다. 참신하고 유익한 기획안을 골라, 한 편의 영상물로 완성될 때까지 일정 금액의 제작비를 지원해주는 공모전이었다. 지원금의 액수가 크고, 선정작이 되면 업계에서도 인정받을 수 있어 매년 경쟁률이 높다.

치열한 서류 심사를 통과한 15개의 팀들이 자신이 만들 콘텐츠를 설명하는 프레젠테이션 자리를 가졌다. 각 팀에게 5분의 발표, 10분의 질의응답 시간을 주었다. 서류를 꼼꼼히 살펴본 뒤라 참가팀들의 발표보다는 질의응답 시간이 중요했다. 생각보다 시간이 오래 걸려 심사위원들은 지쳐 있었다. 그럼에도 시간이 흐른 지금까지 기억에 남는 팀들이 있다. 안타깝게도 스토리텔링 측면에서 잘한 팀보다 아쉬운 팀이 더 뇌리에 남아 있다.

'실패에서 배운다'란 말이 있듯이, 그들이 심사를 통과하지 못한 이유가 무엇인지 되짚어 보면 글쓰기를 할 때 피해야 할 지점들을 찾을 수 있을 것이다. 발표와 질의응답 과정을 거친 후 끝내 불합격을 줬던 팀들의 공통점을 꼽는다면 '과잉過剩', 즉 지나침이 문제였다.

실패 사례 그 첫 번째는 '수사修辭의 과잉'이다. 수사는 원래 말과 글을 다듬고 꾸며서 보다 아름답게 표현하는 기술이다. 적절한 수사는 자신의 말과 글을 돋보이게 하고 주목하게 만들어 타인을 설득할 수 있다. 하지만 지나침은 모자란 것만 못하다. 수사에 너무 신경을 쓰다 보면 겉은 화려한데 알맹이가 없는 문장이 되기 마련이다. 공모전 발표 현장에서도 그런 사례를 심심치 않게 찾을 수 있었다.

한 참가팀이 모두 정갈한 정장 차림에 화려한 PPT를 앞세우며 들어왔다. 발표 시간 동안 자신들의 기획안이 왜 우수한지 의미 부여를 하는 데 여념이 없었다. '최대', '최초', '최고'라는 단어들과 '한국의

○○○' 같은 비유들이 쏟아졌다. 듣는 내내 어지러웠다. 5분이라는 시간이 길게 느껴졌다. 곧바로 이어진 질의응답 시간, 실제 이 콘텐츠가 제대로 제작될 수 있을지가 심사의 중요한 기준이었다. 기획안대로라면 어마어마한 작품이 나올 것 같았지만, 그러기엔 시간과 제작비, 출연진 문제 등 해결해야 할 사안이 많아 보였다. 질문의 핵심은 "제작 현실성이 있는가?"였다.

돌아오는 답변들이 또 한 번 청중을 어지럽게 했다. 발표자는 영어를 남발하며 번역투의 문장으로 손짓, 몸짓까지 써 가며 자신과 팀의 이력을 자랑했다. 그리고 '잘 될 것이다'라는 신기루 같은 비전 제시가 이어졌다. 심사위원들이 듣고 싶었던 답은 끝내 듣지 못한 채 10분이 흘러갔다. 포장만 화려할 뿐 구체적인 내용이 없다는 이유로 불합격 결정을 내렸다.

다음은 '정보의 과잉'으로 탈락한 팀들이었다. 정보 사회에서 데이터나 정보를 많이 제공하는 게 뭐가 문제일까 싶겠지만, 그 많은 정보들을 하나의 줄기로 엮어내지 못한다면 스토리텔링의 실패를 부르게 된다. 한 팀을 예로 들면, 그들이 선택한 아이템은 '4차 산업 혁명'이었다. 기획안에는 4차 산업 혁명에 관한 자료들이 깨알 같은 글씨로 나열되어 있었다. 아니나 다를까 프레젠테이션이 시작되자 발표자는 청중들에게 4차 산업 혁명이 무엇인지 장황하게 강의식으로 설명을 이어갔다. 지루했고 하품을 억지로 참는 심사위원도 있었다.

질의응답 시간에 던진 첫 질문은 "그래서 주제가 뭔가요?"였다. 4차 산업 혁명의 사례들만 제시했을 뿐, 정작 이 영상을 통해 전하고 싶은 메시지나 콘셉트에 대한 설명이 없었던 것이다. 4차 산업 혁명이 무엇인지는 포털 사이트만 검색해봐도 잘 알 수 있다. 그러니 적어도 영상

스토리텔링을 한다면 제작진이 전하고 싶은 구체적이고, 명확한 기획 의도를 정하고 이를 위해 무슨 사례를 선택, 강조할 것인지 그리고 어떻게 영상화할 것인지 말해주면 된다. 구슬은 잘 꿰면 작품으로 재탄생해 가치를 높일 수 있지만 여기저기 흩어진 구슬들은 그저 재료일 뿐이다. 자신이 조사하거나 수집한 정보들을 작품에 모두 담아내겠다는 행위는 '뭣이 중한지' 모르는 스토리텔러의 무지일 뿐이다.

마지막 실패 유형은 '감정의 과잉'형이었다. 이는 특정 사람이나 사례를 주인공으로 내세운 방송 글쓰기에서 범하기 쉬운 실수이다. 이 공모전에서도 한 사람의 일생을 통해 우리 사회의 문제를 곱씹어 보거나, 좌절을 딛고 성공한 공동체를 통해 보편적 가치를 깨닫게 하려는 작품들이 많았다. 전하고자 하는 주제가 분명하여 화려한 수사를 덧붙일 필요도 없고, 구체화된 사례가 있으니 방대한 자료들을 제시할 필요도 없었다. 하지만 이런 아이템이 의외의 부분에서 심사위원들을 실망시켰다.

기획 단계에서 이미 주인공을 향해 동정심이나 연민을 품어야 한다고 강요하거나, 성공에 찬사를 보내며 경외감을 느끼길 종용한다는 인상을 주는 작품이 여럿 보였다. 미리 제시한 구성안은 신파로 흐르고 있었고 출연자에 대한 서술도 감정을 담은 표현으로 가득 차 있었다.

베테랑 작가들은 휴먼 다큐멘터리 등을 쓸 때, 가장 피해야 할 요소 중 하나로 작가의 주관적 해석을 꼽는다. 성우에게 더빙을 부탁할 때도 최대한 담담하게 읽어달라는 부탁을 한다. 감정 과잉형 스토리텔링은 참신하지 못하고, 시청자들에게 진짜 감동을 전할 기회를 스스로 차버리는 것임을 잘 알기 때문이다.

과연 어떤 팀들이 공모전 최종에 올랐을까? 요약하면, 앞서 제시한 세 가지 과잉의 실수를 하지 않은 팀들이었다. 콘텐츠를 잘 이해하고 솔직한 답변과 명확한 언어로 앞으로의 계획을 설명한 팀, 필요한 정보만을 제시하며 구성의 맥락을 정확히 짚어낸 팀, 객관적 시선으로 공감을 이끌어낸 팀들에게 심사위원들은 높은 점수를 주었다.

과유불급過猶不及은 인생에서 실수를 막는 지혜 중 하나이다. 글쓰기의 실패를 막을 수 있는 유용한 방법이기도 하다. 그것이 글쓰기의 기본 원칙들을 무시한 채 품은 욕심일 때는 더욱 그렇다. 기본을 지키고 내실을 기한 작품은 이변이 없는 한, 누구나 그 진정성을 알아보는 법이다. 모든 일이 그렇다. 형식이나 기교보다 본질이 중요하다.

다른 작품을 심도 있게 비평하는 시간은 나의 글쓰기를 돌아보게 되는 기회이기도 하다.

일상에서 쉽게 쓰는 구어체로

글쓰기 연습을 시작해보자.

한때 방송아카데미에서 강의를 했다. 작가반 수업이 열리면 첫 시간에는 주로 방송 글의 특징을 설명했는데 특히 문어체와 구어체를 비교하여 일반적인 글과 방송 글의 차이를 이야기하려 했다. 방송작가는 '글을 쓰듯이'가 아니라 '말을 하듯이' 대본을 써야 한다. 라디오를 듣거나 TV 프로그램을 보면서 시청자들은 작가가 쓴 글을 눈으로 읽는 것이 아니라 귀로 듣기 때문이다. 대화가 자막으로 다시 화면에 새겨지는 경우도 있지만 대부분은 소리로 공중에 흩어진다.

눈으로 읽는 글은 보다가 이해가 되지 않거나 앞 내용이 기억나지 않으면 앞으로 되돌아가 읽을 수 있다. 모르는 단어를 보면 뜻을 찾아본 후 다시 읽어 내려가도 무관하고, 문장이 조금 길다 싶으면 자신만의 호흡으로 끊어 읽으며 이해를 도울 수 있다.

말의 경우는 어떨까. TV 광고를 보다 서늘함을 느낀 적이 있다. 대학 강의실에 학생들이 가득 앉아 교수의 강의에 귀 기울인다. 이때 학생들 책상 위에 놓인 것은 노트북이다. 광고는 이제 필기를 종이나 펜이 아닌 노트북을 이용해 편리하게 하면 된다고 말한다. 문제는 그다음이다. 교수가 말한 강의 내용을 그때그때 이해하지 못해 애를 먹었던 과거에 비해, 앞으로는 노트북 녹음 기능을 사용해 무한 반복하며 다시 들을 수 있으니 놓친 내용이나 어려운 부분이 있어도 걱정할 필요가 없다고 안심시킨다. 수업 내 교수의 말에 귀를 쫑긋 세워야 했던 학생들에게는 반가운 광고일지 모르지만, 강의를 하다 몰입하면 어떤 말들을 쏟아냈는지 모두 기억해내기 어려운 나 같은 교수자들에게 이 광고는 영 꺼림칙하고 두려움마저 갖게 한다.

말의 특징은 한 번 뱉으면 주워 담을 수 없다는 것인데, 이제 스마트폰이나 노트북의 녹음 기능을 통해 표현 수단으로써 말의 한계를 점차 극복하고 있다. 그렇다 해도 방송을 위한 글은 아직 말의 한계를 뛰어넘기 어려워 보인다. 수업에서 다룬 지식처럼 방송 내용을 일일이 녹음해서 복귀하며 들을 시청자는 거의 없기 때문이다. 방송작가 지망생들에게 여전히 문어체가 아닌 구어체를 연습시키는 이유가 여기에 있다.

글쓰기를 어려워하는 사람들도 문어체보다는 일상에서 쉽게 쓰는 구어체로 글쓰기 연습을 시작하면 좋다. 문어체는 시각의 기호인 문자를 기준으로 이루어진다면, 구어체는 청각의 기호인 음성을 기준으로 이루어진다. 문어체는 문장이 도중에 불완전하게 끝맺을 수 없지만 구어체는 듣는 이가 이해하는 상황이면 완전하지 않아도 도중에 끝낼 수 있다. 문어체는 시대에 따라 변하는 속도가 늦고 되도록 표준말을 쓰도록 한다. 한자어나 옛말이 사용되어도 상관없다. 구어체는 유행과 시대에 따라 말의 변화속도가 빠르다. 말하는 이의 개성을 살려 현재 두루 쓰이는 말이나 유행어를 써도 괜찮다. 한마디로 구어체는 현재에도 변화를 계속하는 좀 더 생생한 표현이며, 나 자신이 생활 속에서 가장 편하게 사용할 수 있는 말이다.

구어체로 표현하려면 어떻게 써야 할까? 일상에서 나누는 자연스러운 대화를 떠올려 보면 쉽게 이해할 수 있다. 누구나 알아들을 수 있는 쉬운 낱말을 쓸수록 좋다. 듣는 이가 누구든, 어떤 상황에 처해 있든 한 번에 이해할 수 있어야 하기 때문이다. 어려운 한자어나 외래어보다는 쉬운 우리말을 쓰고, 추상적인 표현보다는 구체적이고 정확한 어휘를 선택하는 게 좋다.

다음으로, 문장 구조가 짧고 단순할수록 좋다. 길어질수록 말하는 내용의 의도가 무엇인지 파악하기 어렵고 전달하려는 바가 분명치 못해 오해를 불러올 수도 있다. 설명하고 싶은 내용이 많다면 한 문장의 호흡을 길게 가져가기보다는 여러 문장으로 나누어주는 편이 낫다. 간결한 문장은 전하려는 생각이나 감정이 무엇인지 선명하게 드러낸다. 최소한의 주어와 서술어로 이뤄진 문장들은 강인한 힘마저 느껴진다. 강조하고 싶은 바를 담은 문장일수록 짧게 쓰는 것이 좋다.

방송 대본의 원칙 중에, 쉽고 보편적인 단어를 사용하고 짧고 단순한 문장을 구성하라는 것이 있다. 방송작가들이 숫자를 다루는 방식에 주목해 보자. 예를 들어, 산불이 발생해 '40ha의 산림을 태웠다'는 표현보다는 '축구장 56개에 해당하는 면적이 불탔다'는 표현이 듣는 이들에게는 더 잘 와 닿는다. 가늠하기 어려운 숫자나 생소한 단위를 사용할 때도 한 번 더 풀어서 설명해 줘야 한다. 독자나 시청자들이 제시된 수치를 체감할 수 있도록 단위를 변환하거나 친근한 비유 대상을 찾아 알려주는 것도 방법이다. 가령, 집이나 건물의 면적을 이야기할 때 제곱미터㎡ 단위를 사용할 것을 권장하고 있지만, 이는 아직 사람들이 낯설게 느끼는 표현이다. 이럴 땐 '3.3㎡, 즉 한 평당 임대료가 10만 원'이라는 식으로 들려주는 것이 좋다. 또한 한 문장에는 하나의 수, 하나의 단위 정보만 다루어야 듣는 사람들의 혼란을 피할 수 있다.

말을 하듯 글을 쓰라는 조언은 아무리 강조해도 지나치지 않다. 하지만 막상 방송 현장에 있을 때는 이런 충고가 뭔가 성에 차지 않았다. 다 맞는 이야기인데, 어떻게 이런 문체를 내 것으로 만들 수 있는지 보다 손에 잡히는 방법이 있으면 좋겠다고 생각했다. 그렇게 헤매다 찾은 나만의 비책이 있다.

나는 방송 생활을 처음 시작하는 후배들이나 제자들에게 늘 시집을 선물한다. 후배나 제자들은 내가 선물을 준비했다고 하면 한껏 기대했다가 얇은 시집을 내미는 것을 보고는 실망하곤 한다. 그리고 그 자리에서 그들이 손사래를 치는 일을 시킨다. 바로 시 낭송이다. 집에 돌아가면 선물한 시집에서 가장 마음에 드는 시를 골라 반드시 낭송해 볼 것. 물론 내 선물과 조언을 어떻게 받아들였는지 확인하지는 못했지만 언젠가 그들에게 도움이 될 거란 확신으로 지금도 시집 선물을 계속하고 있다.

시는 리듬이 있는 글이다. 시를 읽을 때 느껴지는 말의 가락, 즉 운율 때문이다. 시에서는 이 운율을 사용해 리듬감을 살리고 읽는 이로 하여금 시인이 강조하고 싶은 내용에 주목하도록 만든다. 그래서 시는 낭송을 했을 때 비로소 그 어휘들의 아름다움과 시인의 감성이 보다 잘 전달된다.

자신이 쓰려는 글들도 낭송했을 때 리듬감이 있으면 더 빨리 읽히고 독자들을 끌어당기는 힘이 생길 것이다. 운율을 주는 방법에는 여러 가지가 있지만, 나는 일정한 글자 수를 반복하기, 같거나 비슷한 문장 구조를 반복하여 주제를 강조하는 방법을 자주 썼다. 내가 쓴 글에 리듬을 줘야겠다고 자각하고 대본을 쓴 이후 가장 달라진 점은 방송 중 내 글을 읽는 MC나 DJ, 내레이터들의 실수가 눈에 띄게 줄었다는 것이다. 리듬을 가진 글은 읽는 사람도, 듣는 사람도 편히 대할 수 있어 마음의 안정을 준다.

주변에는 '강의의 달인'이라 불리는 우수한 강사들이 많다. 아나운서 출신으로 발음과 목소리뿐 아니라 표정과 제스처까지 호감을 사서 단번에 청중을 사로잡는 강사도 있고, 적절한 유머와 열정적인 강의로 어떤 조직에서 강의를 하든지 최우수 교수로 선정되는 지인도 있다.

이런 그들이 나를 만나면 글 쓰는 것이 제일 어렵더라는 넋두리를 하곤 한다. 강의를 하라면 몇 시간이고 할 자신이 있는데, 글로 써 보라면 어떻게 시작해야 할지 막막하다는 푸념을 늘어놓는다. 그럴 땐 '역시 하늘이 모든 재능을 다 주지 않는군' 하며 속으로 씩 웃는다. 강의를 잘하는 그들이 글까지 잘 쓴다면 너무 불공평하지 않겠는가.

하지만 이내 그들의 좋은 강의를 글로 남겨 둔다면 직접 강의를 들을 수 없는 사람들에게도 도움이 될 텐데 하는 아쉬움이 든다. 그래서 이들에게 강의할 때 자신의 강의 내용을 먼저 녹음해 보라고 권한다. 녹음한 내용은 시간이 걸리더라도 찬찬히 들으며 받아써 보라고 시킨다. 강사들 대부분이 강의노트나 PPT 자료를 준비하지만, 말할 내용을 요약하는 것과 이미 말한 내용을 되짚어 보는 것은 차이가 있다. 자신이 말한 내용을 다시 듣고 문서화하는 작업을 통해 나의 말버릇이 무엇인지 알게 되고 논리적 비약은 없는지, 시작은 장대한데 시간에 쫓겨서 급하게 마무리된 건 아닌지 되돌아 볼 수 있다.

말은 하고 나면 수정이 어렵지만 글은 쓰면서 얼마든지 더 적합한 단어로 바꿀 수 있다. 문단의 순서를 이리저리 옮겨볼 수 있으며, 정보나 논리가 취약한 부분은 보충할 수 있다. 자신이 강의한 내용을 초안으로 삼아 부족한 부분을 채워 나가는 식으로 퇴고를 여러 차례 거치다 보면 어느새 한 편의 근사한 글이 탄생한다.

한 후배는 최근, 자신의 강의 내용을 책으로 출간했다. 요즘 그 책을 수업 교재로 사용하고 있다고 한다. 시간의 제약 때문에 수업 중 다 담지 못한 사례나 부연 설명까지 책에 기술할 수 있어서 교재를 읽는 학생들의 만족도도 높아졌다고 말했다. 그리고 보니 하늘은 역시 불공평하다. 말을 잘하는 사람이 시간과 공을 들이니, 글도 잘 쓰는 사람으로 거듭날 수 있다는 사실을 확인했으니 말이다.

인물이나 공간에 대한 이미지를
다른 사람에게 그림을 그리듯,
사진을 보듯 말이나 글로 생생하게
들려주는 것이다.

내 주위에는 글쓰기 고수들이 많다. 방송작가는 물론이고 기자, 평론가, 동화작가, 소설가, 시나리오작가 등 글로 이름을 알리고 밥을 먹는 진짜 글쟁이들이다. 예민한 성격인 데다 뭐든 혼자 하는 걸 좋아하는 나는 방송 일을 했던 사람치곤 인간관계가 좁다. 억지로 관계를 이어가기 위한 노력을 하지 않고 혼자가 제일 편한 개인주의자인 셈이다.

하지만 글쟁이들 앞에선 예외다. 질투를 느낄 만큼 필력 있는 고수들에게는 먼저 연락하고, 밥과 술을 사 가면서 관계를 맺기 위해 애쓴다. 이 또한 그들의 노하우를 흡수하기 위한 나의 욕심 때문이지만. 그렇게 듣고 터득한 노하우 중에 글쓰기에 꼭 필요한 기법을 소개한다.

방송 글을 쓰다 보면 구성작가라 하더라도 드라마 대본을 써야 할 경우가 종종 있다. 라디오작가 시절엔 짧게라도 콩트나 단막극이 포함된 코너를 쓸 일이 많았다. 다큐멘터리에서도 장르를 불문하고 상황이나 사건을 재연하거나 역사적 사건을 리얼하게 표현하기 위해 드라마 기법을 활용한다.

대학 교수이자 시나리오작가인 지인에게 드라마나 영화 대본을 잘 쓰기 위해 제자들에게 추천하는 훈련법이 무엇인지 물었다. 학생들이 생각보다 어려워하는 과정이라며 '묘사하기 게임'을 제안하였다. 실제 그는 새 학기가 되면 매주 학생들에게 '묘사하기 게임' 과제를 내고 과정을 확인한다고 한다.

'묘사하기 게임'이란, 자신만 알고 있는 인물이나 공간에 대한 이미지를 다른 사람에게 그림을 그리듯, 사진을 보듯 말이나 글로 생생하게 들려주는 것이다. 이때 중요한 게임의 규칙이 있다. 절대 자신의 감정이나 의견은 넣지 말아야 한다. 예를 들어, '소심한 남자 친구'를 묘사한다고 하자. 먼저 얼굴형, 머리 모양, 눈, 코, 입 등의 생김새를 서술할 수 있다. 이에 더해 평소 버릇처럼 하는 행동은 무엇인지, 긴장하거나 거짓말을 하면 얼굴이나 신체, 행동이 어떻게 변하는지 등을 쓸 수 있다.

글쓴이의 주관적인 생각을 빼고 어떤 사물이나 인물, 상황을 있는 그대로 전달하는 것이 이 게임의 핵심이다. '그 카페 분위기가 좋아'가 아니라 시각과 청각, 후각 등 온몸의 감각을 동원해 그림을 그리듯이 또렷하게 자신이 떠올린 카페를 묘사해야 한다.

묘사하기 게임이 글 작법에 어떤 도움을 줄까? 당장이라도 시도해 보면 알겠지만, 어떤 대상에 대해 개인적 감상을 넣지 않고 서술하기란 쉽지 않다. 일단 어디서부터 묘사해야 할지 기준점도 잡아야 하고, 꼼꼼하게 한참을 바라봐야 하며, 구체적이고 정확한 어휘들을 찾아 제대로 사용해야 인물이나 상황을 이해시킬 수 있다. 관찰력과 표현력이 늘 수밖에 없는 방법이다.

묘사하기는 듣는 이, 보는 이에게 상상하는 즐거움을 마련해준다. 드라마에서 아직 등장하지 않은 인물에 대해 "내 남자 친구는 수줍음이 많고 소심해"라고 직접 말해버리면 얼마나 김이 빠지겠는가. 남자 친구가 손톱을 물어뜯는 버릇이 있다거나 여성들이 꽉 찬 엘리베이터를 타지 못해 뒷걸음치는 모습을 묘사하여 그 인물에 대해 판단할 근거들을 제공하고, 직접 인물의 특성을 상상하도록 만들어야 한다.

꼭 드라마가 아니더라도 묘사하기는 스토리텔링에서 중요한 역할을 한다. 방송작가라면 누군가 한 번쯤은 묘사해야 할 대상이 바로, '맛'일 것이다. 예전에 「6시 내 고향」에서 함께 일한 리포터는 '바다를 입 안에 품은 맛'이라는 표현을 좋아하지 않았다. 여러 작가들이 「6시 내 고향」을 거쳐 가는 동안, 해산물이 아이템일 때 꼭 이렇게 맛을 묘사한다며, '짭쪼름하다', '청량하다', '비릿하다' 등 다양하고 상세한 표현 대신 한결같이 '바다의 맛'이라고 뭉뚱그려 쓰는 것이 지겹다고 했다.

맛을 표현해야 하는 프로그램은 많다. 즐겨 시청하는 프로그램 중 JTBC의 「냉장고를 부탁해」가 있다. 매주 게스트들을 초대해 냉장고 속 재료로 요리 고수인 셰프들이 게스트만을 위한 요리를 만들어 준다. 프로그램 형식이나 출연 셰프들이 거의 고정되다 보니, 그 회 방송의 재미는 게스트에 의해 좌우되는 경우가 많다. 게스트가 누구인가가 전체 시청률을 짐작케 한다면, 무슨 요리가 나오고 어떻게 그 맛을 표현하느냐는 녹화 분위기나 프로그램의 생동감을 결정짓는다.

간혹 요리를 먹은 후 출연자가 맛 표현에 인색하거나 너무 추상적인 표현을 해서 진행자들이 난감해 하고 요리사들마저 고개를 갸우뚱하는 경우를 만난다. 이럴 땐 나 역시 제작진과 진행자의 마음을 짐작할 수 있어 보는 내내 속이 타들어 간다. 반면, 음식을 처음 접했을 때의 향, 입 안에 넣었을 때의 식감, 간의 정도, 음식을 넘긴 후 혀끝에 감도는 맛까지 디테일하게 묘사하는 출연자들을 보면 고개를 끄덕이게 된다. 맛에 대한 자세한 묘사는 시청자들에게 직접 그 요리를 맛본 것 같은 상상을 하도록 돕는다.

지인은 수업 때마다 제출하는 '묘사하기' 과제 때문에 수강생이 줄고 있다고 어려움을 토로했다. 하지만 꼭 필요한 훈련법이라 믿기에 이 게임을 멈출 수 없다고 했다. 그의 확신에 전적으로 동감한다. 다행인 점은 묘사는 연습을 하면 할수록 늘 수 있는 기법이라는 것이다. 지인은 묘사하기를 잘하고 싶은 작가 지망생들에게 소설의 첫 장이나 시나리오 또는 드라마 대본의 시작 부분을 꼼꼼하게 읽어보라는 조언도 덧붙였다. 작가가 이야기의 장을 열면서, 독자나 시청자들에게 등장인물과 주요 배경에 대한 정보를 주고, 자신이 창조한 가상의 세계로 쉽게 빠져들 수 있도록 하기 위해 세밀한 묘사에 공을 들이기 때문이란다.

역시 그와의 만남에서 지불한 밥값은 아깝지 않다. 돈으로도 살 수 없는 값비싼 글쓰기 비법을 획득할 수 있기 때문이다. 글쟁이들과의 만남은 늘 남는 장사다.

영상 편집은 시청자가 마치 현장에 있는 것처럼 느끼게 해줄 장면들을 찾아가는 과정이다.

DAY 15 '게임을 하듯 묘사하기'에 등장한 「6시 내 고향」 프로그램을 맡았을 당시 촬영 구성안이다. 바닷가 촬영이라 하면 어스름한 새벽부터 활동하는 고기잡이배와 배 안에서 갓 잡은 해물을 넣고 끓여 먹는 라면을 떠올릴 수 있다. 이 구성안에서는 바닷가에서 사는 마을 사람들의 풍경을 담았다. 원고만 읽어도 마을의 풍경이 어떨지 충분히 상상할 수 있도록 묘사하고자 했다.

촬영 구성안은 출연자, 촬영 장소, 촬영할 상황에 대해 작가가 사전에 수집한 정보를 바탕으로 프로그램의 배열 순서와 표현 방식을 미리 설계한 것이다. 촬영팀은 현장에서 구성안을 토대로 촬영을 진행한다.

용어의 뜻

스태프들에게 전체적인 촬영 톤을 설명하기 위한 표시.

가덕도, 섬마을 선생님을 소개합니다!(가제)

기획의도

부산에서 가장 큰 섬, 가덕도! 가덕도에서도 마지막 마을인 대항大項마을에는 모두 열 명의 초등학생이 있다. 섬마을에는 사설학원이 없어, 방학이 되면 아이들은 갈 곳이 없다. 하지만 대항마을 아이들은 특별한 선생님들이 곁에 있어 외롭지 않다.

바로, 부산 해양경찰서 대항출장소의 경찰들이 그 주인공. 일몰 이후는 이들의 휴식시간이지만 이를 반납하고 대항마을 아이들을 위해 공부방을 열었다. 자연과 하나 되어 살아가는 대항마을 아이들의 소박한 여름을 소개하고, 섬마을 선생님이 되어 아이들에게 추억을 만들어 주고 있는 해양경찰들의 열정을 전하고자 한다.

구성내용

- 육지에서 멀리 떨어진 가덕도 대항마을의 한적한 풍경.
- 자연을 벗 삼아 뛰어 노는 대항마을 아이들.
- 방학 동안, 그들의 친구가 되어주는 해양경찰서 경찰들.
- 해가 지면 대항마을 아이들의 공부방으로 변하는 경찰서.
- 섬마을 선생님으로 변신한 경찰들과 대항마을 아이들의 정겨운 수업시간.
- 대항마을 공부방의 수업료는 부모님들이 직접 수확하고 만든 음식들!
- 섬마을 선생님과 학생들, 그리고 부모님이 함께 모여 더욱 풍성한 대항마을의 여름밤.

촬영 구성안

항목	비디오	오디오
프롤로그	**# 물놀이 하는 현장 분위기 살리고~** (ex. # 경찰들과 아이들 편 짜고 물놀이하는 장면)	섬마을 선생님과 즐거운 방학을 보내고 있는, 가덕도 대항마을 아이들의 신나는 여름 속으로 가보자!
대항마을 소개	**# 배에서 바라본 가덕도 풍경** **# 리포터, 배에서 내리고** **# 리포터, 주민과 얘기하는** 리포터: 제가 대항마을 어린이들을 만나러 왔는데, 마을에 어린이들이 한 명도 안 보이네요? 주민: 저기서 선생님하고 곤충 채집하고 있어요. 리포터: 혹시 그 소문이 자자한 섬마을 선생님? 주민: 맞아요! **# 리포터, 찾아가고** **# 곤충채집하고 있는 아이들과 경찰 보이고** 리포터: 많이 잡았어요? 방학 숙제라 잡는 거예요? 아이들: 아니요~ 그냥 재밌잖아요~ 리포터: 근데, 어린이들 방학이라 학교 안 가서 심심하지는 않아요? 아이들: 경찰 아저씨들이 놀아줘서 재밌어요. 리포터: 근데, 해양경찰분들, 바다를 지켜야지 아이들하고 놀고 있으면 어떡해요? 경찰: 지금은 근무시간이 아니라서, 휴식시간 쪼개서 아이들과 함께하고 있습니다.	부산에서 뱃길로 한 시간! 그곳에 부산에서 가장 큰 섬, 가덕도가 있다. 이 섬에는 대항마을 등 10개의 자연마을이 자리 잡고 있다. 이곳 주민들은 밭농사와 논농사, 고기잡이를 하며 살아간다. 소박한 섬마을이라 도심에서 흔한 학원이나 놀이터를 찾을 수 없는 곳! 그러나 섬 전체의 아름다운 자연이 대항마을 아이들의 벗이자 놀이터이다. 그리고 대항마을에서는 해양경찰들이 또 다른 선생님 역할을 해주고 있는데…

항목	비디오	오디오
마을 주민들과 가족같이 지내는 해양 경찰들 소개	# 마을 어귀, 손잡고 걸어가는 아이들과 경찰 # 아이들, 손 흔들며 집으로 가는 경찰: 저녁 먹고 얼른 건너와~ # 리포터, 경찰과 함께 인터뷰 리포터: Q. 이제 또 근무하러 가시는 거예요? 해경 일만으로도 바쁘실 텐데, 아이들과 함께 하면 피곤하지 않으세요? # 바다의 안전을 위해 근무하는 해양경찰들. # 그 외, 마을 어르신 등의 일 도와주는 모습. # 어르신 인터뷰 리포터: Q. 해경 분들이 옆에 계시니까 든든하시겠어요? # 학부모 지나가다가 경찰 만나서 상담하는 아주머니: 우리 애 공부 잘 따라가요? 경찰: (대답 삽입)	부산 해양경찰 대항출장소. 경찰들은 대항마을의 바다 안전을 책임지고 있다. 하지만 그것 못지않게 중요하게 생각하는 것이 있으니~ 바로, 가족이나 다름없는 마을 사람들을 돕는 일! 그중 하나가, 대항마을 아이들과 함께하는 것이다.
여름밤 대항마을 공부방의 열기 속으로!	# 대항마을의 일몰 풍경 # 마을 어귀, 집에서 하나, 둘 나오는 아이들 # 반갑게 맞아주는 경찰들 # 공부 시작하고 (EFF. 살리고~) # 공부하다가 쪽지시험 치기 전, 약속하는 경찰: 방학 동안 배운 거… 오늘 시험 치는데, 잘한 사람만 선생님하고 내일 같이 물 놀이 한다. # 학년별로 시험을 치고 # 선생님, 점수 매겨서 돌려주고	해경 대항출장소에서 근무 중인 이들은 매일 오후 7시 대항마을 초등학생을 상대로 공부방을 연다. 일몰 이후는 경찰들에게도 휴식시간이지만 이를 반납하고 아이들을 가르치고 있다. 육지와 떨어진 섬마을로 학원에 가지 못하는 아이들에겐 '특별 과외'인 셈이다.

항목	비디오	오디오
여름밤 대항마을 공부방의 열기 속으로!	**# 점수 받아본 아이 곁으로** 리포터: 몇 점 받았어? 내일 물놀이 갈 수 있을 것 같아? **# 아이들 다양한 표정 보이고, 경찰 선생님 아이들 보며** 경찰: 내일 물놀이에 같이 할 사람은… 모두다! **# 아이들 좋아하고**	5평 남짓한 출장소 관사가 공부방이 되고, 낮에는 친절한 경찰 아저씨였던 해경들이 밤에는 섬마을 선생님이 된다.
오늘은 수업료 내는 날!	**# 수업 마칠 때쯤, 공부방으로 들어오는 학부모님들 (3~4명 정도!)** 리포터: 수업 끝나서 아이들 데리러 오셨어요? 학부모: 아니요~ 수업료 내려고요. 리포터: 수업료요? 무료라고 알고 있는데… **# 가지고 온 음식 보여주며** 학부모: 여기 있잖아요, 수업료! **# 학부모들이 가져온 음식들, 자세히 보이고** (고구마나 감자, 해산물, 부침개 등 소박한 음식들이나 가덕도에서 수확한 것!) **# 아이들과 경찰, 학부모 한자리에 앉아서 음식들 나눠 먹고** **# 아이들 중 한 명, 일어서서 노래 부르면 다들 손뼉 치며 즐거워하고…** **# 리포터, 학부모 인터뷰** 리포터: Q. 섬마을 선생님 계셔서 가장 좋은 점? Q. 아이들이 공부방에서 공부하면서 어떤 점이 달라졌나요?	오늘은 대항마을 공부방의 수업료를 내는 날! 학부모들이 가져온 수업료는 대항마을에서 직접 수확한 작물이나 해산물! 그리고 정성이 담긴 음식들이다. 학부모들은 휴식 시간을 쪼개어 아이들을 가르치는 해경들이 고마워, 섬 생활에 불편함이 없는지 늘 살핀다. 이렇게 대항마을 공부방에선 선생님과 학부모 그리고 학생들이 서로를 위하며, 정을 나누고 있다.

항목	비디오	오디오
섬마을 선생님과 제자들, 서로에게 건네는 선물	**# 해경 대항출장소 앞, 물놀이를 위해 아이들 모이고** 리포터: 자! 물놀이 하러 출발! **# 해변에서 신나게 물놀이 하는 경찰과 아이들** (BGM: 동요 흐르고~) **# 물놀이하는 아이들 흐뭇하게 지켜보는 경찰 선생님 인터뷰** 리포터: Q. 앞으로도 아이들 계속 가르치실 거예요? Q. 아이들과 함께해서 가장 행복할 때? **# 아이들과 경찰 선생님 사이좋게 둘러앉아 있고** 리포터: 선생님이 선물로 오늘 물놀이 함께 했는데 우리 어린이들도 방학 동안 더 열심히 가르쳐주신 선생님을 위해 준비한 게 있대요~ -- 〈영상편지〉 **# 아이 한 명, 편지 읽고** **# 아이 편지 읽는** (EFF. 살리고) 화면은 아이들과 경찰들의 다정한 모습 흘리고…	아이들에게 가르치기보다는 배운다는 섬마을 선생님들! 그들과 함께하는 여름이 대항마을 아이들에게도 영원히 잊히지 않을 것이다.

촬영 순서 ① 대항마을 소개 ② 마을주민들과 가족같이 지내는 해양경찰들 소개 ③ 여름밤 대항마을 공부방의 열기 속으로! ④ 오늘은 수업료 내는 날! ⑤ 섬마을 선생님과 제자들, 서로에게 건네는 선물

_____

_____

_____

_____

_____

_____

_____

_____

그릴 대상을 유심히 관찰한 후
전체 구도와 세부의 특징을 잡아내는
드로잉은, 작가에게 필요한
표현력과 크게 다르지 않다.

재작년 여름은 만화 학원에 다닌 기억이 가득하다. 그림은 오래된 나의 콤플렉스 중 하나였다. 어느 날 유치원에 다니는 조카가 애니메이션 캐릭터인 니모를 그려달라고 했다. 망설이다가 스케치북에 자신 없는 터치로 물고기 한 마리를 그렸다. 조카는 그림이 채 완성되기도 전에 "윽! 고모, 그림이 이상해. 너무 못 그렸어"를 외치며 내게서 도망쳐 버렸다.

그림을 쉽고 재밌게 배워보고 싶어서 동네에 있던 만화 학원에 등록했다. 첫날 학원에서 준 스케치북과 연필을 받아 들고 교실로 들어가기 전까지 내가 얼마나 용감한 선택을 한 것인지 알지 못했다. 교실에 있던 십여 명의 수강생들은 대부분 그림에 소질이 있는 고등학생이거나 대학생들이었다. 나름 만화를 잘 그린다는 그들이 체계적인 방법으로 더 풍성한 그림을 그리기 위해 찾는 곳이 만화 학원이었다. 나처럼 그림을 너무 못 그려서 온 사람은 아무도 없었다.

방학 동안은 출강하지 않아 여유가 있었지만 이때 그림 솜씨를 일취월장 키워보자는 나의 다짐이 와르르 무너졌다. 다른 수강생들은 만화 그리기의 근간이 되는 인체 드로잉을 2주면 마스터한다. 그림 솜씨에 있어 둔재 중 둔재인 나는 인체 드로잉 단계를 넘어가는 데 두 달이 걸렸다. 그래서 깨달았다. 난 정말 그림에 소질이 없다는 사실을. 한 달을 더 애써보다가 결국 생긴 대로 살자며 학원을 그만뒀다.

드로잉을 배운 시간은 그림 실력보다 글을 쓰는 데 도움이 되었다. 두 달 동안 인체 드로잉을 반복하며 나도 모르게 사람들마다 신체의 비율, 뼈마디의 특징, 근육의 모양 등이 다른 게 보였기 때문이다. 그뿐인가. 인체를 새의 관점에서 볼 것인지, 벌레의 관점에서 볼 것인지처럼 시점과 각도의 차이를 인식하며 대상을 관찰할 수 있게 되었다.

드로잉은 그저 대상의 외형을 사진 찍듯 그대로 옮겨 그리는 기술이 아니다. 작품의 소재에 대한 호기심과 관심에서 출발하여 형태와 질감, 거리감과 움직임까지 이해해야 한다. 회화를 공부하는 사람들은 사물의 전체적인 인상을 파악하거나, 자세한 부분을 기록하기 위해 드로잉이 꼭 필요하다고 말한다. 나를 가르쳤던 만화가는 인체 드로잉을 잘 하기 위해 해부학을 따로 공부했다고 귀띔해 주었다. 그릴 대상을 유심히 관찰한 후 전체 구도와 세부의 특징을 잡아내는 드로잉의 기본은 작가에게 필요한 표현력과 크게 다르지 않았다.

방송 글 중에는 주위에서 흔히 만나는 풍경들을 주의해서 살피고 그림을 그리듯이 자세히 표현하며 그 속에서 의미를 발견하는 글이 있다. 라디오 원고다. 라디오작가의 글쓰기 실력은 오프닝 멘트만 들으면 안다는 말이 있다. 프로그램 시그널 음악이 깔리고 DJ가 친숙한 목소리로 들려주는 오프닝 멘트는, 청취자들이 일상에서 놓치기 쉬운 풍경이나 상황, 감정들을 재발견하여 가치를 찾게 하는 힘이 있다.

그날에 맞는 소재를 정하고, 짧은 글이지만 기승전결을 갖추어 주제를 전달할 구조를 만들고, 프로그램 성격과 DJ 특유의 어투에 맞게 문체를 가다듬는 기술적 작업도 물론 중요하다. 하지만 그전에 라디오작가에겐 주위 대상을 관찰하고 묘사하는 시간이 꼭 필요하다. 드로잉하듯이 쓰고, 그림을 감상하듯 주변을 바라본 후 쓴 글은 생생하고 세밀하다. 운전 중에, 혹은 일을 하거나 휴식을 취하며 듣는 라디오에서 이야기가 흘러나오면 청취자들은 머릿속으로 저마다 하나의 이미지를 펼친다. 직접 눈으로 보는 것보다 들으며 상상하고 추억하는 이야기가 때로는 더 큰 공감과 울림을 준다.

다시 읽자니 조금은 부끄러운 글이지만, 원고를 쓸 당시에는 그림을 그리는 마음으로 썼던 라디오 멘트를 옮겨 본다. 매일 오전 10시에, 경쾌한 목소리를 가진 여성 DJ가 진행하는 FM 방송의 오프닝 원고였다.

아직 날씨가 쌀쌀하긴 하지만,

이제 봄 맞이를 해야 할 때죠?

여러분은 계절의 변화, 어디에서 제일 먼저 느끼세요?

전 세상을 물들인 색이 변하는 걸 보고

또 한 계절이 가고, 다음 계절이 오고 있구나 눈치 채곤 해요.

행인들의 외투와 신발, 시장 좌판에 놓인 제철 재료들,

거리 쇼윈도 안을 채운 새 상품들,

그리고 점점 빛깔을 달리하는 아침과 저녁 풍경에서 말이죠.

봄 색은 뭐랄까, 맑고 밝은 느낌이죠.

모든 색에 노란색이 섞여 있고 선명해서 그런가 봐요.

봄이 '희망'을 상징하는 이유,

색깔과 빛깔이 주는 설렘도 한몫하는 거겠죠.

3월이 다가오는데, 왜 이리 춥냐고 툴툴거리고 계신가요?

주위의 작은 소품이라도 노랗고 푸른 봄 색으로

먼저 바꿔 보시죠.

가슴 한편에 살랑살랑 따뜻한 바람이 불어올지 모르잖아요.

봄날을 부르는 마법의 주문을 마음속으로 외치며,

오늘은 봄 노래로 산뜻하게 출발합니다.

돌이켜 보면 라디오 원고뿐만 아니라 글로 밥을 벌어먹고 사는 내내 그림이나 만화에서 도움을 받았다. 지금은 사라졌지만 『서울신문』에 「대추씨」라는 4컷 만화가 있었다. 서사구조를 설명하는 강의에서 나는 이 만화를 비롯한 4컷 만화를 자주 인용한다. 아리스토텔레스가 『시학』에서 말하는 글쓰기의 '3장 구조'나 '기승전결'의 구조를 이해시키는 데 이보다 좋은 자료는 없기 때문이다. 4컷 만화에는 작가가 전하고 싶은 말을 축약해서 표현하는 간결미와 마지막에 강렬한 메시지를 던지는 반전의 미까지 담겨 있다.

　　만화는 이미지와 스토리가 융합을 이루는 매체다. 내가 생각하는 '좋은' 만화가들은 그 융합을 절묘하게 이뤄낸다. 그림으로 표현되는 것을 말풍선이나 지문에서 다시 표현하지 않는 것이다. 그림은 그림대로, 글은 글대로 각자 메시지를 전달한다. 4컷의 좁은 공간 안에 주제와 내용을 모두 담아내는 일은 그림과 글을 아우르는 통찰력과 치밀한 계획이 없으면 불가능하다.

　　좋은 글도 그렇다. 방송 프로그램을 보면 영상으로 이미 다 표현되는 이야기를 내레이션으로 반복할 때가 있다. 영상으로 주인공이 밤길을 걷는 모습이 나오는데 여기에 내레이션으로 "밤늦게 여성이 길을 걷고 있다"라고 굳이 말할 필요는 없다. 내레이션에서는 주인공이 왜 밤길을 나섰는지 정보를 주거나, 밤길을 혼자 걷는다는 것이 의미하는 바가 무엇인지 전달해야 한다.

　　작가는 만화가처럼 그림을 잘 그릴 필요는 없지만 그림을 읽는 눈을 가지면 좋다. 만화책도 좋고, 그림책도 좋고, 화가의 멋진 작품도 좋다. 이미지의 세계를 이해하게 되면 비디오와 오디오가 조화를 이루었을 때, 또는 두 개의 다른 영역이 합쳐져 시너지를 발휘할 때의 짜릿

함을 맛볼 수 있다.

만화나 그림을 보며 문자와 더불어 이미지로 표현하는 법을 익히고, 짧은 문구로 진심을 전하는 방법을 고민해야 한다. 자신의 생각과 감정을 글로 표현하는 방법에 정답이란 없다. 나에게 맞는 습작이란 결국 하면서 즐겁고, 꾸준히 실천할 수 있는 방식이면 된다.

라디오 스튜디오 전경. 라디오 방송의 성공은 DJ 멘트와 청취자 사연을 얼마나 공감되게
전달하는가에 달려 있다.

평범한 이야기도 드라마틱하게 쓰기

_____

_____

_____

_____

_____

_____

_____

_____

훌륭한 이야기는 지루한 부분을
편집하고 남은 인생이다.

_앨프리드 히치콕

평생학습의 시대다. 최근 들어 지역 문화원이나 도서관에서 성인을 대상으로 하는 인문학 강의 의뢰가 많이 들어온다. 내가 하는 수업은 주로 '드라마 인문학'이나 '치유의 글쓰기' 같은 제목으로 열린다. '드라마 인문학'은 먼저 드라마가 그 시대상과 인간을 읽는 유용한 도구임을 밝히고, 특정 시점에서 대중이 열광하거나 주목했던 드라마들을 해석한다. 수업 후반부로 가면 드라마를 향하던 시선을 '나'에게 돌리도록 한다. 내가 몰입해서 본 드라마는 무엇이고, 등장인물 중 유독 정이 가던 인물은 누구인지 묻는다. 그 이유를 차근차근 물어보면 "나랑 닮아서", "저 사람 심정이 절절하게 이해되어서" 또는 "나도 저렇게 한 번 살아보고 싶어서"라는 대답이 돌아온다.

결론에 이르면 "내 인생도 한 편의 드라마인데", "드라마보다 더 굴곡진 인생을 살았는데"라고 탄식한다. 그러면서 나를 보고 선생님도 자기 이야기를 드라마로 한 번 써보시라 권유하기도 한다. 내가 드라마작가가 아니라 다큐멘터리작가였다고 말하면, 「인간극장」이나 「사람이 좋다」에 나오는 사연보다 본인의 인생이 더 극적이라고 호언장담하는 수강생도 있다.

'치유의 글쓰기' 강의에서는 반응이 더 뜨겁다. 첫 시간, 본인의 생애나 경험을 되돌아보고 행복과 불행을 기준으로 인생 곡선을 그리게 한다. 노년의 삶이든, 초등학생의 삶이든 곡선의 길이는 달라도, 진폭은 크게 나타난다. 한 초등학생이 내게 말했다. 자신은 성적 스트레스와 여자 친구 문제, 엄마와의 갈등으로 행복과 불행 사이에서 요동치는 오늘을 살고 있다고.

우리는 누구나 드라마나 다큐멘터리의 주인공이 될 수 있다. 사연 없는 인생은 없고, 직접 겪은 경험들을 풀어 놓자면 전집 분량이 되고도 남는다. 그러나 방송작가들은 여러 인생사를 들어왔어도 선뜻 드라마나 다큐멘터리 소재로 삼지 않는다. 왜일까. 모든 사람들의 이야기가 작품으로 탄생할 수 없는 이유는 간단하다. 지나치게 구구절절해서 화자가 무엇을 말하고 싶은지 알 수 없거나 너무 뻔한 체험이라 마음에 와 닿는 부분이 없기 때문이다. "옛날에는 말이야"나 "우리 때는"으로 시작하는 어른들의 문장을 듣고 꾸벅꾸벅 졸거나 지루해했던 기억이 한 번쯤은 있다. 그럴 때 속으로 생각한다. '그래서 어쩌라고요! 핵심만 말씀하시라고요!'

「새」, 「이창」, 「사이코」 등의 영화에서 탁월한 스토리텔링 감각을 선보였던 서스펜스의 대가 앨프리드 히치콕Alfred Hitchcock 감독이 말했다. "영화를 만든다는 것은 이야기를 전달하는 것이다. 그 이야기가 그럴듯하지 않을 수도 있다. 그러나 진부해서는 안 된다. 영화란, 사람의 인생에서 재미없는 부분을 뺀 것이다"라고.

이 말은 드라마나 다큐멘터리, 나아가 모든 텍스트에 적용 가능하다. 자신의 지난날을 회고하는 일이 본인에게는 뜻 깊고, 사건 하나하나가 모두 의미 있어서 무엇 하나 버릴 게 없겠지만, 작가의 눈으로 보면 대부분 그렇고 그런 개인사일 뿐이다. 책의 지면이나 방송의 시간은 한정되어 있다. 독자나 시청자들의 눈길을 끌기 위해 특별한 소재가 필요하지만, 눈길을 모은 후 이야기를 전개시키기 위해서는 극적인 상황, 즉 핵심 갈등을 함축시켜 표현해야 한다.

갈등은 어떻게 만들까? 내가 전하려는 이야기의 주요 인물들을 먼저 정하는데 이때 특성이나 성격을 정하고, 인물 간 관계를 설정한다. 예를 들어, 청렴결백한 성격을 가진 이를 주인공으로 삼는다면 주인공의 적대자가 될 인물의 성격은 출세지향형이거나 목적을 위해 수단을 가리지 않는 면면을 보여줘야 한다. 그런 다음, 이런 성격들이 서로 맞붙게 되는 장, 다시 말해 사건들을 배치해야 한다. 그 속에서 갈등이 만들어진다. 갈등의 폭은 작은 갈등과 큰 갈등을 적절히 배치해 긴장감이 커지고 줄어듦을 반복한다. 중간에는 여유를 느끼며 독자들이 한숨 돌릴 수 있는 구간도 필요하다.

특별한 개인을 선정해 그에게 닥친 크고 작은 갈등의 원인은 무엇이고 이를 어떻게 헤쳐 나가는지를 서술하다 보면 작가가 작품에서 말하고 싶은 주제가 서서히 드러난다. 주제는 작품을 기획하는 과정에서 명확히 해두면 좋다. 지향점이 뚜렷하면 이야기를 써 나가면서 흔들리지 않게 되고 시작하는 단계에서 이미 결말까지 쓸 수 있다. 간혹, 특이한 소재의 이야기들이 주제가 명확하지 않아 등장인물들의 성격이나 관계가 거듭 바뀌거나 결말이 예상치 못한 방향으로 흐르는 사례를 우리는 실제로도 많이 봐 왔다.

주제는 보편적일수록 좋다. 보편적이라는 말은 권선징악처럼 교훈적이거나 계몽적이어야 한다는 말과는 다르다. 모든 이들에게 공통적으로 작용하거나 잘 들어맞는 삶의 중요한 문제나 사상, 감정이 주제가 될 수 있다. 우리는 청소년 독자나 시청자를 대상으로 한 작품에서, 모범생의 삶을 다룬 이야기보다 기존 제도나 편견에 반항하는 인물을 내세워 도전과 저항을 주제로 품고 있는 작품에 더 끌린다. 누구나 어른이나 세상에 맞서고 싶었던 시절이 있었기에 나와 다른 세대의 이야기라도 마치 자신의 과거를 돌려보듯 몰입하게 된다.

역사적 인물을 소재로 한 드라마나 다큐멘터리도 개별적 이야기로 보편적 주제를 다루는 좋은 사례. 역사극이나 다큐멘터리에 등장하는 인물과 사건들은 대부분 사료에 간략하게 서술된 경우가 많다.

작가나 연출가들은 한 줄의 정보에 주목한 후 상상력을 발휘하여, 인물에 관한 설정이나 주변 사건들을 확장시키고 견고하게 만든다.

성공한 역사극들을 떠올려 보면, 과거의 사건과 인물을 현재로 소환해서 지금 이 시대를 사는 사람들의 고민과 욕구를 담았다는 사실을 발견할 수 있다. 세종대왕이나 이순신 장군을 주인공으로 한 드라마나 다큐멘터리는 셀 수 없이 많았다. 그러나 그 작품들의 주제는 시대에 따라 달랐다. 과거에는 세종대왕이나 이순신 장군을 완벽한 성품을 지녔고 시련 앞에서도 흔들림 없던 지도자로 그렸지만, 최근엔 자신의 신념을 지킬 수 있을지 매 순간 고민하고 불안해하는 불완전한 인간으로 재현하는 작품들이 나타났다.

작가는 작품의 주인공이 역사적 인물이든, 우리네 이웃이든, 자기 자신이든 주인공의 삶에서 '현재'를 살아가는 대중이 감정을 이입할 부분이 무엇인지 자세히 들여다보아야 한다. 그 사람만이 가진 특별한 사연이나 갈등을 소재로 삼고 구체적인 사례로 표현을 하되, 주제는 누구든 공감할 수 있는 것이면 좋겠다.

한 사람의 인생사나 경험을 소재로 글을 쓰고 싶다면, 먼저 이 물음에 답해보자. 읽는 이가 주인공의 행동과 감정에 교감할 수 있는가. 나아가 독자의 인생에서 중요한 가치가 무엇인지 한 번쯤 생각할 계기를 마련해 주는가. 만약 그렇다는 답이 나온다면, 그 사람의 일상을 모두 기록할 필요는 없다. 독자나 시청자가 주인공의 삶에 자신을 빗대어 동일시할 수 있도록 몇 가지 극적인 주요 사건들만 제시하면 된다.

다만, 개인의 이야기를 소재로 글을 쓸 때 피해야 할 일이 있다. 이야기 속 인물을 미화하거나 영웅으로 만들려는 의도를 전면에 내세우기보다는 작가가 숨을 고르며 작품과 독자 사이의 거리를 서서히 좁

혀가야 한다. 주제나 창작자의 의도를 적나라하게 드러내는 순간, 작품을 읽던 사람들은 주인공의 삶에 거리감을 느낄지 모른다. 그러니 당신 작품 속 인물들을 '너무 먼 당신'으로 만들지 말기를 바란다.

_____

_____

_____

_____

_____

_____

_____

_____

여행의 과정과 인상적인 장면들을
세밀하게 표현하고 자신만의 느낌을
진솔하게 드러내는 것이 핵심이다.

나는 패키지여행을 좋아한다. 여행 관련 애플리케이션이나 정보가 넘쳐 나서 자유여행을 즐기는 데 어려움이 거의 없어진 지금도, 일년에 한, 두 번씩은 패키지여행 상품에 나의 몸을 맡긴다. 이런 나를 보고 지인들은 왜 할머니처럼 여행을 하냐며 놀리기도 하고, 제대로 된 여행을 즐길 줄 모른다며 채근하기도 한다. 모두 맞는 말이다.

군이 변명을 하자면, 패키지여행만이 주는 재미와 편리함이 있다. 가장 큰 장점은 그 지역의 명소를 정확한 루트로 데려다준다는 것이다. 그것도 전용 버스라는 실용적인 교통수단으로 말이다. 나처럼 무언가를 결정하는 데 시간이 오래 걸리거나 불확실성을 두려워하는 사람에겐 제격이다.

패키지여행의 장점 두 번째, 숨어 있는 소통의 신, 여행 가이드들을 만날 수 있다. 커뮤니케이션학 전공자인 나도 감탄할 만큼, 그들이 여행 내내 보여주는 소통과 설득의 기술들은 교과서에서는 절대 나오지 않는, 실전 비법만을 담은 교본 같다.

세 번째 장점은 패키지여행에서 한 팀으로 묶인 사람들을 관찰하는 재미가 있다. 짧게는 2박 3일 정도, 길게는 2~3주 동안 낯선 사람들과 같은 장소를 다니며 같은 음식을 먹고 같은 공간에서 쉬는 체험은 흔하지 않다. 실제 여행을 가 보면 생각보다 다양한 직업과 나이대의 사람들을 만날 수 있고, 여행이 시작될 때 받은 첫인상과 여행이 끝나며 남겨지는 끝인상을 비교해 그들의 인생을 상상해 보고 이해해 보는 재미까지 얻을 수 있다.

언제든 훌쩍 떠나고 싶은 사람들의 마음을 대변하듯, 방송계에서는 여행 관련 프로그램이 많다. 나처럼 패키지여행을 좋아하는 사람들을 위한 JTBC「뭉쳐야 뜬다」부터 누가 더 알찬 여행을 다녀와 방청객의 마음을 훔쳤는지를 대결하는 KBS「배틀 트립」, 여행 가이드들이 더 많이 참고한다는 여행 프로그램의 정석「걸어서 세계 속으로」도 있다.

　나는 여행 프로그램이 시청자들의 사랑을 받는 이유가 패키지 여행의 장점과 닮아서라고 생각한다. 그런데 성공한 여행 프로그램 제작진들은 천편일률적인 패키지여행을 지양한다고 말한다. 이 둘은 잠재적 여행객, 즉 시청자들에게 자신만의 방식으로 친절한 안내자가 되어 준다는 점에서 비슷하다.

　여행 프로그램 스토리텔링에 필요한 요소들을 찾아보자. 먼저 시청자들이 안방에서도 세계 곳곳을 누빌 수 있도록 편리해야 한다. 낯선 곳을 여행하려면 상당한 시간과 비용 그리고 용기가 필요하다. 여행 프로그램들은 시청자들이 이러한 제약을 잊고 잠시나마 두려움 없이 여행할 수 있도록 도와야 한다. 필요하면 컴퓨터 그래픽으로 만든 지도나 이용방법, 주의할 점을 담은 자막 등 여타의 프로그램보다 더 상세하고 많은 양의 정보를 제공해야 할 것이다.

　그다음으로는, 여행지와 시청자를 이어주는 매개체이자 소통을 책임져 줄 출연자가 필요하다. 이들은 때론 여행지의 정보를 전하는 충실한 안내자가 되고, 때론 여행지가 주는 여러 감정들을 생생하게 체험하여 시청자들이 대리만족을 느끼도록 돕는 존재여야 한다. 여행 프로그램들은 고정된 출연자를 두기보다는 매회 그 여행지와 가장 어울리는 새로운 출연자를 선택하는 전략을 쓰기도 한다. 다양한 사람들에게 다가가기 위한 하나의 방편이다.

　마지막으로, 여행지 소개뿐만 아니라 여행지에서 만난 다양한 사람들을 관찰하고 그들의 이야기에 관심을 가져야 한다. 여행지에서 만난 고국의 사람들도 좋고, 현지에서 살아가는 사람들의 삶에 깊숙이

들어가 보는 스토리텔링도 좋다. 프로그램이 끝날 즈음에는, 시청자들이 여행지에서 만난 사람들을 관찰하는 데서 그치지 않고 관심을 가지고 이해하려는 시각을 갖도록 도와주어야 한다.

여행 프로그램을 준비하는 과정은 여행 에세이에 접목시켜도 무리가 없다. 요즘은 여행을 떠나면 SNS를 통해 그날그날 자신의 여행 일지를 사진과 남기거나 여행을 다녀온 후, 인상 깊었던 장면과 경험을 묶어 에세이를 쓰는 사람들이 많아졌다. 조금 더 전문적으로, 자신만의 관점에서 여행지를 둘러본 후 차별화된 여행 책을 만들어 선보이기도 한다.

선망하던 여행지로 달려가고 싶은 독자의 욕구를 대신 충족시켜 준다는 점, 훗날 독자가 그곳을 직접 찾았을 때 '아, 여기 그때 그 책에서 봤었지' 하며 공감대를 형성하고 도움이 될 여행 정보를 제공한다는 점에서 여행 방송과 여행 책은 맥락을 같이 한다. 다른 점이 있다면 여행 글쓰기에서 작가는 프로그램 속 진행자나 출연자의 역할까지 해야 한다. 단순한 여행 기록이 아니라 작가만의 관점을 담아야 한다. 이미 잘 알려진 여행지를 방문하더라도 작가의 독특한 시각이나 관심사가 있으면 얼마든지 특별한 여행 글이 될 수 있다.

예전에 고등학교 동창과 제주도로 짧은 여행을 다녀온 적이 있었다. 교육공무원으로 중학교에 근무하는 친구는 같은 길을 달려도 내 눈에는 띄지 않는 학교 건물들을 단번에 찾아냈다. 그녀는 제주도의 초등학교, 중학교 건물들이 소박한 규모에 알록달록한 색채로 꾸며져 있다는 점에 매료되었고, 차를 달리다가 개성 있는 학교 건물을 만나면 멈춰 서서 둘러보곤 했다. 반면, 책에 관심이 많은 나는 제주도에 유난히 많이 들어선 독립서점과 북카페들이 눈에 들어왔고, 볼 때마다 발걸음을 멈추었다. 분명 둘이서 내내 붙어 다니며 여행했는데 다녀와서 후기를 서로 들어보면 기억에 남는 장소와 그곳에서 가졌던 감정이 확연히 달랐다. 결국 여행에 관한 글쓰기는 여행의 과정과 인상적인 장면들을 세밀하게 표현하고 자신만의 느낌을 진솔하게 드러내는 것이 핵심이다.

지금 당장 떠나고 싶지만 그럴 수 없다면 TV 속 여행 프로그램이나 여행 관련 글들을 찾아서 즐겨보자. 패키지여행을 하다 보면 자유여행 또한 하고 싶은 욕심과 용기가 생기듯이, 여행 글을 만나다 보면 나 스스로 가이드가 되어 전혀 색다른 여행을 기획하고 싶을 테니까. 언젠가 여행지에서 만난 풍경과 음식, 사람들을 묘사하고 싶거나 그곳에서 받은 영감을 잊을까 조바심이 나서 짐을 풀지도 않고 글부터 쓰는 나를 발견할지도 모르겠다.

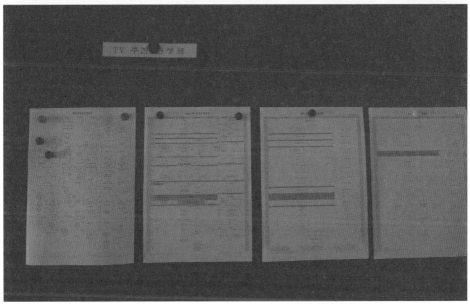

시청자의 욕구를 반영해서 짜는 편성표. 프로그램의 편성 비율에 따라 트렌드를 알 수 있다.

_____

_____

_____

_____

_____

_____

_____

_____

어떤 글을 쓰든

풍부한 취재와 자료조사, 꼼꼼한 구성을

바탕으로 해야 한다.

어린 시절 우리 집은 구멍가게를 했다. '슈퍼마켓'이라는 이름을 붙이기엔 너무 작은 가게였지만 잘 정렬된 과자며 음료수가 공간을 꽉 채우고 있어 철부지 친구들에게는 부러움의 대상이었다. 가게에는 방 하나와 부엌 하나가 달려 있었다. 방의 크기는 엄마와 나, 남동생이 나란히 누워 자기엔 무리가 없었지만 책상 하나를 더 놓을 공간은 없었다. 엄마는 부엌을 과감히 개조해 내 방을 만들었다. 좁고 긴 부엌에서 분리된 내 방은 책상과 의자 하나를 놓으니 꽉 찼다. 그러자 엄마는 가게로 이어지는 방문 앞에 시멘트를 발라 작은 마루를 만들었다. 마루가 끝나는 지점에 커튼을 달았고, 과자를 진열하다 남은 철제를 이용해 책장을 만들었다. 그곳엔 엄마가 일 년에 한 번씩 우리 남매를 위해 사 모은 동화책들이 과자처럼 진열되었다.

말수가 적고 체력이 약했던 나는 또래 친구들과 뛰어놀기보다는 책을 읽는 것이 훨씬 즐거웠다. 그 시절 동화 속에서 나와 닮은, 혹은 닮고 싶은 친구들을 만났고 엄마가 만들어준 방과 서재는 그 친구들과 마음껏 뛰어놀 수 있는 상상의 놀이터였다.

그때 읽었던 동화 중 가장 좋아했던 이야기는 프랜시스 호지슨 버넷Frances Hodgeson Burnett의 『소공녀』였다. 열 번도 넘게 읽어서 책이 닳아 있었다. 주인공 세라는 부자에다가 자상한 아빠가 있어 기숙학교에서 공주 대접을 받지만 아빠가 사망했다는 소식이 전해지고 학교에 돈을 낼 수 없게 되자 천덕꾸러기가 되었다. 힘든 기숙학교 생활 속에서도 선생님과 친구들을 미워하지 않고 착한 마음을 잃지 않았다. 결국 아빠가 남긴 유산을 물려받아 다시 소공녀로 돌아간다는 이야기로 끝난다.

난 아마 세라가 되고 싶었던 것 같다. 그 책을 읽으며 늘 비슷한 상상에 빠지곤 했으니까. 일곱 살 때 돌아가신 아빠가 어딘가에 소중한

흔적을 남겨두신 게 아닐까, 아니면 살아 계셔서 곧 우리에게 돌아오는 게 아닐까 하는 상상 말이다.

　얼마 전, 아는 동화작가에게 이 이야기를 들려주었다. 동화의 힘이 이렇게 크다고, 불우할 수도 있는 어린 시절에 기죽지 않고 자존감을 키우며 자랄 수 있었던 건 동화책에서 만난 희망의 이야기 때문이었다고 말했다. 그러면서 동화작가들은 어떻게 아이들의 마음을 사로잡는 창의적인 이야기들을 만들 수 있느냐고 물었다.

　나와 동갑인데 20대 초반에 결혼해 어느새 고등학생 자녀를 둔 그녀는 처음 만났을 때 자신을 그저 평범한 전업주부였다고 소개했다. 아이들에게 동화책을 읽어주다 자신이 동화의 매력에 빠졌고, 직접 이야기를 짓기 시작했다고 한다. 자녀들이 초등학교에 들어갈 무렵, 동화작가들의 강의를 찾아다니며 배우기 시작해 지금은 현업 동화작가로 활동하고 있다. 그녀는 좋은 동화가 아이들에게 행복한 시간을 선사한다고 했다. 그렇게 말하면서 나에게 어린이의 눈높이를 고려한 동화 쓰기 비법을 살짝 알려주었다.

　동화는 판타지를 그리는 경우가 많다. 그래서 동화를 쓰겠다고 모인 예비 동화작가나 학생들 또한 환상적인 소재로 그럴듯한 이야기를 만들고 싶어 한다. 대개 그들의 습작은 용두사미로 끝나거나 환상과 현실을 적절히 연결시키지 못해 기괴한 이야기가 되어 버리는 경우가 많다고 한다. 판타지 세상은 우리 눈에 보이지 않는 세계이므로 그것이 마치 아이들의 눈앞에 보이는 것처럼 더욱 생생하게 묘사해야 한다. 펜 가는 대로 허무맹랑한 이야기를 써놓고서는 '동화니까 괜찮아'라고 생각하는 작가도 많단다. 동화를 쓰는 것도 개연성이 필수다.

　자신이 창작한 작은 세계 안에 나름의 원칙을 만들어놓고, 그 원칙을 성실히 지켜 가야 어린이들도 그 세계를 납득할 수 있다. 어딘가에 꼭 있을 것만 같은 세상, 동화책을 덮고 난 후에도 언젠가 가 보고 싶은 세상으로 그리기 위해선 다른 글쓰기와 마찬가지로 풍부한 취재와 자료조사, 꼼꼼한 구성이 필요하다.

덧붙여 그녀는 동화 쓰기에 관해 몇 가지 편견을 버려야 한다고 알려주었다. 동화는 무조건 교훈적이어야 한다거나, 결말이 행복해야 한다거나, 꼭 착한 존재가 주인공이 되어야 한다는 것이 모두 편견이라고 했다. '어린이'라는 존재를 교화하고 가르쳐야 할 대상으로만 생각하는 어른들일수록 이런 편협한 생각을 하기 쉬운데, 동화작가라면 독자로서 어린이들을 누구보다 존중하고, 그들만의 언어를 이해하려는 노력이 필요하다고 했다. 어린이의 말이나 행동을 어른의 시각으로 멋대로 재단하지 말고, 그대로 받아들여야 한다고 했다. 그러고 보니 그녀는 지인들과의 대화에서도 섣불리 타인의 말을 평가하거나 옳고 그름을 따지지 않는다는 사실이 생각났다.

'아이에게 배운다'는 말이 있다. 내가 지켜본 동화작가는 아이들뿐만 아니라, 우리 주변의 모든 것들을 통해 삶에 관해 배우고 있었다. 그녀는 작은 화분에도 이름을 붙이고 오래 타고 다닌 자동차도 친구처럼 대한다. 그녀의 일상에서 하찮은 존재는 하나도 없으며 오히려 자신과 만나는 모든 것이 귀한 글감이라 했다.

나도 한때 어린이들을 위한 프로그램을 구성한 적이 있다. 어린이들이 노래 솜씨를 겨루는 동요 경연 프로그램이었다. 나는 평소 아이들을 좋아하지만, 사실 동요 프로그램은 피할 수 있다면 피하고 싶은 방송이었다. 방송 시간대도 사람들의 관심도가 낮은 오후 4시였고, 다른 방송에 비해 신경 써야 할 부분이 많았기 때문이다. 동요 프로그램의 제작과정을 구분하자면, 크게 사전 준비과정과 본 녹화, 그리고 사후 과정으로 나눌 수 있다.

사전 준비과정에서는 본 녹화에 참여할 출연 어린이들을 선정하는 예선과 어린이들이 부를 노래를 편곡하는 작업, 이를 연주할 악단과 합창단에게 곡을 의뢰하는 과정, 축하무대를 위한 출연자 섭외 및 심사위원 위촉 등이 필요하다.

녹화 당일에는 방청객 입장을 챙기고 방청 에티켓 등을 알려줘야 하며 출연자들과 악단, 합창단과 함께 리허설을 꼼꼼하게 진행해야 한다. 녹화에 들어가면 어린이들이 노래를 부르는 동안 노래가사 등 자막에 실수는 없는지 매의 눈으로 살피고, 경연자들의 무대가 끝나면 곧바로 심사위원들과 점수를 합계해 수상자를 가려낸다.

녹화가 끝났다고 작가의 업무가 끝난 것이 아니다. 이번 방송에서 사용되었던 편곡 악보는 언젠가 또 쓸 수 있기 때문에 목록으로 만들어 보관한다. 녹화 내용 중에 덜어내거나 수정할 곳은 없는지 PD와 함께 다시 화면을 보며 편집 작업을 한다. 마지막으로 출연자나 수상자들에게 출연료나 상금, 상품 등이 차질 없이 전달될 수 있도록 체크한다. 다른 프로그램보다 신경 쓸 일이 배로 많아서 동요 프로그램을 선뜻 맡겠다고 나서는 PD나 작가가 드물다. 하지만 이 모든 과정 중에서도 나를 가장 힘들게 했던 것은 매번 어린이들과 학부모님들을 상대하는 일이었다.

동요 프로그램을 구성할 당시, 20대 후반이었던 나는 아동 심리나 교육 분야에 대해 문외한이었기 때문에 아이들의 마음을 헤아리는 것이 어려웠다. 경연 프로그램에 참여하는 자녀들이 혹여 상처받지 않을까, 제작 과정에 불공정함이 있지는 않을까 노심초사하는 학부모들을 대하는 일은 피곤함을 넘어 거북했다. '동심'을 지켜줘야 할 동요 프로그램에 출연해 오히려 어린이들이 동심을 잃는 경험을 하면 어쩌나 하는 걱정이 제일 컸다. 고민 끝에 나름의 가이드라인을 세웠다. 복잡한 제작 과정에 지쳐 혹여 큰 실수를 할지도 모르는 나를 다독이는 다짐과도 같은 원칙이었다.

하나, '칭찬'이 아닌 '격려'를 해주는 예선 현장을 만든다. 매주 예선 현장에는 본 녹화보다 훨씬 많은 수의 참가자들이 방송국을 찾아온다. 어린이들은 대부분 엄마나 음악학원 선생님과 함께 예선 현장을 찾는다. 예선 심사는 전적으로 전문가가 맡는다. 작가는 예선 현장에서 노래 부를 순서를 정하고 결과를 발표하는 일 등을 담당하며 전체적인 분위기를 조율한다. 작가가 무엇보다 신경 써야 할 것이 노래를 부른 후 아이들에게 결과를 얘기하는 과정이다. 누구, 누구는 노래를 잘해서 본선 진출을 하게 됐다는 식의 코멘트가 아니라 참가자 모두에게 각각 잘한 점과 고쳤으면 하는 점을 얘기한다. 이때, 모든 아이들에게 칭찬보다는 '격려'를 해줘야 한다. 방송 출연에 관계없이 노래 실력에 도움이 되고 힘을 얻는 응원의 메시지를 받고 돌아가도록 해줘야 한다.

둘, '경쟁'이 아닌 '축제'를 위한 프로그램으로 구성한다. 예선부터 본 녹화 때까지 제작진을 가장 당혹스럽게 하는 순간은 결과 발표 후 울음을 터뜨리는 어린이나 항의하는 부모를 만날 때다. 경연 프로그램이다 보니 경쟁은 당연한 과정이다. 경쟁 자체는 나쁜 것이 아니다. 다만, 경쟁에 대해 어떻게 접근하느냐 하는 시각이 중요하다. 경연을 '성공과 실패의 결과를 확인하는 자리가 아니라 자신이 노력한 것을 보여주는 과정으로 이해하도록 바라봐야 한다. 일부 어른들 중에는 1등을 하지 못한 아이들에게 실망감을 내비치거나 불공정한 결과라며 아이 앞에서 제작진에게 화를 내는 경우도 있다. 학부모나 교사가 경쟁에서 결과에만 연연하는 모습을 보여준다면, 어린이 역시 동요 프로그램 참가가 실력을 겨루는 결투의 장으로만 기억할 것이다.

셋, 특정 어린이를 돋보이게 하는 방송이 아닌 출연자 누구도 소외되지 않는 방송으로 매듭짓는다. 지금도 가끔 시청자의 입장에서 어린이 경연 프로그램을 볼 때 마음에 들지 않는 부분이 있다. '응원상'을 수여하는 형식이다. 방청석의 분위기가 방송의 생동감을 좌우하는 것은 사실이다. 녹화 전, 조연출들이 나서서 박수나 박자에 맞춘 간단한 동작을 알려주고 출연자들에게 더 많은 응원단과 같이 와주길 부탁하기도 한다. 그래도 사정에 따라 가족이나 친구들과 함께 오지 못하는 출연자들이 가끔 있다. 방청석에서 너무 화려하고 소란스러운 응원을 선보인다면 상대적으로 그렇지 못한 출연자들은 위축될 수밖에 없다. 굳이 응원 소리가 큰 출연자팀에게 '응원상'까지 주며 일부 어린이들에게 소외감을 느끼게 할 필요가 있을까. 참가한 모든 어린이들이 기쁨을 느끼며 방송을 마무리할 수 있도록 어른들의 세심한 배려가 끝까지 필요하다.

어느 날, 유치원생 특집을 한 적이 있다. 방송 준비로 피곤이 쌓이다 보니 다래끼가 난 채 출연자들을 맞이했다. 부어 있는 내 눈을 본 다섯 살의 꼬마 출연자가 활짝 웃으며 이렇게 말했다.

"작가 언니 눈에 빨간 사탕이 들어 있어요."

그래, 동심이란 이런 거였지. 말 한마디, 미소 한 번으로 세상을 밝게 만드는 힘이 어린이들에겐 있다. 동심을 보여 주고, 진심으로 소통하는 창窓이 되는 어린이 관련 글과 작품들이 더 많아졌으면 좋겠다.

오랫동안 몸담았던 직장 KBS한국방송. 동요 경연 외에도 다양한 어린이 프로그램을
방송하고 있다.

DAY 20 일일이 설명하지 않기

_____

_____

_____

_____

_____

_____

_____

_____

_____

"초짜일수록 원고 빈칸을 채우기 바쁘고,
고수일수록 덜어내기 바쁘지."

나무가 빽빽하게 들어선 숲에서 나무 몇 그루가 쓰러진다. 그러면 숲 지붕에 구멍이 생기고, 그 구멍으로 음지이던 땅에 햇살이 비춘다. 빛 조건이 좋아지면 땅속에 숨어있던 종자들이 발아하기도 하고, 바람에 실려 온 새로운 종자들이 자라기도 한다. 이런 공간을 가리켜 '숲 틈Forest Gap'이라 부른다.

산을 자주 찾는 편은 아니지만, 수풀이 우거진 산에 가게 되면 숲 틈이 어디에 있나 찾으려 두리번거린다. 언젠가 숲 해설가를 취재하면서 숲 틈의 존재를 알게 되었다. 숲 틈이 생기고, 그 공간이 나무가 아닌 다른 식물들로 채워지는 과정은 숲에 다양한 종들이 공존하게 해 주고 숲의 생명력을 지켜준다고 한다. 우리 눈에는 비어 보이는 공간이 실은 숲에 더 풍부한 활기를 불어넣는 채움의 공간이다.

숲 틈의 역할은 회화에서 말하는 '여백의 미'와도 닮았다. 회화에서 여백이란 사물이나 대상을 그려 넣어야 할 지면을 화가가 의도해서 비워두거나 생략한 공간이다. 여백은 화면 속 그려진 대상에 더 집중하게 만들고, 비워둔 자리를 통해 그림을 보는 이가 채울 수 있는 상상의 여지를 준다. 비움을 통해 화폭 너머까지 그림을 그리는 효과를 얻는다. 여백의 미를 잘 구현하는 화가들은 화폭에 대상을 배치하는 구성력과 표현력이 과감하고 뛰어나다는 평을 듣는다.

글쓰기에도 틈과 여백을 활용하는 능력이 필요하다. 방송 초년생일 때, 한 선배가 서툰 내 원고를 읽고 무심코 던진 말을 아직도 기억한다. "초짜일수록 원고 빈칸을 채우기 바쁘고, 고수일수록 덜어내기 바쁘지."

그땐 무슨 말인지 정확히 몰랐지만 경력이 쌓이면서 선배의 말뜻을 알게 되었다. 신입 작가일수록 원고 빈칸을 모두 채워야 한다는 생각에 자신이 조사하거나 알고 있는 정보를 꾸역꾸역 밀어 넣는다. 반면, 경력이 쌓인 작가는 표현은 간결하게, 정보는 중요한 핵심만 전달해야 시청자들에게 보다 잘 닿을 수 있다는 사실을 알기에 애써 써 놓은 글들을 줄이고, 또 줄이는 데 시간을 할애한다.

방송 원고는 영상이나 인터뷰, 현장음이 주인공이다. 방송작가가 글을 쓴다는 말은, 영상과 인터뷰, 현장음이라는 주요 요소들을 지면에 먼저 기록하고 나머지 공간을 자신이 쓴 문장으로 채운다는 뜻이다. 실제 방송에서 작가가 창작한 문장은 내레이션이나 진행자의 멘트로 만날 수 있다.

방송 현장에서 쓰는 속어 중에 "마가 뜬다"는 표현이 있다. 라디오나 텔레비전 방송에서 아무 소리가 들리지 않는 시간 즉, 오디오가 비어 있는 순간을 말한다. 영어식으로 '블랭크Blank를 둔다'라고 표현하기도 한다. 라디오의 경우 7초 이상 진행자 멘트나 음악이 나가지 않고 침묵이 계속되면 방송사고가 된다. 그런데도 원고를 쓸 때 쉬어가는 틈이나 여백을 마련해야 할까?

방송 글의 역할은 크게 세 가지이다. 첫째, 상황이나 배경을 설명하고 둘째, 정보를 전달하며 셋째, 의미를 부여하거나 해석을 한다. 예를 들어보자. 한 노인이 배 안에서 음악을 들으며 책을 읽는 장면이 있다. 신입 작가는 "바다 위를 달리는 크루즈선에서 일흔 살의 일본인 노리코 씨가 책을 읽고 있다"라고 그림을 묘사하는 원고를 쓰기 쉽다. 그러나 경력 작가라면 호텔처럼 편안한 환경을 제공하는 크루즈선이라는 상황을 설명하거나 일본에서는 크루즈선을 타고 황혼 여행을 하는 것이 노년층의 문화라는 정보를 제공할 수 있다. 또는 크루즈 여행이 평생 소원이던 노리코 씨에게 지금 이 순간이 어떤 의미인지 해석을 덧붙일 수도 있다.

　만약 이 영상이 방송에서 전하려는 메시지를 장면 자체가 함축하고 있거나, 흘러나오는 음악 또는 주인공의 표정이 작가가 말하려는 바를 이미 표현하고 있다면, 그때는 블랭크를 메울 필요 없이 그냥 두는 편이 낫다. 제작진의 의도를 밝히지 않고 침묵하여 시청자가 직접 보고 느끼게 하는 여백의 효과를 거둘 수 있기 때문이다. 침묵도 원고의 일부분이다. 아니, 침묵의 시간이 오히려 더 다양한 메시지를 강렬하게 전할 수 있다. 보는 이가 화면 속 인물과 상황에 감정을 대입할 수 있는 시간을 주고, 사유의 흐름을 확장시킬 수 있다.

　그렇다면 방송 글에서 자연스럽게 여백을 만들려면 어떻게 해야 할까? 문장이 앞서 나가지도, 뒤로 처지지도 않게 하자. 방송작가들은 원고를 쓸 때 하나의 단락을 새롭게 시작하거나 끝나는 지점을 과감하게 비워두는 경우가 많다. 방송 원고에는 이 부분을 '(3초 쉬고)' 또는 '(그림 보고) 즉, 그림을 보는 동안 멘트를 하지 않음' 등으로 표기한다. 프로그램이 시작되거나 장면이 전환되면 시청자가 우선 영상을 보고 '저게 뭐지?' 하는 궁금증을 가지고 몰입할 수 있도록 해야 한다. 하나의 이야기가 끝을 맺거나 중요한 메시지를 전하고 나서는 침묵하거나 음악으로 대체하는 편이 좋다. 지금까지 본 장면들이 여운을 남길 수 있도록 돕기 위해서다.

　방송 글에서 주연 배우는 영상이란 사실을 잊지 말아야 한다. 음악 방송이라면 음악이, 정보 방송이라면 정보를 전달해 줄 출연자의 인터뷰나 현장음이 주인공이다. 주연 배우가 할 말을 조연이 가로채거나 주연은 역할을 다하고 사라졌는데 조연 배우만 남아서 극을 끌고 간다면 어색하지 않겠는가. 내가 만드는 작품에서 단어와 문장들이 맡은 역할이 무엇인지 생각해 볼 일이다.

　글 쓰는 사람들은 자기 앞에 놓인 새하얀 지면을 모두 글로 채워야 한다는 강박관념에 시달리기도 한다. 그러나 입장을 바꿔, 독자의 편에서 생각해 보자. 쉼표나 마침표 없이 혹은 문단의 구분 없이 쭉 이어지는 글은 숨이 찬다. 과시하듯 알고 있는 모든 지식을 쏟아붓고, 미사여구나 감정의 표현이 과한 글들은 독자들을 질리게 할 수 있다. 작가의 욕심과 열정을 오히려 덜어내고, 절제된 표현을 사용하도록 하자. 당신이 짐작하는 것보다 이미지는 많은 말을 하고 있다. 최소한의 정보와 설명, 의미만을 전달한다는 생각으로 글을 써 보자. 결국 작가의 실력은 글을 넘치게 쓰고 싶은 욕구를 얼마나 절제할 수 있는가에 달려 있다.

　이러한 기술은 특히 사진이나 그림이 주가 되는 책 집필이나 SNS 글쓰기를 할 때 활용하면 좋다. 간혹, 사진이나 그림이 작가의 의도를 충분히 전달하지 못하겠다는 불안함에 이미지를 글로 한 번 더 읊어주거나 구구절절 상황을 설명하는 글들을 만난다. 이미지에 대해 지나치게 많은 수식어를 붙이거나 중언부언 설명이 많아지면 사진이나 그림에 독자들의 시선이 머물 기회를 빼앗게 된다.

　작가가 작품을 세상에 내보이면, 그 작품은 더 이상 작가 혼자만의 것이 아니다. 처음 작가의 의도가 무엇이든, 읽는 사람과 보는 사람에 따라 작품의 의미는 다양해질 수 있고 그 속에서 작품의 생명력은 강해진다. 숲에서 그러하듯, 글에서도 적절한 틈과 여백은 '아무것도 없음'이 아니라, 비워 두었기에 더 많은 것을 채울 수 있는 공간이다.

보도국 사무실. 방송 프로그램은 영상 확보가 중요하므로 팀원들은 하루나 한 주 단위로 취재 일정을 공유한다.

거짓 없이 쓰기

_____

_____

_____

_____

_____

_____

_____

_____

이야기를 진정성 있게 전달해야 한다는
'직무'를 게을리하지 않는다.

내 동생은 셰프다. 나의 주관적이고 사심 가득한 기준에 따르면 동생의 이탈리아 요리 솜씨는 탁월하다. 동생이 만들어준 토마토 파스타와 스테이크, 화덕 피자는 내가 먹어본 요리 중 단연 최고다.

그런 동생이 몇 년 전, 자기 이름을 건 첫 식당을 개업했다. 당시만 해도 비싸게 여겨지던 파스타를 좀 더 저렴한 가격에, 재료는 최상으로 써서 제대로 팔아보겠다는 야심 찬 기획이었다. 큰 레스토랑의 오너 셰프 시절 만들던 음식과 별반 차이가 없었기에, 동생은 가게가 성공할 것이라 믿어 의심치 않았다.

음식 장사가 맛으로만 승부할 수 없다는 사실을 깨닫는 데는 그리 오랜 시간이 필요치 않았다. 매상이 조금씩 올라가고 있었고 단골도 생겼지만 비싼 권리금과 월세를 빼고 나면 동생 손에 떨어지는 순수익은 얼마 되지 않았다.

그때 동생에게 거절하기 힘든 제의가 들어왔다. 500만 원만 내면 방송에 동생의 가게를 맛집으로 소개해주고, 'TV에 출연한 집'임을 증명하는 각종 사진과 증명판을 가게 곳곳에 붙여 준다는 것이었다. 마침 앞집이 얼마 전 방송에 소개되어 손님들이 줄을 서기 시작한 때였다. 동생은 두 번 생각하지 않고 제안을 거절했다. 맛과 서비스로 승부하면 손님들이 저절로 알아줄 것이라는 믿음이 있는 듯했다. 방송의 힘보다 젊은 셰프의 정성과 열정으로 승부하고 싶어했다. 그러나 동생 가게는 안타깝게도 2년을 넘기지 못하고 문을 닫았다.

얼마 전, 즐겨보는 「수요미식회」에서 프로그램 마지막에 자막이 흘러나왔다. 내용인즉슨, 「수요미식회」를 사칭하여 금품을 요구하는 사람들이 있으니 주의를 바란다는 당부였다. 제작진은 절대 금품을 받고 식당을 선정하지 않는다는 안내 문구도 함께 실었다.

몇 년 사이 맛집이나 음식을 소개하는 방송 프로그램 제작 풍토가 많이 바뀌었는데, 아직도 저런 사기를 치는 사람이 있구나 싶었다. 하긴, 동생 가게처럼 돈을 내면 한 코너에 실어준다는 사례가 극히 일부이지만 방송계에 남아 있긴 하다. 그러나 맛집 프로그램을 보는 이들의 눈이 워낙 날카로워져서 이제 그런 '사기 행각'도 쉽지 않다.

과거에는 맛집을 소개하는 프로그램의 글쓰기 전략은 '얼마나 특이한 음식을 소개하느냐?'였다. 방송에 등장하는 요리들은 평범함을 거부한, 그야말로 이색적인 음식들로 넘쳐났다. 다음으로 시각화가 중요했다. "보기 좋은 떡이 먹기에도 좋다"란 말을 관련 방송들은 철저히 실행에 옮겼다. 생활정보 프로그램을 구성하면서 매주 더 차별화된 식당, 뭔가 때깔이 좋은 요리를 찾아 이곳저곳을 기웃거렸다. 양심 고백을 하자면, 당시 음식점을 소개한다고 돈을 받지는 않았지만 내가 소개했던 음식이나 식당들이 죄다 추천할 만한 곳이었다고 자신 있게 말하기 어렵다. 방송 주제에 따라 끼워 맞추기식 섭외를 했던 적도 많았다.

만약 이번 주 주제를 녹차로 잡았다면 녹차 잎으로 고기를 삶는다는 수육 집, 녹차로 면을 뽑거나 국물을 내는 국숫집, 녹차가루를 모든 메뉴에 섞는 녹차요리 전문점… 이런 식으로 섭외했다. 이때 진짜 맛집으로 꼽히는 식당들은 따로 홍보할 필요가 없다며 귀찮아 하거나 방송 출연을 거부하고 기피했다. 결국 한 주 방송을 만들기에 급급했던 제작진과 홍보가 시급한 음식점의 욕망이 만나 '보기에만 좋은 음식들'이 방송을 탔고, 이를 맛본 시청자들의 실망 섞인 목소리가 프로그램 게시판을 도배하곤 했다.

이제 방송 제작 환경은 확연히 달라졌다. 적어도 맛집이나 음식을 소개하는 프로그램에서는 그러하다. 최근 맛집을 소재로 한 프로그램이 시청자에게 다가가기 위한 핵심은 '얼마나 믿을 만한 음식을 소개하느냐?'이다. 그래서 프로그램 곳곳에 시청자들이 수긍할 수 있는 신뢰의 장치들을 구성한다. 「수요미식회」의 경우, 1차로 믿을 만한 전문가들이 추천하는 맛집들을 선정해 음식 칼럼니스트나 유명 셰프, 소문난 연예인 미식가들이 직접 방문한 후, 스튜디오에서 음식에 대해 솔직하게 품평한다. 「생활의 달인」은 이미 달인으로 검증받은 맛의 고수들이 신분을 숨긴 채 식당을 방문해 음식을 평가하고 비법을 묻는다.

음식 전문가뿐만 아니라 일반인 중 택시기사나 파워블로거 같이 '진짜 맛집'을 안다고 생각하는 시청자들이 직접 나서서 식당을 추천해주는 프로그램들도 있다. 방송에서 소개하는 요리나 식당들이 맛, 재료, 가격, 서비스에서도 믿을 만한가를 여러 차례 검증하는 과정을 보여주는 것이 스토리텔링의 핵심이다.

TV에 나오는 숨은 맛집에는 저마다 숨겨진 비법이 있고 그 비법은 며느리도 모르는 영업 비밀이다. 그렇다고 숨은 맛집이라는 매력적인 아이템을 놓칠 제작진이 아니다. 천신만고 끝에 촬영 허가를 받아내면 이후에는 요리의 달인들도 음식에 들어가는 재료나 만드는 과정을 숨기지 않고 보여준다. 그들이 대를 이어 전하는 비법의 포인트는 어디에 있을까? 대부분 재료를 넣는 타이밍이나 비율에 따라 맛이 좌우될 때가 많다. 즉, 아무리 좋은 재료를 사용해도 그것을 '언제', '어떻게' 넣느냐에 따라 음식의 맛이 천차만별이 된다.

나도 동료들에게 절대 알려주지 않았던 나만의 글쓰기 비법이 있었다. 그것은 늘 보물처럼 품에 지니고 다녔던 '작가 수첩' 속에 담겨 있다. 일단 나의 작가 수첩은 섹션이 구분되어 있다. 정치, 경제, 사회 · 문화, 건강 · 요리 등으로 나뉘어 있다. 그리고 각 분야별로 섭외

대상이 되는 전문가의 리스트를 나만의 시각으로 구분해 놓았다. 음식 정보 프로그램의 구성을 맡게 되면 먼저, 요리나 건강 분야를 정하고 그 안에서도 세분화하여 항목을 나눠 도움 받을 전문가들을 정리하는 식이다.

식품영양학과나 한의학 교수 등의 학계나 조리사회와 같은 협회, 음식평론가나 요리전문가 그룹으로 나눌 수 있고, 음식의 종류 혹은 지역별로 구분할 수도 있다. 각 분야별로 전문가들의 정보 및 자료를 수집하는 구체적 방법으로는 우선, 신문이나 잡지, 다른 방송 등에 자주 노출되는 전문가들을 찾아본다. 전문가를 찾는 가장 안전한 방법이지만 이미 잘 알려진 출연자들이 많아 새로워보이지 않는다는 게 단점이다. 평소 관련 기사나 사설, 칼럼 등을 관심 있게 읽으며 자신의 의견과 평가에 논리성을 갖춘 전문가를 체크해 두거나 직접 만나서 명성의 진위 여부를 확인하는 것이 좋다.

다음으로, 관련 단체에 연락해 추천을 받거나 믿을 만한 지인에게 소개를 받아 숨은 전문가나 고수들을 수소문할 수도 있다. 전문가가 추천한 전문가라 신뢰도가 높은 것이 장점이지만 가끔 관련 단체에서 단체장을 추천하거나 지인 역시 친한 사람을 소개할 수 있으므로 경계해야 한다. 이런 섭외 목록은 방송작가라면 누구나 갖고 있다. 그러나 정리된 내용이나 형식은 개인의 특성에 따라 다르다. 방송작가의 수첩은 자신만의 노하우와 인맥이 담긴 비법 노트인 셈이다.

일목요연하게 정리한 수첩 덕분에, 나는 오랜 시간 라디오와 텔레비전을 넘나들며 정보와 지식들을 전달할 수 있었다. 프로그램에 도움을 줄 인적 자원들을 적재적소에 배치하는 능력이 방송의 신뢰도를 높이는 나만의 경쟁력이었다고 생각한다.

방송계에서는 예전에 비해 음식 관련 프로그램을 기획하거나 구성하기가 더 어려워졌다는 볼멘소리가 나온다. 시청자들이 웬만해서는 방송 프로그램이 보장하는 '맛'을 신뢰하지 않기 때문이다. 제작진이 토로하는 어려움은 어쩌면 당연하다. 그동안 나를 포함해 많은 방송국 사람들이 음식 이야기 역시 진정성 있게 전달해야 한다는 직무를 게을리 한 탓이라는 반성과 함께 말이다.

나에게도 부끄러운 과거가 있다. 우리 동네에 있는 한 식당에는 십여 년 전 내가 제작한 프로그램 사진이 아직도 붙어 있다. 그 식당을 가족들과 직접 방문해본 결과, 맛이 없고 청결하지 못해 두 번은 가고 싶지 않은 곳이었다. 어떻게 십 년 넘게 영업을 하고 있는지 알 수 없지만 방송에서 추천할 만한 곳은 아니라는 게 확실하기에 매번 가게 앞을 지날 때면 얼굴이 붉어진다. 혹시 지금도 간판 속 사진을 보고 음식점을 찾는 손님이 있을까 싶어 양심이 화끈거린다. 맛집 프로그램에 얽힌 쓰디쓴 추억이 이렇게 오래 남을 줄 알았다면, 그때 좀 더 고심해서 섭외하고 글을 썼을 텐데 하는 아쉬운 마음뿐이다.

_____

_____

_____

_____

_____

_____

_____

_____

작품 안에서 답을 찾을 때,
내용과 겉돌지 않고 딱 안성맞춤인
제목이 떠오른다.

나는 내 이름을 좋아한다. 내 이름은 쓰기에도, 부르기에도 참 쉽다. 한글을 막 배우기 시작한 조카가 고모의 이름을 쓰면서 받침을 헷갈릴 필요도 없고, 논문이나 책을 편집할 때 영문명이 잘못 표기되는 일도 적을 것이다.

내 이름은 돌아가신 아버지가 지어주셨다. 어머니가 나를 임신했을 때 한창 미스코리아 선발대회가 열렸다. 당선자들이 TV에 나와 미모와 지성을 뽐냈다고 한다. 그 모습이 인상 깊었던 아버지는 아직 태어나지도 않은 나에게 '김주미金主美'란 이름을 붙였다. 한자의 뜻을 풀면 주인 주와 아름다울 미, 즉 '아름다움의 주인, 아름다움의 우두머리'가 되라는 뜻이다. 주위 사람들에게 공공연하게 이 아이를 미스코리아로 만들겠다고 호언장담하셨단다.

초등학교 때 한자를 배우면서 내 이름의 뜻을 얘기했다가 친구들로부터 놀림을 받은 적이 있다. 친구들은 하나같이 "네가 무슨 미스코리아냐"며 비웃었다. 한동안 놀림을 당했지만 나는 이름에 담긴 의미가 부끄럽지 않았다. 태어나기 전부터 부모님에게 난 소중한 존재였고, 누구보다 기대와 사랑을 받고 자란 아이라는 걸 이름이 증명해준다고 생각했다.

그렇게 이름은 내 자존감의 표상이 되었다. 나를 소개할 자리가 있으면 늘 이름의 뜻을 풀이하는 것으로 시작한다. 아버지는 딸이 지성과 미모를 갖추길 바라며 이름을 지어주셨지만, 자라면서 외모가 이름을 따라가지 못했다고 너스레를 떤다. 커 가면서는 이름의 뜻풀이를 내식으로 바꿔서 소개했다. 아름다운 이야기와 글을 지어 삶의 주인이 되고 더불어 나의 글과 강의를 공감하는 사람들이 주체적인 삶을 살도록 돕고 싶다는 꿈을 꾼다고 말한다. 이런 이야기를 말해주기 때문인지 가끔 탤런트 박주미 씨와 헷갈리는 사람은 있어도, '주미'라는 이름을 기억해주는 분들이 많았다. 누군가에게 각인되는 이름을 갖고 산다는 것은 참 감사한 일이다.

글쓰기에서도 이름 짓는 일은 중요하다. 프로그램 기획서를 받았는데 프로그램명이 가제가 아니라 확정이라면 이미 기획의도와 구성 전략이 상당 부분 갖춰졌다는 뜻으로 받아들여도 좋다. 매주 에피소드 제목이나 코너 제목을 소개할 때도 제목부터 기대감을 갖게 한다면 시청자들에게 주목 받는 아이템이 될 가능성이 크다.

제목의 유형은 역할에 따라 크게 두 가지로 요약할 수 있다. 먼저, '정보 전달형' 제목이다. 시청자들이 내용을 짐작할 수 있도록 간략하게 소개해주고 작품의 정체성을 설명하는 기능을 한다. 「삼시 세 끼」나 「효리네 민박」, 「무한도전」 같은 프로그램은 제목만으로 이미 출연자들이 무엇을 할 것인지, 제작진들이 중요하게 여기는 콘셉트가 무엇인지 짐작할 수 있다.

두 번째는 '관심 유도형'이다. 호기심을 자극하고 시청자들을 유혹하는 역할을 한다. 「그것이 알고 싶다」에서 소제목으로 '대통령의 금고—수인번호 503번의 비밀'이나 '아침의 살인자—배산 여대생 피살 사건 미스터리' 같은 제목은 시청자들의 궁금증을 불러 일으키고, 방송을 통해 어서 그 비밀을 보고 싶게 만든다.

서점에 가서 독자들의 오랜 사랑을 받고 있는 스테디셀러들의 제목들을 살펴 보자. 사람들의 이목을 붙잡는 책도 두 가지 유형으로 나누어볼 수 있다. 먼저 정보 전달형 제목들은 책이 어떤 내용을 담고 있는지 명확히 제시한다. 『개인주의자 선언』, 『지적 대화를 위한 넓고 얕은 지식』, 『직업으로서의 소설가』 등은 제목만 보아도 저자가 무엇을 말하려고 하는지 지향점을 눈치챌 수 있다. 『거래의 기술』, 『부자 아빠 가난한 아빠』, 『미움 받을 용기』와 같은 책들은 독자들의 눈길을 끄는 말을 연이어 배치하거나, 단어 조합이 신선해서 책을 읽고 싶은 마음이 들게 만든다.

관심 유도형은 독자에게 질문을 던지는 제목들에서 찾을 수 있다. 『어떻게 살 것인가』, 『왜 나는 너를 사랑하는가』, 『어떻게 원하는 것을 얻는가』처럼 의문문을 사용하여 책에 대해 호기심을 갖게 만들고, 저자가 과연 어떤 답을 제시하고 있는지 내용을 확인하고 싶게 한다. 구체적인 숫자나 사례를 제시하여 독자들이 책을 펼치게끔 만드는 제목도 있다. 『스물아홉 생일 1년 후 죽기로 결심했다』, 『7번 읽기 공부법』, 『3층 서기실의 암호』 등 관심을 끌기에 좋은 책들이다.

제목이 정해지면 점검해야 할 사항들이 있다. 제목은 부르기 쉽고, 보기에도 좋아야 한다. 특히 TV 프로그램의 경우 제목을 로고타이프Logotype로 제작해야 한다. 로고타이프 또는 로고는 방송의 정체성이 잘 드러나도록 만들어 상표처럼 쓰는 글자체를 말한다. 로고로 표현해야 하는 제목은 특정 방송이 지니는 이미지를 쉽게 전달할 수 있어야 한다. 로고타이프는 시청자에게 한눈에 각인되어야 하며 프로그램 처음과 끝, 광고 영상 등 모든 콘텐츠에 이용할 수 있어야 한다. 간결하고 명확한 문구로 제목을 정하는 것이 시각화에 도움이 된다.

제목과 내용이 조화를 이루는지도 살펴야 한다. 기획 단계에서 제목이 정해지면 여러모로 수월할 것이다. 하지만 방송 현장에서는 편집을 하고 대본을 쓰는 후반작업에 가서야 제목을 고민하고 결정하는 경우가 더 많다. 화면에 타이틀 자막을 입히며 극적으로 제목을 바꿔서 사용한 사례도 있다. 방송 제목에 대한 영감이 마지막까지 떠오르지 않을 때 나는 방송 내용을 다시 한 번 찬찬히 살핀다. 다큐멘터리를 제작할 때, 주인공의 인터뷰에서 적절한 비유를 찾아내거나 교양 프로그램에서 전문가가 주제에 관해 한마디로 정의내린 바를 인용해 제목을 만든 적도 있다. 작품 안에서 답을 찾을 때, 내용과 겉돌지 않고 딱 안성맞춤인 제목이 떠오른다.

　　이 책을 준비하면서도 비슷한 과정을 거치고 있다. 책 기획안을 쓰고 출판사와 의견을 나누며, 출판 계약을 맺고, 본문을 쓰는 긴 시간 동안에도 책의 제목을 아직 확정짓지 않았다. 책의 기획의도와 전체적인 분위기를 흐트러뜨리지 않을 정도의 가제목을 선정해 놓고 집필을 이어가고 있다. 원고를 모두 완성한 후, 편집자와 함께 퇴고 과정을 거치고 책 표지와 내지의 디자인 작업을 하면서 책에 꼭 맞는 제목은 무엇인지 고민을 계속할 것이다. 그렇게 마지막 순간에 인쇄될 제목은, 내용과 조화를 이룬다는 판단이 설 때까지 여러 명이 머리를 맞대어 고심을 거듭한 결과물일 것이다.

　　제목을 짓는 일련의 과정에서 놓치지 말아야 할 점이 하나 더 있다. 제목과 내용 사이에는 적당한 줄다리기가 필요하다. 제목에서 이미 반전이 되는 내용이나 프로그램의 결론을 얘기해 버린다면 이는 범인이 누구인지 알고 추리소설을 읽는 것과 같다. 반대로 두루뭉술한 제목을 써서 내용의 범위가 어디까지인지 추측하기 어렵거나, 지나치게 암시적이라 내용을 짐작할 수 없게 만든다면 시청자들은 그 프로그램을 꼭 보아야 할 이유를 찾지 못할 수도 있다. 다시 말해, 제목은 작품의 내용에 관해 필요한 정보를 제공하고 시청자들이 상상력을 발휘할 수 있는 범위에서 정하는 것이 좋다.

　　제목을 쓰고 이름을 짓는 일은 단순히 생각하면 다른 대상과 나를 구별하기 위한 것이다. 구별 짓는다는 말에는 이름 속에 그 대상만의 특성을 담는다는 의미가 있다. 그렇게 정한 이름은 대상의 이미지를 형성하는 데 영향을 준다. 나아가 이름에는 지은 사람들의 소망과 기원이 담기기도 하고, 중요한 메시지를 담는 그릇으로 사용되기도 한다. 사람이든 어떤 텍스트든, 이름을 붙이는 순간 자신만의 가치를 지닌 존재가 된다. 그래서 누군가 즐겨 찾고, 회자되는 이름을 만드는 과정은 아무리 강조해도 지나치지 않다.

어떠한 글을 쓰고자 기획 중이거나 남들과 차별화된 스토리텔링을 하고자 하는 사람이라면, 당신의 작품 이름 또는 제목을 명확히 제시할 수 있는지 점검해보길 바란다. 이름 속에 앞으로 나아갈 길이 있다.

_____

_____

_____

_____

_____

_____

_____

_____

첫눈에 흥미를 끌거나 끝까지 읽어도
실패하지 않을 확신이 서야 마지막까지
글쓰기의 텐션을 유지할 수 있다.

재핑Zapping이란 말이 있다. 시청자가 방송 프로그램 시작 전후의 광고 시간을 참지 못하고 리모컨으로 채널을 바꾸는 행위를 뜻한다. 요즘 방송을 보면 재핑을 막기 위한 다양한 아이디어들이 눈에 띈다. 광고가 나올 때 화면 상단에 작은 글씨로 프로그램 시작 시간을 카운트다운 한다거나, 인기 프로그램이 끝나면 광고 없이 곧바로 다음 프로그램으로 넘어가 시청자를 놓치지 않으려 한다.

재핑을 의식하지 않더라도 제작진에게 방송 시작과 동시에 시청자의 관심을 끄는 일은 중요하다. 방송계에서는 '5분 안에 시청률 승부가 갈린다'고 믿는다. 드라마든, 다큐멘터리든, 쇼ㆍ오락 프로그램이든 장르를 가리지 않고 통용되는 믿음이다. 역사 드라마는 1회의 첫 장면에 가장 많은 제작비를 쏟아 부어 전쟁 신Scene과 같이 웅장한 장면을 연출하고 쇼ㆍ오락 프로그램은 출연자가 누구인지, 제일 재미있는 장면은 무엇인지 맛보기로 소개한다. 프로그램 출발에서 이미 시청자의 호감을 얻게 되면 그 방송은 시청자의 재핑이라는 풍랑에 휩쓸리지 않고 마지막까지 무사히 항해할 수 있다.

다큐멘터리에서도 첫인상은 중요하다. 다큐멘터리와 시사ㆍ교양 프로그램에서는 원고의 시작과 끝을 가리켜 프롤로그와 에필로그라는 용어를 쓴다. 프롤로그Prologue는 연극에서 온 말이다. 개막에 앞서 작품의 내용이나 작가의 의도에 관해 해설하던 것에서 유래되었다고 한다. 만화 창작 작업에서도 프롤로그란 용어를 사용하는데, 본 내용에 들어가기 앞서 주요 사건이 전개되기 이전에 어떤 상황이 있었는지 알려주거나 주제를 짐작케 하는 장면을 보여주는 역할을 한다. '도입부' 또는 '머리말'인데 방송에서는 타이틀이 나오기 전, 오늘 보여줄 내용을 압축하거나 곧 시작될 이야기의 전제가 되는 내용을 소개해 시청자의 호기심을 끄는 기능을 한다.

에필로그Epilogue는 프롤로그와 상대되는 개념으로, 작품의 끝맺음 부분을 말한다. 연극에서는 극의 끝 대사나 보충 장면을, 만화나 영화에서는 주요 내용이 끝난 후 제공되는 해설이나 정보화면을 떠올릴 수 있다. 이야기를 정리하고 마무리 짓는 부분이다. 즉, 프롤로그는 작품의 문을 여는 글이고, 에필로그는 대단원의 막을 내리는 정리 글이다.

책에 빗대어 생각하면 프롤로그와 에필로그의 기능을 쉽게 이해할 수 있다. 책은 서문이나 머리말에서 작가가 글을 쓴 목적을 소개하고, 어떤 내용을 다룰 것인지 개괄하여 이야기한다. 책의 마지막에는 작가의 말이나 옮긴이 혹은 비평가의 의견을 구성해 본문이 주는 의미를 정리하거나 해석을 덧붙인다. 그래서 나는 책을 고를 때 가능하면 서점에 직접 가서 서문을 먼저 읽어본다. 첫눈에 흥미를 끌거나 끝까지 읽어도 실패하지 않을 확신이 서면 사서 읽는 편이다. 방송의 프롤로그도 시청자에게 다른 채널로 옮겨 다닐 필요가 없다는 선택의 확신을 주는 역할을 한다.

그러면 어떻게 처음과 끝을 매력적으로 쓸 수 있을까? 다큐멘터리 프로그램을 만들 때 원고의 첫 부분과 끝 부분을 쓰며 중요하게 생각했던 몇 가지 방법들을 소개한다. 정해진 공식은 없지만, 작품의 전체적인 구조가 흔들리지 않게 글을 쓰겠다는 다짐으로 글의 첫머리와 끝머리를 쓰다 보니 다음의 과정들이 자연스럽게 몸에 스며들었다.

첫인상이 중요하다는 말처럼 실제 뇌 과학자들은 우리의 뇌가 상대방의 호감도와 신뢰도를 평가하는 데 걸리는 시간은 0.1초도 안 되는 찰나의 순간이라고 주장한다. 미국의 사회심리학자인 솔로몬 애시 Solomon Asch는 똑같은 내용의 정보들을 나열해도 긍정적 메시지를 먼저 배치해야 좋은 인상을 형성한다는 '초두 효과Primacy Effect'를 강조하기도 했다. 사람의 인상 형성에 초두 효과가 더 큰 영향을 주듯, 글을 쓸 때도 초두 효과를 잘 살리는 것이 중요하다.

본 방송에서 소개될 사례나 일화 중에 가장 재미있거나 강렬한 이야기의 일부를 프롤로그에 배치한다. 영상의 경우에도 주제를 가장 극명하게 나타낼 수 있는 함축적인 신Scene이나, 현장감과 영상미가 탁월하여 사람들을 단숨에 몰입시킬 수 있는 장면을 보여준다. 핵심 장면들을 프로그램 시작할 때 다 풀어버리면 어떡하나 하는 걱정은 넣어 두어도 좋다. 앞뒤 맥락이나 설명 없이 주요 장면만을 공개하면, 보는 사람들은 더욱 호기심을 갖게 되고 구체적 과정이나 자세한 사정을 알고 싶어 TV 앞을 떠날 수 없게 된다.

첫인상만큼 끝 인상도 중요하다. 비록 강렬한 첫인상을 남기지 못했다 하더라도 너무 걱정하지 말자. '초두 효과'와 반대되는 개념 중에 '빈발 효과Fequxncy Effect'라는 말도 있다. 첫인상이 좋지 않더라도 지속적으로 좋은 모습과 행동을 보이게 되면 나빴던 첫인상도 점차 좋은 쪽으로 바뀔 수 있다는 현상을 일컫는다.

글의 첫머리에서는 독특한 시각으로 다채로운 내용을 다룰 것처럼 한껏 기대를 주었다가 마지막에는 결국 풀어놓은 내용들을 다 매듭짓지 못하거나, 제풀에 지쳐 이야기를 얼기설기 끝내버려서 독자를 허탈하게 만드는 작품들이 있다. 처음을 어떻게 열까 고민하는 만큼 글을 어떻게 끝낼까에 대해서도 깊은 고민이 필요하다. 첫인상이 좋은 글일수록, 끝 인상이 그에 미치지 못한다면 독자의 배신감은 더 크다.

프롤로그와 에필로그가 전체 글에서 차지하는 비율은 적지만, 원고를 쓰는 내내 작가를 괴롭히는 부분이기도 하다. 프롤로그와 에필로그 부분을 먼저 써놓고 시작해야 글의 전체 방향이 잡힌다는 방송작가도 있고, 반대로 본문을 다 쓴 후 심사숙고해서 마지막에 프롤로그와 에필로그 쓴다는 이도 있다. 어떤 방식이든 상관없지만 프롤로그와 에필로그는 대구를 이루는 것이 좋다. 전문가의 인터뷰로 오늘 다룰 문제의 심각성을 강조하는 내용으로 프로그램 문을 열었다면, 에필로그에서는 전문가나 선진 사례가 보여주는 실질적 대책이나 문제 해결을 위한 방안을 제시하며 마무리 짓는 게 안정적이다. 프롤로그에서 한 개인의 사연으로 시작했다면 에필로그에서는 그 특별해 보이는 사례가 사실 우리 모두와 관련되어 있는 보편적 이야기라는 점을 말해야 한다.

나는 대학에서 강의하면서 학생들의 과제나 논문을 평가할 때도 글의 서론과 결론이 어떻게 호응하는지를 먼저 살폈다. 서론에서 이 주제에 대해 이러이러한 방향으로 서술하겠다고 했는데, 결론에서 전혀 다른 이야기를 하고 있거나 자신들이 제기한 문제의 해답을 찾지 못하고 끝나버린 글에는 미안하지만 '용두사미'라는 냉혹한 평을 남겼다. 글을 다 썼다면 처음과 끝부분만 떼서 대조해보자. 둘의 내용을 맞대어보며 일관성 있게 흐르고 있다는 판단이 서면 글의 전체 구조는 크게 걱정하지 않아도 된다. 본문에서 다루지 않은 내용을 서론에서 먼저 제시하거나 결론에서 요약, 정리할 수는 없는 일일 테니까 말이다. 서론과 결론을 비교하다 보면 자연스럽게 본문에서 논리가 빈약하거나 이야기가 결핍되어 있는 부분을 발견하기도 한다. 그럼 다시 본문으로 돌아가 부족한 부분을 보충하면 된다.

처음 5분에서 시청자의 눈길을 붙잡지 못하면 관심을 끝까지 이어가기 어려운 방송처럼, 프롤로그는 글의 운명을 좌우할 수 있다. 반면, 에필로그는 작가가 전하고 싶었던 메시지를 강조한다. 기획 단계에서 무엇을 위해 이 방송을 세상에 내놓고 싶었는지, 시청자의 삶에 어떤 영향을 주고 싶은지 진짜 속내를 마지막 순간에는 전해야 한다. 사람 사이의 관계처럼 글과 독자의 만남에서도 첫인상과 끝 인상, 어느 것 하나 소홀히 할 수 없다.

내가 썼던 다큐멘터리 중에 우리나라 전통 선박인 '한선'에 관한 다큐멘터리의 프롤로그와 에필로그 부분을 소개한다. 한선은 한국의 전통배를 일컫는 말로, 일제강점기 이전까지는 우리 바다에서 흔히 볼 수 있는 배였다. 그러나 일제가 우리 바다의 고기를 수탈하고 어획량을 늘이기 위해 개량한 배를 사용하도록 하면서 한선은 자취를 감췄다. 프로그램의 기획 의도는 이제는 사라진 한선에 조상들의 선박 기술과 바다의 흐름을 읽던 지혜가 담겨 있다는 메시지와 함께, 한선을 되살리려는 사람들의 노력을 소개하자는 것이었다.

국내 한 박물관에서 전통 방법으로 한선을 복원하고 있는 장면을 프롤로그로 보여주고 이어서 한선의 비밀을 품은 책 한 권을 펼친다. 이 책에 담긴 전통 방식으로 선박을 건조하는 한 장인을 소개하고 그가 완성한 배가 과연 바다를 가를 수 있을지 카메라가 뒤따라가며 방송의 타이틀이 소개된다. 시청자에게 과연 한선은 무엇이고, 현재의 배와 어떻게 다르며, 그 속에 어떤 비밀이 숨어 있길래 한선을 되살리는 일이 오늘에 와서 중요한지 알고 싶은 마음이 들도록 구성하고자 했다.

에필로그에서는 프로그램 전체 내용을 정리하고, 서두에서 제시한 장면들이 가진 의미를 다시 한 번 되짚어 볼 수 있도록 썼다. 한선은 우리 해안 지형과 기후를 정확히 파악하여 만들었고, 한선의 과학성을 알기에 조선 장인은 숱한 어려움 속에서도 한선을 복원하려는 노력을 멈추지 않는다고 서술했다. 백 년 동안 우리 바다에서 흔적 없이 사라진 한선을 되찾는 일은, 과거를 되살려 미래를 준비하는 일이기도 하다는 전통과 역사의 중요한 가치를 강조하며 프로그램은 끝이 난다.

　　우리의 전통 선박, 한선을 취재하면서 비슷한 맥락인 전통 가옥, 한옥의 구조에 대해서도 공부한 적이 있다. 한옥 건축에서 내가 매력을 느꼈던 것은 창의 기능이었다. 한옥에서 창은 실내와 바깥세상을 소통하기 위해 벽에 뚫어 놓은 구멍이다. 한옥에선 창과 문의 구분이 서양의 건축물처럼 명확하지 않아 재미있다. 창으로도 보이고, 문으로도 보이는 그 구멍을 통해 햇살과 바람, 소리와 풍경이 수시로 드나든다. 잘 지어진 한옥을 보면 집 안에서 창을 통해 바라보는 풍경이 마치 한 편의 그림처럼 보이게 배치되어 있다. 한옥의 창은 집 안과 밖을 연결 짓는 통로이자 시시각각 변하는 자연의 풍경에 시선을 머물게 하는 최고의 화폭이다.

　　이 글을 쓰는 내내, 프롤로그와 에필로그가 내 작품을 보고 읽는 이들과 소통하기 위해 뚫어 놓은 창과 같다는 생각이 들었다. 그 집에서 가장 풍경 좋은 곳에 창을 내어 행인이나 머무는 사람들의 시선을 붙잡듯이, 프롤로그는 지나가던 독자의 눈길을 끌게 하고, 에필로그는 창 너머 세상까지 관심을 갖도록 도와준다. 한옥의 창이 짓는 사람의 마음에 따라 크기도, 모양도, 위치도 달리 할 수 있듯이 쓰는 사람과 글의 특성에 따라 프롤로그와 에필로그 형식도 달라질 수 있다. 한 편의 글에서 독특한 시작과 마무리를 선보이며 자신만의 스타일을 창조한 작가들처럼, 호감 가는 첫인상과 강렬한 끝 인상을 남기기 위해 어떤 방법이 있을지 진지하게 생각해 볼 일이다.

편집실. PD와 방송작가가 시청자들의 이목을 사로잡기 위해 밤낮없이 고민하는 곳이다.

_____

_____

_____

_____

_____

_____

_____

_____

처음부터 완벽한 글을 쓰려고 하면
고민만 많아지고, 한 단어나 문장을
선택하기 힘들게 되어 글 쓰는 일
자체가 두려워질 수 있다.

업무상 알게 된 분과 사적으로 만나기로 한 날, 약속 장소에 10분 먼저 도착했다. 기다리는 자투리 시간 동안 가방 속 책을 집어 들었다. 한 장, 한 장 책장을 넘기는데 메시지가 왔다. 10분 정도 늦을 것 같다고 했다. '그럴 수 있지'라고 생각하며 다시 책을 읽었다. 얼마나 지났을까? 지인이 커피숍 문을 열고 들어왔다. 고개를 들어 시계를 보니 약속시간에서 20분이 흘렀다. 웃으며 "괜찮다"고 말했지만, 마음속으론 이 사람과 공적인 일은 하지 않겠다고 다짐했다.

나는 시간 약속에 꽤 예민한 편이다. 같이 작업할 때 시간을 엄수하지 않는 동료를 신뢰하지 못하는 나쁜 편견을 가지고 있다. 물론 한두 번 정도 피치 못할 사정이 생기는 것은 이해하려 한다. 하지만 늦는 것이 습관이고, 마감시간은 어기는 게 당연하다고 생각하는 사람들은 제아무리 결과물이 좋아도 함께 일하고 싶은 마음이 사라진다. 어디나 마찬가지지만 방송 역시 '시간이 금'이다.

사실 방송 편성을 받는다는 것부터가 그 채널의 '시간'을 확보한다는 개념이니, 방송과 시간은 떼려야 뗄 수 없는 관계다. 프로그램 기획 때부터 시간은 최우선으로 고려된다. 같은 교양정보 프로그램이라 하더라도 편성 시간이 아침 시간대인지, 저녁 시간대인지에 따라 제작 방향부터 아이템 선택, MC와 출연자, 스튜디오 디자인 등이 확연히 달라진다. 방송 일시를 계획하는 단계에서도 촬영 기간은 얼마나 걸리고, 후반 작업에도 어느 정도 시간이 소요될지 꼼꼼히 따져본다.

시간이라는 틀을 벗어날 수 없는 방송 제작 과정 중, 특히 민감한 순서는 편집과 대본이 완성되는 단계다. 편집을 하고, 대본을 쓸 때 방송작가에게 시간의 단위는 상상 이상으로 잘게 나뉜다. 영상 편집 과정에서 '초당 프레임 수FPS, Frame Per Second'라는 용어를 쓰는데, 이는 1초에 몇 개의 정지화면이 나타나는지를 뜻하는 말이다. 보통 영화나 TV 에서는 초당 24프레임이 기준이다. 즉, 영상을 편집할 때 심하면 1/24 초 단위로 이 화면을 쓸 것인지, 말 것인지를 고민해야 한다는 말이다.

방송작가들이 대본을 쓸 때 하얀 백지를 가장 먼저 채우는 것도 장면의 내용과 그 장면이 흐르는 시간이다. 이 과정을 보통 '타임 체크' 라고 한다. 방송 원고는 화면의 길이와 내레이션 또는 멘트 길이가 정확히 맞아야 한다. 타임 체크를 먼저 하고, 그 시간 길이에 맞춰 빈 공간을 채운다는 생각으로 문장을 쓴다. A4 용지에 원고를 쓸 때, 종이를 반으로 접어서 왼쪽에는 비디오, 오른쪽은 오디오 내용을 쓴다. 나의 경우, 오디오 부분에 쓴 원고 한 줄을 시간으로 환산하면 대략 4초가 나왔다. 8초간 이어지는 장면을 글로 채우고 싶다면 2줄, 아무리 많아도 3줄을 넘어선 안 되었다.

방송은 시간이라는 굴레를 결코 벗어날 수 없다. 그런데 이 굴레가 때론 마법처럼, 불가능한 것을 가능하게 만들어 주기도 한다. 대표적인 사례가 '데드라인Deadline', 원고 마감시간이다. 방송작가들은 프로그램 제작의 매 단계마다 보이지 않는 마감시간과 씨름한다. 「6시 내 고향」에 몸 담았을 때, 방송일 일주일 전에는 섭외가 되어야 했고, 삼일 전에는 촬영을 마쳐야 했으며 하루 전에는 편집이 끝나야 하고, 생방송 3~4시간 전에는 원고 및 자막이 완성되어야 했다.

데드라인에 관한 무시무시한 기억이 있다. 20대 초반, 방송작가로 입문했을 때 라디오 프로그램을 맡은 적이 있다. 프로그램 담당 프로듀서는 방송작가 출신이었다. PD이자 선배 작가였던 그에게 매일 원고를 보여주는 일은 쉽지 않았다. 마치 스승의 날 국어 선생님에게 감사의 편지를 쓰기가 제일 힘든 것처럼. 방송에 들어가기 전, 몇 번을 다시 읽고 고쳐 쓴 후에야 숙제 검사를 맡듯 원고를 보여줄 수 있었다. 이런 나를 몇 주간 지켜보던 PD는 어느 날부터 다른 원고는 몰라도 오프닝 원고만은 생방송 한 시간 전에 쓰라고 말했다.

라디오작가의 필력은 오프닝 원고로 가늠한다는 말이 있다. 프로그램 상징인 시그널 음악이 흐르고, 기다리던 청취자에게 DJ가 친근한 목소리로 건네는 첫 인사이자 오늘의 생각할 거리를 던지는 메시지 창이 오프닝 원고다. 많은 라디오작가들이 이 글을 쓰는 데 공을 들이고, 당연히 집필 시간도 오래 걸린다. 게다가 적어도 30분 전에는 DJ에게 원고를 전달해야 미리 읽어보고 방송 흐름을 파악할 수 있기 때문에, 실제 집필 시간은 30분가량 주어진다는 말이 된다.

앞이 캄캄했다. 신입 작가에게 그 중요한 오프닝 멘트를 쓰는 데 고작 30분만 할애하라니! 선배 작가이자 PD인 그가 나를 정말 싫어하거나, 남이 괴로워하는 것을 보고 즐거워하는 고약한 사람이 아닐까 생각했다. 울며 겨자 먹기로 시작한 30분 안에 글쓰기는 이후 일 년 가까이 계속되었다.

그렇게 데드라인에 맞춰 대본을 완성하기 위해 노력하는 동안 나만의 기술들이 생겼다. 일단 그날 글감으로 무엇이 좋을지 여러 후보를 머릿속으로 미리 떠올려 놓는다. 그리고 오프닝 멘트에 어울릴 만한 나름대로의 설계안을 몇 가지 버전으로 만들었다. 날씨에 관한 소감 멘트나 어울리는 음악을 정리해 두기도 했고, 청취자의 귀를 쫑긋하게 할 질문을 모아 의외의 답을 제안하는 방식, 유명 인사의 명언이나 일화, 책 속 인상 깊었던 구절을 오늘의 이슈와 연결하는 형식 등 다양한 글의 틀이 나의 파일함에 쌓이기 시작했다.

그중 청취자들에게 가장 큰 반응을 얻은 글들은 '지금, 바로 여기'에 맞는 이야기를 전달할 때였다. 방송 시작 30분 전에 글을 쓰다 보니 그야말로 따끈따끈한 뉴스나 현장성이 있는 일들을 소재로 글을 쓸 수 있었다. 청취자의 일상 속 흐름을 따라가는, 타이밍을 잘 맞춘 이야기들이었다. 덤으로 속보를 전해야 하는 순간이나 야외에서 원고를 쓰고 방송을 진행해야 하는 특별 생방송 프로그램에서도 흔들리지 않고 글을 쓸 수 있는 실력이 나날이 늘게 되었다.

제한된 시간에 맞춘 글쓰기 과정이 수월했다는 뜻은 아니다. 매번 쫓기듯이 글을 쓰며 PD에 대한 원망도 쌓여 갔다. 속으로 '선배만 아니었으면, 그냥 확!'이란 생각을 되뇌기도 했다. 그러다 좋은 기회가 생겨 일터를 옮기기로 한 후, 마지막 회식 자리에서 PD에게 가혹한 오프닝 쓰기를 제안한 이유를 물었다. PD이자 선배 작가였던 그는 처음 라디오 글쓰기를 하면서 마치 완벽한 문학 작품을 남기겠다는 듯 고심하며 글을 쓰던 내가 안쓰럽기도 하고 한심하기도 했단다. 한동안 고생할 것을 알았지만 데드라인을 정해두고 글을 쓰는 수련을 시켜야겠다고 다짐했단다.

그는 매일 글을 써야 하는 사람들이 처음부터 완벽한 글을 쓰려고 하면 고민만 많아지고, 결국 한 단어나 문장을 선택하기 힘들게 되어 글 쓰는 일 자체가 두려워질 수 있다고 말했다. 그렇게 썼다, 지웠다를 반복한 글은 중언부언하기 쉽고, 글을 읽거나 듣는 사람들도 무슨 말을 하는지 몰라 헤매게 만들 가능성이 크다고 했다. 더군다나 방송 글쓰기는 소리 내어 읽어야 하는 글이라 리듬과 템포가 중요하고, 잘 쓰는 것만큼 빠르고 정확하게 쓰는 것도 중요하기에 짧은 시간 안에 글을 쓰는 연습은 이후에도 계속해야 한다는 조언도 남겼다.

방송작가를 처음 시작하고 일 년 동안 이 데드라인에 길들여진 나는, 시험공부를 할 때 마지막 5분 동안 외운 내용은 잊히지 않듯 방송 제작에서도 마감시간이 되어야 섭외도, 글도 비로소 원활하게 풀리는 경험을 했다. 이 세상에 새로운 아이템은 모두 사라진 것 같고 영상의 빈 공간을 채울 문장이 죽어도 생각나지 않다가도 마감을 앞두면 기적처럼 그것들이 내 눈앞에 나타났다. 십수 년을 방송하면서 다행히도 방송이 펑크 나는 대참사는 겪지 않았다. 마감시간에 임박해 신들린 듯 구성안이나 대본을 쓰는 나는 초인적인 집중력을 발휘했다.

시간에 대한 강박은 지금도 남아 있다. 약속 시간을 어기는 일이 마치 생방송 시간을 지키지 못한 방송 사고처럼 나를 초조하게 만들고, 지인들과의 모임에서 대화가 끊기면 비디오는 나오는데 오디오가 없는 것처럼 불안해서 끊임없이 수다를 떤다. 직업병이 이렇게 무섭나 싶다가도 시간에 얽매인 습관이 좋을 때도 있다. 내 시간이 소중한 만큼 타인의 시간도 허투루 쓰면 안 된다는 사실을 안다. 마감시간을 정하면 집중력을 발휘할 수 있다는 점을 알기에, 새로운 일을 시작할 때마다 언제 마무리할지 가상의 마감시간을 정해놓고 나와의 약속을 지키려 한다.

이런 경험들이 모이다 보니 하나의 신념이 생겼다. 작가는 시간을 달리는 자, 나아가 시간을 지배하는 자가 되어야 한다. 시간 설계를 세심히 잘 하고, 시간의 틈을 효율적으로 채울 수 있는 능력이 독자나 시청자의 시간을 훔쳐야 하는 스토리텔러에겐 중요한 자질이라 생각한다. 시간의 가치를 모르는 사람과는 같이 일하지 않는다는 나의 편견과 고집은 앞으로도 웬만해선 고쳐지지 않을 것 같다.

_____

_____

_____

_____

_____

_____

_____

_____

마지막 순간까지 글을 고치고 또 고치는
퇴고의 과정은 안주하려는 나와 싸우는
시간이며, 스스로를 설득시키는 과정이다.

누구에게나 지칠 때 힘을 주는 오아시스 같은 작품이 있다. 우연히 읽은 한 편의 시, 힘들 때 내 마음을 대변하는 노래, 마음이 따뜻해지는 소설이나 영화. 이런 작품들을 마음속 상자에 넣어두었다가 힘이 들 때 꺼내보곤 한다. 일상에 지친 나를 토닥여주는 여러 작품 중에서도 종종 생각나는 것이 있다.

만화를 원작으로 한 일본 드라마 「중판출래重版出來」. 일본 드라마를 좋아하는 남편이 먼저 본 후, 내 취향에 맞을 것 같다면서 추천했다. 평생 유도밖에 모르던 국가대표 유도 선수가 경기 도중 부상을 당해 유도를 그만두게 된다. 절망에 빠져 있던 그녀를 다시 일으켜 세운 것은 어린 시절 자신을 매료시켰던 만화다. 만화를 그릴 실력은 없지만 좋아하는 만화를 세상에 내놓는 편집자가 되기로 결심한 주인공은 우여곡절 끝에 업계 2위인 만화 잡지 편집부에 입사한다. 독자와 만화가를 잇는 가교 역할을 하며, 때론 안주하려는 만화가를 몰아세워야 하는 편집자 역할에 대해 주인공이 곤혹스러워하자, 선배 편집자는 이런 말을 들려준다.

"그리는 사람의 괴로움은, 작품의 완성도와 비례하는 법이야."

"아!" 하는 감탄사가 새어 나왔다. '나만 그런 것이 아니었구나' 하는 안도감과 함께. 방송 글을 쓰면서 하루에도 수십 번씩 '나는 정말 글 쓰는 재능이 없는 사람이 아닐까' 생각했다. 새 아이템을 야심차게 내밀었지만 '다른 것 없냐'는 소리를 들을 때, 구성안이 심심하다거나 대본이 평이하다는 평가를 받을 때, 나에겐 왜 일필휘지一筆揮之할 수 있는 능력을 주지 않았는지 하늘을 원망하곤 했다.

그럴 땐 내 안의 또 다른 나와 실랑이를 벌였다. '이만하면 됐어. 그냥 마무리하자'란 목소리와 '나아질 거야. 조금만 더 해보자'라는 두 개의 목소리가 치열한 싸움을 벌였다. 더 좋은 작품을 위해서는 물론 후자의 목소리를 들어야 했지만, 나도 사람인지라 더 이상 책상 앞에 앉아 있을 기력조차 없는 순간에는 내면의 소리 따위에 귀를 막고 그냥 노트북을 덮어 버린 적도 여러 번이다.

작가가 만족하는 글쓰기란 애초에 불가능한 것일지도 모른다. 영상을 너무 들여다 봐서 눈이 충혈되고, 썼다가 지웠다가를 반복해 손목이 시큰거릴 정도로 글을 붙잡고 있어도 정작 방송이 전파를 타고 나면 어김없이 불만족스러워 후회가 찾아온다. 그래도 그 괴로움의 시간이 지나면 분명 어제보다 나은 작품이었다는 안도감에 한숨을 돌린다. 마지막 순간까지 글을 고치고 또 고치는 퇴고의 과정은 안주하려는 나와 싸우는 시간이며, 스스로를 설득시키는 과정이다.

완성도 높은 글을 쓰기 위해서는 퇴고의 횟수와 시간을 늘리는 것이 좋다. 하지만 무턱대고 고치려 들면 오히려 헤매기 쉽고, 쉬이 지칠 수 있다. 퇴고에도 길잡이 역할을 하는 기준이 필요하다. 그동안 글을 쓰면서 체득한 나름의 방법은 이렇다.

첫째, 알맞은 어휘를 찾는다. 지금도 책을 읽다가 마음에 드는 단어를 발견하거나 낯선 단어가 눈에 띄면 기록해 두는 버릇이 있다. 뜻이나 발음, 생김새가 닮아 보여도 어떤 단어를 쓰느냐에 따라 말맛이 달라진다는 사실을 알기에 어휘 수집을 게을리 할 수 없다. 예를 들어, '오로지'와 '오롯이'는 비슷하게 생겼지만 뜻에는 미묘한 차이가 있다. 그 차이를 쉽게 이해하려면 오로지의 자리에는 '오직', '오롯이'의 자리에는 '온전하게'로 바꿔서 문장을 읽어보면 된다. 가령, '오직 한 곳으로'란 뜻으로 사용하여 '난 오로지 나 자신만 믿는다'로 쓸 수 있다. 반면, '모자람 없이 온전하게'란 뜻을 표현하고 싶을 때는 '이 집에는 그와의 추억이 오롯이 담겨 있다'로 써야 한다. 글을 쓰다가 여러 유의어가 떠올라 무엇을 쓸지 갈피를 잡지 못하겠다면, 문장에 차례로 단어를 바꾸어 넣어보자. 내가 전하려는 뜻에 보다 알맞은 어휘를 선택할 수 있다.

둘째, 문장과 문단의 위치를 바꿔 본다. 글의 형식이나 내용의 특징에 따라 문단 구성 방법에도 변화를 줘야 한다. 두괄식은 첫 문장부터 이목을 사로잡아야 할 때 효과적이고, 미괄식은 읽는 이들의 사소한 궁금증을 자극해 점점 호기심을 키워가다가 마지막에 주제를 제시하는 구성에 유용하다. 한 프로그램에서 무조건 두괄식이나 무조건 미괄식 구성으로 각 항목들을 이어간다면 시청자들은 지루하게 느낄지 모른다. 퇴고 과정에서 문장이나 문단의 위치를 이리저리 바꿔보면서 보는 사람이 더 이해하기 쉬운 방향을 찾아 고민해보기를 권한다.

셋째, 글을 소리 내어 읽는다. 소리 내어 읽었을 때 리듬감 있고 재미있게 느껴진다면, 내 글을 읽어 보는 사람도 그만큼 쉽게 읽을 것이다. 작가가 직접 소리 내어 읽어 봐야 발음이 더 쉬운 단어로 고칠 수 있고, 읽는 이의 호흡까지도 고려할 수 있다. 모니터로 자신의 글을 훑어보기보다는 프린트해서 종이 위의 활자를 읽는 것이 훨씬 효과적이다. 글자가 새겨진 공간이 달라지면서, 내가 쓴 글이지만 왠지 생소해 보이는 경험을 할 수 있다. 더 객관적으로 글을 대면할 수 있게 된다.

이런 과정을 거쳐 퇴고까지 무사히 마쳤다면 안심하고 작품을 공개해도 될까? 방송을 완성한 후에 실수를 발견하거나 실패를 맛봤던 횟수는 그동안 내가 제작한 방송편수만큼이나 많다. 뼈아픈 경험으로 기억되는 몇몇 일들은 지금까지도 글을 쓰는 데 지침이 되고 있다.

한 휴먼 다큐멘터리를 만들 때였다. 이 프로그램을 2년 넘게 맡아 진행했고, 시청률도 어느 정도 유지하고 있었기에 출연자 선정부터 대본 작성까지 자신감이 붙어 '이쯤이야' 하는 타성에 젖어 있었다. 그러던 중 신문의 단신 코너에서 눈에 띄는 인물을 찾아냈다. 부산의 한 시장에서 밥집을 열어 노인들과 노숙자들에게 무료로 식사를 나눠주는 스님에 관한 이야기였다.

'이 사람이다!'라는 촉이 왔다. 평소 밥집 운영비를 마련하기 위해 시내 지하상가에서 탁발을 한다는 기사를 읽고 막연히 스님을 만나러 나섰다. 운이 좋게도 방문한 첫날, 지하도 한쪽에 앉아 탁발 중인 스님을 만났다. 선한 눈매에 중후한 목소리, 몇 마디 나눠보며 나의 예감은 확신으로 바뀌었다.

얼마 후, 스님을 주인공으로 하여 밥집에서 일하는 자원봉사자들의 모습과 밥집을 찾는 사람들의 사연까지 엮어 무난히 촬영을 마쳤고, 편집까지 일사천리로 이루어졌다. 인물도 매력적이었지만 촬영 현장의 분위기도 정겹고 따뜻해서 방송이 나가면 밥집을 응원하는 도움의 손길도 이어지겠지 하는 기대감도 가졌다.

작가로서 보람을 느끼게 해줄 작품이 될 줄 알았던 이날 방송은 내 방송 인생 최악의 작품이 되었다. 다큐멘터리가 나간 직후, 방송국으로 여러 항의 전화가 걸려오기 시작했기 때문이었다. 방송에 나온 스님의 사연은 모두 새빨간 거짓말이란 증언과 함께.

제보 내용은 이랬다. 충청도 어딘가에 살다가 사기범 전과자가 된 그는 교도소에서 나온 후 가족들이 받아주지 않자 시골 암자를 돌며 생활했고, 스님이 되기로 결심하여 불교에 입문했다. 그러나 나쁜 버릇을 버리지 못해 타지에서도 각종 봉사를 한다며 신자들을 모아 돈을 빌린 다음, 갚지 않고 소식이 끊겼는데 부산에서 밥집을 운영한다는 방송이 나왔다는 것이다.

그의 빚 때문에 아내와 자녀들이 어렵게 생활하고 있다는 사실을 알려 온 사람도 있었고, 부산이 아닌 다른 지역에서 스님에게 돈을 줬다가 받지 못했다는 아주머니도 있었다. 그때 나를 비롯한 제작진들의 당혹감과 절망감은 이루 말할 수가 없었다. 끝내 우리는 사과 자막을 내보내야 했고, 불교연합회에 관련 사실들을 알렸다. 밥집은 불교연합회에서 운영을 계속하게 됐지만 기금운용 등에서도 이미 문제가 생기고 있던 터라 결국 문을 닫았다.

이 쓰라린 경험 이후, 나는 원고를 완성한 후에도 방송에서 소개할 사실들을 한 번 더 점검하는, 이른바 '팩트 체크'의 시간을 가지게 되었다. 방송이든, 책이든 혹은 온라인 공간을 통해서든 내가 쓴 글을 세상에 공개하는 순간, 거기에 담긴 데이터나 정보, 지식은 더 이상 나만의 기록이 아니다. 방송 글을 쓰면서 책임감을 부여하기 위해 나는 내 자신을 다그치며 몇 가지 지침을 세웠다.

방송도 그러하듯 신문이나 잡지도 어느 한 단면만을 부각할 수 있다는 사실을 인지하고 다양한 관점과 방향에서 주제에 접근하고자 했다. 평소에 믿고 보는 언론이나 기자의 글이라도 뉴스를 취사선택하는 과정에서 기자나 언론사의 편견 또는 사심이 개입될 수 있기 때문이다. 물론 방송 제작진 역시, 색안경을 끼고 촬영 대상자나 관련 이슈를 바라볼 여지가 충분히 있으므로 편파적인 시각은 아닌지, 공정성을 추구하고 있는지 먼저 스스로에게 질문해야 한다.

많은 사람들을 만나다 보니 눈빛만 보면, 얼굴만 보면 어떤 사람인지 읽힌다고 자부하던 나의 교만과 어리석음을 버리게 되었다. 아무리 인자한 표정을 가진 출연자라도 꼭 필요한 질문이라면 실례를 무릅쓰고 망설이지 않고 묻게 되었다. 평소 친분이 있는 출연자나 유명 인사를 인터뷰할 때 그의 이력이나 주장의 오류를 따져보지 않고 그대로 글로 옮겨 쓰는 경우가 있는데, '설마 무슨 일이 있겠어'라며 가벼이 넘긴 정보가 프로그램 전체의 신뢰를 무너뜨릴 수 있음을 안다.

접근이 쉽고 작품에서 그럴듯하게 포장하기 좋아서 선정한 주인공이나 대상이 아닌지 나에게 여러 번 되묻는 과정도 갖게 되었다. 그러다 보니 언젠가부터 섭외 전화를 했는데 단번에 흔쾌히 허락하면 반갑기보다는 불안함이 앞섰다. 혹시 홍보 목적으로 나의 작품을 이용하려는 의도가 있는 것이 아닌지 의심이 들었기 때문이다. 독자나 시청자에게 보탬이 될 더 나은 방향이 있다고 판단된다면 돌아가더라도 망설이지 말고 과감히 포기할 줄도 알아야 한다.

이런 지침을 만들었지만 나의 실패와 실수는 계속되었다. 실패한 경험이 늘수록 방송작가로서 실패에 대처하는 기술들도 하나씩 늘어갔다. 내가 실력이 좋은 방송작가였다고 자부할 수는 없다. 그러나 하루하루 조금씩이나마 나아지는 작가였다고 얘기할 수는 있다. 나에게 쓰라린 상처를 준 수많은 실패의 상황과 사람들 덕분이다.

「중판출래重版出來」에서 창작자의 마음가짐에 대해 조언해 주는 장면이 있다. 단행본 만화 출간을 앞두고 표지 디자인을 맡은 베테랑 디자이너는 마지막까지 자신이 맡은 작품을 이해하려 노력하고, 거리로 나와 사람들을 관찰하며 만화 속 메시지를 전달할 방법을 찾아 나선다. 왜 이렇게까지 하냐는 초보 편집자의 질문에 베테랑 디자이너는 말한다.

"내가 한 일이라며 당당하게 말할 수 있는 작업물을 세상으로 내놓기 위해!"

방송 프로그램 마지막에는 스태프 스크롤이 흐르며 끝난다. 시청자들이 채널을 돌리는 그 순간이 '방송쟁이'들에게는 가장 소중한 찰나가 된다. 작품의 완성도에 따라 자막으로 새겨진 나의 이름이 당당히 빛나기도, 수치심에 초라해 보이기도 한다. 나를 몰아붙이는 편집자 역할을 하는 '또 다른 나'를 외면해선 안 되는 이유가 여기에 있다. 스태프 스크롤에 흐르는 나의 이름을 숨기지 않고 "내 작품이야"라며 마음껏 자랑할 수 있는 시간을 위해.

시의성을 고려해서 쓴다.

차별성을 강조한다.

기대감을 갖게 쓴다.

그리고 '정확한 정보'만을 제시한다.

한때 나는 한국에서 소개되는 모든 영화 홍보물을 보았다. 영상물등급위원회의 영화 광고 심의 위원으로 활동한 덕이다. 2년 반 동안 수많은 영화 포스터와 예고편을 만났다. 몇몇 작품들은 심의를 해야 한다는 본연의 임무를 잊게 할 만큼 나의 마음을 사로잡았다. 잘 만든 예고편은 영화의 전체 스토리가 너무 궁금해 개봉일을 손꼽아 기다리게 만들었다. 예고편이 좋다고 꼭 영화가 재미있는 것은 아니었다. 어떤 작품은 예고편 내용이 전부여서, 본편을 보고 크게 실망한 적도 있다.

글쓰기에서도 홍보가 중요하다. 몇 개월에 걸쳐 다큐멘터리 한 편을 완성했는데, 편성 시간이 한밤중이거나 홍보가 잘 되지 않아 많은 사람들에게 보여 줄 수 없을 때 창작자로서 아쉬움은 이루 말할 수 없다.

당연히 작품 마무리가 될 때쯤 홍보처에 대한 고민도 깊어진다. 프로그램을 미리 알리는 수단은 크게 예고편과 홍보문이다. 예고편은 연출이나 조연출이 편집본 중 시청자들의 흥미를 끌 만한 핵심 장면들을 선택하여 만드는 경우가 많다. 홍보문은 주로 작가가 쓴다. 전체 줄거리와 강조할 부분을 누구보다 잘 알기 때문이다.

홍보문은 보도자료 형식으로 써서 방송 전, 각 신문사로 보내거나 해당 프로그램 게시판 '미리 보기'란 등에 게재한다. 그런데 제작진이 보낸 보도자료가 신문과 같은 다른 미디어에 실릴 가능성은 희박하다. 하루에도 셀 수 없이 많은 프로그램들이 방영되고, 각 신문사 문화부에는 매일 수십 장의 보도자료가 이메일이나 팩스로 들어온다. 신문사나 잡지사의 지면은 한정되어 있기에 어떤 보도자료가 채택되어 지면에 실릴 것인지를 두고 치열한 홍보 경쟁이 이뤄지고 있다.

그렇다면 신문사 담당자들의 눈길을 끌고, 이후 시청자들을 TV

앞으로 이끌 매력적인 홍보문은 어떻게 쓸 수 있을까?

첫째, 시의성을 고려해서 쓴다. 굳이 지금 왜 이런 아이템을 선택했는지 그 의도를 설명해야 한다는 뜻이다. 방영 당시의 상황과 사정을 기술하는 등 현황을 알리고, 그런 이유로 아이템에 대한 관심이 더욱 필요하다고 관심을 유도한다.

몇 년 전 '조선통신사' 관련 역사 다큐멘터리를 집필한 적이 있다. 부산에서는 매년 조선통신사 행렬을 재연하는 행사가 열리는데, 이를 기념하여 제작한 다큐멘터리이다. 여기에 별다른 설명이 없다면 신문사 담당자나 시청자는 단순히 조선통신사 행렬 재연을 스케치한 프로그램으로 단정 짓고 외면할 수도 있다.

제작진은 아시아를 넘어 세계로 퍼지고 있는 '한류' 현상에 초점을 맞추어 보도자료를 작성했다. 조선통신사 행렬이 정치적 의미를 넘어, 우리 문화를 소개하는 '400년 전 한류'였다고 의미부여를 하며 지금의 상황과 연결 지었다.

둘째, 차별성을 강조한다. 아무리 창의적인 아이템이라 해도 한 번도 방송되지 않은 주제나 소재를 찾기는 힘들다. 기존에 비슷한 주제로 방송된 프로그램과 새로 제작한 프로그램이 어떻게 다른지 제시해야 한다. 즉, 어떤 새로운 시각으로 주제에 접근했는지, 구성의 방식은 얼마나 독특한지를 알려준다. 앞서 언급한 '조선통신사' 관련 다큐멘터리에서 차별화 지점은 400년 전 이 행렬을 이끌었던 수장의 후손을 찾아 제작진이 그와 동행한다는 것이었다. 단순히 과거의 기록이나 발자취를 나열하는 이전의 다큐멘터리와 달리, 조선통신사 행렬이 현재를 사는 우리에게 주는 의미가 무엇인지 찾아본다는 차별 지점을 강조하여 보도자료를 작성하였다. 이 외에도 신문사 담당자나 시청자들이 식상하다고 느끼지 않도록 방송 형식이나 출연자, 편집의 특징 등 자랑할 부분을 마음껏 강조하여 드러내야 한다.

셋째, 기대감을 갖게 쓴다. 최근 영향력이 커진 한 채널의 슬로건은 '재미와 의미'다. 사실, 방송 프로그램들이 궁극적으로 추구하는 가치는 이 두 가지가 전부다. 방송을 한 번 보기 시작하면 멈추지 않고 계속 시청하게 만드는 힘이 바로 '재미'일 것이고, 방송을 본 후 허무하거나 헛헛한 마음이 들지 않고 나의 일상과 연결하여 생각할 거리를 던진다면 '의미'를 남긴 것이다. 홍보문에는 이 프로그램을 보면 어떤 재미나 의미를 가질 수 있는지 보다 상세히 제시해주면 좋다. 탈모에 관한 방송 프로그램을 제작했다면 홍보 문안을 작성하면서 현재 탈모 인구가 얼마나 급증하고 있는지, 혹은 탈모 관련 산업의 성장세가 어떻게 변하고 있는지 제시할 수 있다. 방송을 통해 탈모를 예방하는 새로운 방식들을 만나게 된다든지, 한 번도 공개되지 않은 스타의 집을 공개하여 기존에 알지 못했던 스타의 매력을 발견할 수 있다든지 하는 기대감을 심어주어야 한다.

홍보문 쓰기의 큰 줄기를 잡았다면, 이제는 A4 용지 한두 장 분량에 세부적인 문장들을 써 나갈 차례다. 먼저, 문장은 쉬운 언어로 쓴다. 한 편의 완결된 프로그램 안에서는 어려운 용어들을 풀어서 설명할 기회가 있지만 짧게 선보이는 보도문이나 예고편에서는 그럴 수 없다. 전문용어나 외래어를 사용하기보다는 누구나 쉽게 이해할 수 있는 일상용어로 홍보문안을 작성해야 한다. 덧붙여, 전체 문단의 구성은 두괄식으로 쓰면서 문장의 길이는 되도록 짧게 써야 강렬한 인상을 남길 수 있다.

또한 '정확한 정보'만을 제시해야 한다. 보도자료를 보내면서 관련 사진이나 통계치를 정리한 표, 그림 등을 함께 첨부할 때가 있다. 이때 자료에 오류가 생긴다면 해당 방송뿐만 아니라 이 기사를 실은 매체의 신뢰도에도 영향을 미칠 수 있다. 홍보문을 작성하는 단계에서부터 자료의 출처와 정확성 등을 점검해야 한다.

마지막으로 홍보문이 실릴 매체의 특성에 맞게 보도자료를 편집한다. 방송을 홍보하는 신문이나 잡지의 지면을 직접 찾아보고 지면의 분량이나 형식 등을 미리 체크하자. 담당자들이 굳이 손보지 않아도 바로 신문이나 잡지에 실을 수 있게 보도자료를 보낸다면 채택될 확률도 높고, 보다 빠른 시간에 기사화될 수 있다.

독자나 시청자들은 볼 권리와 함께 재미없고 의미 없는 콘텐츠들은 보지 않을 권리도 있다. 그들이 선택의 기로에 섰을 때, 홍보문은 독자와 콘텐츠를 이어주는 다리 역할을 한다. 기사로 소개할 가치가 있고, 이용자들의 흥미를 충족시켜 줄 작품이라는 점을 효과적으로 요약한 보도자료와 예고편을 만들 수 있다면, 당신이 쓴 글은 이미 절반의 성공을 거두었다. 이용자가 친히 기억하고 찾아보는 글과 방송이라면 이미 존재의 가치가 충분하기 때문이다.

홍보문을 작성하면서 해당 홍보문을 보낼 곳, 도움을 줄 이들을 미리 정리해두면 좋다.

_____

_____

_____

_____

_____

_____

_____

_____

최고로 불리는 사람들도 속내를
들여다 보면 시너지를 발휘하는
파트너들이 늘 곁에 있다.

전직 방송작가였다고 말하면, 처음 만난 사람들이 건네는 단골 질문들이 있다.

"연예인 누구랑 일해 봤어요?"

"친한 연예인 없어요?"

"누가 제일 잘생겼어요?"

주로 시사·교양 프로그램을 만들어서 연예인하고 일할 기회가 많지 않았다고 말하면 그들의 흥미는 곧 시들해지고 만다. 하지만 내게도 쇼·오락 프로그램을 구성할 기회가 일 년에 몇 번씩은 있었다. 행사가 많은 부산에서 오랫동안 일한 덕분에 영화제나 아시안게임, 축제를 축하하기 위해 마련한 특집쇼 프로그램 제작에 참여한 적이 있었다. 지역에서 제작하지만 전국으로 방영되는 경우가 많아서 유명 가수들은 물론이고 이름만 대면 알 만한 진행자들과 함께 일할 기회가 되기도 했다.

쇼·오락 프로그램을 스토리텔링할 때는 진행자MC 역할이 무엇보다 중요하다. 기획 단계에서부터 이번에는 누구에게 진행을 맡길 것인지를 두고 장시간 회의를 거듭한다. MC는 그 방송의 주인공은 아니지만 시청자들이 가장 오랫동안 만나야 할 사람이다. 서로 다른 특성을 가진 출연자와 무대들을 이질감 없이 이어주는 가교가 되어 주어야 하며, 쇼의 색깔을 잃지 않으면서 전체 방송의 완급을 조절하는 역할을 해야 한다. 쇼·오락 프로그램에서 MC는 핵심 스토리텔러인 셈이다.

제작진이 기획한 프로그램에 딱 맞는 MC를 찾는 일이 쉽지는 않았다. 우리가 간절히 원하는 MC가 있어도 스케줄이나 출연료가 맞지 않아 제의를 거절하기 일쑤였고, 어렵게 출연이 결정되어도 녹화 당일까지 이런저런 변수들이 등장해 출연이 불발되기도 했다. 혹은 특정

MC를 무난히 섭외하고 녹화를 시작했지만 프로그램 성격과 MC의 스타일이 맞지 않아서 현장에서 "이게 아닌데!"라는 탄식을 삼켜야 했던 적도 여러 번이다.

　　몇 차례의 경험이 쌓이며 내게도 마음속 '최악의 MC'와 '최고의 MC'가 나눠지기 시작했다. 한 번은 부산에서 열리는 가장 큰 지역축제의 축하쇼를 맡게 되었다. 다행히 제작비가 적지 않은 편이어서 원하는 MC를 섭외할 수 있었다. 당시 인기 있는 가수들도 무난히 출연을 승낙하여 쇼 준비는 순풍에 돛 단 듯이 순조로웠다. 이렇게 별 노력 없이 일이 잘 풀릴 때, 나는 '방심'이란 것을 하고 말았다.

　　보통 쇼를 준비할 때는 녹화에 앞서, MC들을 미리 만나 쇼 성격도 설명해 주고 진행 시 주의점도 일러 주어야 한다. 그러나 이번 진행자는 워낙 베테랑 MC였고 그 역시 눈코 뜰 새 없이 바쁘다고 사전 미팅이 어렵다고 알려왔다. 이메일로 방송원고와 큐시트를 미리 보내는 것으로 사전 미팅을 대신할 수밖에 없었다. 거기부터가 나의 실수였다. 그가 녹화 당일까지 이메일을 읽지 않았음을 확인하지 못했다. 또 하나의 치명적인 실수가 있었다. 나중에 알았지만 그는 평소 '의전'에 굉장히 민감하다는 소문이 있었다. 대본에 얽매인 진행을 싫어해서 원고에는 최소한의 정보만을 써야 하며 글자는 최대한 크게 써 줘야 한다는 매뉴얼도 작가들 사이에서 돌고 있었다. 방송작가로서 나는 담당 MC의 장단점과 개성을 미처 파악하지 못했다.

　　사건은 녹화 당일 터졌다. 의전을 중요시하는 그가, 비행기를 타고 갈 것이라고 미리 알려줬건만 방송국 차량을 배정하지 않아 손수 택시를 잡아타고 행사장까지 오게 만들었다. 이미 그의 심기는 불편해져 있었다. 무대가 야외 축제 현장이어서 천막으로 만든 대기실을 썼는

데 제작진은 MC만의 독립공간을 마련하지 못했고, 그는 출연 가수들과 천을 사이에 두고 같은 공간에서 대기해야 했다. 내가 원고를 전하러 갔을 때 그의 표정은 불만으로 가득 차 있었다. 평소 다른 MC들에게도 주던 형식과 내용으로 쓴 원고를 보여주었지만 그의 얼굴은 더욱 붉어졌다. 곧 내 인생 최고의 모욕적인 순간으로 꼽히는 장면이 이어졌다. 그가 나의 원고를 던져버렸다!

"뭐 이따위 원고가 있어! 진행을 하라는 거야, 말라는 거야!"

원고를 제대로 읽지도 않고 내팽개치는 그의 행동이 무엇 때문인지, 이유를 알길 없었던 나 역시 어이가 없고 분노가 치밀었다. 결국 나는 화장실에서 눈물을 훔치느라 방송에 전념할 수 없었고 그는 원고 대신 큐시트에 적힌 가수와 곡명만 보고 진행을 했다. 녹화 후 PD와 편집을 하면서 "이렇게 많은 제작비를 가지고, 이렇게 재미없는 쇼를 만들다니!"라는 반성으로 괴로움의 시간을 보내야 했다.

재미있는 사실은 최악과 최고의 차이가 그야말로 종이 한 장이란 점이다. 이듬해 다시 똑같은 쇼를 준비하게 되었다. PD는 다른 MC를 찾자고 했지만 나는 오기가 생겼다. 자진해서 서울에 출장을 갔다. 그 MC를 만나 작년의 행사 때 준비가 미흡했음을 사과했다. 그리고 원고를 쓸 때 참고할 것이 있는지 물었다. 그러자 자신은 흥이 나야 쇼 진행을 재미있게 할 수 있으며 그러려면 원고를 따라가기보다 그때그때 애드립을 하는 것이 더 좋다고 말했다. 노안이 와서 글자 크기가 작은 원고를 읽기가 힘들다는 고백도 했다.

부산으로 돌아온 나는 곧바로 그가 진행했던 프로들을 찾아봤다. 그가 자주 쓰는 어휘나 문장은 무엇인지, 어떤 자세로 멘트할 때 제일 편해하는지, 진행 스타일이 어떤지 공부했다. 그가 혼자일 때보다 자신의 애드립을 받아주는 보조 MC와 함께할 때 훨씬 안정감 있는 진행을 한다는 사실도 알게 되었다. 그가 평소 쓰는 단어들을 배치해서 원고를 작성했고, 한 곳에 서 있기보다 무대에서 움직일 때 훨씬 자연스러운 진행을 한다는 특징을 찾아 출연자들과 무대 중앙에서 이야기할 기회를 늘였다.

'MC'에 대한 연구를 하면서, 그가 의전에 민감했던 이유가 녹화를 하는 순간 에너지를 온전히 쏟기 위한 그만의 노하우란 사실을 알게 되었다. 녹화 당일, 제작진은 방송국 차량을 공항으로 보냈고 MC를 위한 독립 공간을 별도로 만들어서 진행 전, 차분히 방송에 몰입할 수 있도록 도왔다. 그해 지역 축제 축하쇼는 한마디로 대성공이었다. 흥이 난 MC가 신명나는 진행으로 현장에 있는 관객들과 함께 웃고 춤추며 생동감 있는 쇼를 완성했다.

방송계에는 속된 표현으로 "작가가 개떡같이 써도 찰떡같이 읽는 사람이 명 MC"라는 말이 있다. 하지만 최고의 MC라 불리는 사람들도 속내를 들여다 보면 같이 일해서 시너지를 발휘하는 제작진이나 파트너들이 늘 곁에 있다. 그 제작진들은 MC가 최상의 컨디션으로 자신의 실력을 뽐낼 수 있도록 시공간 상황을 연출할 줄 안다. 방송작가들은 그 누구도 아닌 그만의 원고를 만들기 위해, 그의 말투와 행동, 성격을 연구한다.

쇼 · 오락 프로그램은 카메라 앞에 모습을 드러내는 스토리텔러인 MC와 카메라 뒤편에 숨은 스토리텔러인 방송작가가 제대로 합을 맞추는 순간, 더 많은 이들에게 즐거움을 주는 작품으로 완성될 수 있다.

음성이나 음악을 녹음, 재생, 확성할 수 있는 음향 조정 콘솔. 부조정실에서 큐시트를 보며
조정하려는 모습이다.

DAY 28 함께할 때 완성도가 높아지는 글이 있다

_____

_____

_____

_____

_____

_____

_____

_____

나 홀로 쓰고 서랍 속에 간직하는
일기가 아니라면, 이 세상에 혼자 힘으로
완결할 수 있는 글은 없을지도 모른다.

후배가 고민이 있다며 찾아왔다. 책을 내고 싶은데 다른 이에게 글을 보여주거나 출판사에 원고를 보내 봐도 반응이 신통치 않다고 했다. 지금은 혼자 힘으로 기획부터 편집까지 도맡아 책을 만드는 독립출판 쪽으로 눈을 돌리고 있단다. 독립출판에 대해 어떻게 생각하는지 나의 의견을 물었다. 자기 글을 가장 잘 아는 사람은 바로 자신이니, 타인의 도움이나 간섭 없이 그야말로 '독립적으로' 글을 써보고 싶다는 것이었다.

　　독립출판은 작가가 하고 싶은 이야기를 자유롭게 표현할 수 있고 기존 출판사에서 정해놓은 과정이나 틀에 맞춘 글쓰기를 하지 않아도 된다는 장점이 있다. 나 역시, 기회가 된다면 독립출판으로 나만의 이야기를 전하고 싶다는 생각을 한다. 그러나 기존의 출판업계 사람들을 설득하거나 이해시킬 자신이 없어 도망치듯 독립출판을 선택하는 것에는 우려가 앞선다. 후배에게 단순히 누군가에게 글을 보여주고 비평 받는 과정에 두려움이 생겨 독립출판을 하려고 하는 것은 아닌지, 자신의 목적과 의도를 되돌아보고 확신이 서면 독립출판을 위한 준비를 하나씩 해보자고 답했다.

　　시중에 있는 여러 독립출판물을 보면, 작가의 개성이 드러나면서도 디자인이나 편집에서 완성도 높은 책들이 많다. 이는 하루아침에 이뤄진 것이 아니다. 일인 다역을 해내며, 본인이 쓴 글에 끝까지 냉정한 잣대를 가지고 작업을 한 결과물이다. 혼자 글을 쓰고 편집과 마케팅까지 도맡는 과정이 만만할 리 없다. 오히려 '내 안의 또 다른 나'에게 수없이 묻고 설득하는 과정을 거쳐야 자신도, 독자도 만족할 만한 책을 낼 수 있을 것이다.

　　책 한 권이 만들어지는 과정을 상상해 보면 독자들은 저자의 수

고만 떠올리기 쉽다. 그러나 책이 완성되기까지 기획 단계에서부터 참여한 편집자, 책 표지와 본문 작업을 함께 한 디자이너, 본문 그림을 그린 일러스트레이터, 책을 세상에 알리기 위해 뛰는 마케터, 책이 무사히 인쇄되길 돕는 제작팀같이 많은 이들의 재능과 노고가 담긴 합작품이 바로 책이다. 나는 만듦새가 좋은 책을 만나면 판권면을 펼쳐 제작에 참여한 이들의 이름을 한 번씩 읽어보곤 한다. 책에선 작가의 이름만 돋보이기 쉽지만 실은 여러 명의 전문가가 역량을 모았기에 하나의 작품으로 탄생할 수 있다는 사실을 알기 때문이다.

비단 책 쓰기만 그렇지는 않을 것이다. 나의 서재에는 보물처럼 모셔둔 상패들이 몇 개 있다. 부족한 실력이지만 글을 써서 받은 칭찬과 격려의 징표들이다. 그중 가장 아끼는 상은 '한국방송대상'에서 받은 두 개의 상이다. '한국방송대상'이란 한 해 동안 지상파에서 방송된 모든 프로그램을 대상으로 하는 방송계의 대표적인 방송시상제도이다. 보도, 교양, 예능 등 전 장르, 그리고 지역 방송사의 프로그램들까지 출품된 작품과 후보자들 중 심사를 거쳐 최종 수상작과 수상자를 정한다.

10년 전, 운이 좋았던 나는 두 해 연속으로 '지역 다큐멘터리 작품상'을 받았다. 그 어떤 성과보다 이 상을 받았을 때 기뻤던 기억이 난다. 방송 준비를 하느라 시상식 현장에 가지 못했지만, PD가 팀을 대표해 상을 받는 모습을 TV로 지켜보면서 눈물이 핑 돌 정도였다. 시상식에서 받은 상금을 회식비로 모두 탕진했지만 함께 방송을 만든 스태프들과 기쁨을 나누고 앞으로 더 좋은 프로그램을 기획하자며 결의를 다졌다.

방송작가라면 누구나 "대본 좋아요"라는 칭찬보다, "방송 재미있게 봤어요"라는 격려가 더 가슴에 와 닿을 것이다. 방송으로 나가기 전 작성한 대본은 아무리 공들여 써도 미완성작일 뿐이다. 내가 열과 성을 다해 글을 써도, 진행자가 더듬거리며 멘트를 하거나 PD의 현장 연출이나 편집 과정이 순탄하지 않다면 무결점의 원고도 소용없게 되어 버린다.

그렇다면 방송 글쓰기는 작가 이외에 어떤 전문가들의 도움이 필요할까? 한 프로그램이 끝날 때 흐르는 긴 자막을 눈여겨보면 된다. '크레딧Credit' 또는 '스태프 스크롤Staff Scroll'이라고 부르는 것으로, 방송에 참여한 사람들의 이름이나 도움을 준 대상들의 이름이 적혀 있다.

방송은 철저히 협업으로 이루진다. 다양한 전문가들이 자신의 역량을 발휘하여 제작에 참여하는데, 방송 글은 이들에게 가이드라인을 제공한다. 여러 직군들이 각자의 소리로 음을 내지만, 궁극에는 한 곡을 표현하도록 돕는 오케스트라의 악보 같은 역할이라고나 할까. 방송의 설계도라 할 수 있는 기획안과 구성안 쓰기부터, 영상과 소리를 세부적으로 묘사하며 현실로 구현하도록 쓰는 최종 원고를 완성하는 순간까지 방송작가는 이 점을 잊어서는 안 된다.

여러 직종들이 작품을 함께 만든다는 것은 알겠는데, 그래도 원고 집필은 순전히 방송작가의 몫이자 권한이 아니냐고 되물을 수 있다. 대답은 '그렇지 않다'다. 방송작가가 쓰는 단계별 글쓰기에 따라 다른 전문가들과 긴밀하게 협업해야 방송이 가능하다. 방송작가가 한 편의 프로그램을 만들려면 기획안, 촬영구성안, 편집구성안, 큐시트, 자막 및 컴퓨터그래픽 의뢰서, 내레이션 원고나 MC 대본 등을 써야 한다. 우선, 이들 모두는 업계에서 업무의 효율성을 위해 통용되는 그들만의 언어, 즉 방송 용어나 약어들로 채워진다. 작가가 등장인물의 눈동자를 카메라로 가깝게 찍어 화면에 강조하여 나타내고 싶다면 '눈 C.U'처럼 간략히 표기하면 된다. 촬영감독이나 연출가에게 "인물의 눈을 클로즈업으로 찍어주세요"라는 뜻이다.

프로그램 하나를 만들기 위해 보통 수십 명이 필요하다. 그중에서도 방송 창작 과정에 관여하는 종사자는 크게 세 그룹으로 나눌 수 있다. 제작진과 기술진, 그리고 출연자 그룹이다. 제작진은 방송을 기획하고 연출하며 글을 쓰는 인력들로 한 프로그램을 책임지는 역할을 한다. 기술진은 방송 제작에 활용되는 기기들을 다루는 사람들이다. 카메라 감독이나 오디오 감독, 기술 감독, 무대 감독 등이 이에 포함되며, 여러 프로그램을 맡고 있어 스케줄에 따라 촬영이나 녹화 시에만 참여한다. 마지막 출연자는 프로그램을 이끄는 진행자부터 리포터, 패널 그리고 방청객에 이르기까지 연예인이나 방송인뿐만 아니라 일반 출연자 모두를 말한다.

서로 다른 시각을 가진 전문가들이 방송작가가 쓴 한 장의 구성안이나 대본을 토대로 각자의 아이디어를 현장에서 풀어 놓는다. 방송 글쓰기는 한 작품에 모든 요소들이 포함되도록 써야 하고, 다른 직무의 구성원도 제작진의 계획을 수월하게 읽을 수 있도록 곳곳에 배려 넘치는 글쓰기를 해야 한다. 글을 쓰는 중간중간 의심이 생기면, 기술진에게 이렇게 써도 글이 영상이나 오디오로 구현될 수 있는지 물어야 하고, 원고를 쓴 후에도 수정할 부분은 없는지 출연진에게 적극적으로 조언을 구해야 한다. 방송 스태프들은 오케스트라 단원들과 다르지 않다. 다른 요소들이 받쳐주지 않는데 악보 격인 구성안이 빼어나다고, 화면 연출만 역동적이라고 해서 박수 받는 작품은 아직 보지 못했다.

한 번은 이런 일도 있었다. 역사 다큐멘터리를 만들면서 조선시대 생활상을 그럴듯하게 재연하는 영상을 만들기 위해 컴퓨터그래픽을 의뢰했다. 컴퓨터그래픽 전문 업체에 미리 시나리오를 전달했는데, 제대로 된 장면을 구현하려면 내가 보낸 원고에 수정이 불가피하다는 연락이 왔다. 화면 효과를 일정한 속도로 입히기 위해 문장 길이가 비슷했으면 좋겠다는 요구였다. 각 장면마다 꼭 필요한 글을 썼다고 생각한 나는 문장을 더 줄이기도, 늘이기도 어렵다며 시나리오에 맞추어 컴퓨터그래픽을 제작해 달라고 고집을 부렸다. 당시에는 어리석게도 하룻밤을 꼬박 새며 쓴 글을 수정하라고 하니 작가로서 자존심이 상했다.

작가실에서 우연히 이 통화를 듣고 있던 선배 작가는 내가 전화를 끊자마자 한심하다는 표정을 지었다. "혼자 글을 쓰고 싶으면 차라리 문학 작가가 되도록 해"라고 호통을 쳤다. 놀란 눈으로 쳐다보자 선배는 이어서 말했다. "영상으로 재연하기 어려운 글이란 소리를 들으면 백 번이라도 고쳐 써야지. 넌 몇 년 차인데 아직 기본 자세도 안 되어 있니"라고. 원고를 수정하는 일에 괜한 자존심을 내세우지 말고, 방송을 같이 만드는 이들이 왜 이렇게 찍고 편집해야 하는지 납득할 수 있고, 설득당할 수 있는 글쓰기를 하라는 충고도 했다. 같이 방송을 만드는 동료들은 힘을 겨루거나 이겨야 하는 상대가 아니라, 모든 과정을 공유하고 협력하여 끝내는 그 결과에 대해 함께 책임져야 하는 운명공동체라고 강조했다.

선배의 따끔한 가르침이 있은 후, 나는 달라졌다. '나의 원고', '나의 방송'이 아니라 '우리 팀이 읽을 원고', '모두가 함께 공들여 만드는 방송'이라는 생각을 갖게 되었다. 그렇게 태도를 바꾼 후 받은 것이 한국방송대상의 작품상이었다. 깨달음 후에 얻은 결과라 이 상들이 주는 의미와 감동은 오래갔다. 이 책을 쓰고 있는 순간에도 출판사 편집자에게 온 메일을 읽으며 생각한다. '내 책'이 아니라 '저희의 책, 우리의 책'이라며 같이 고민해주는 편집자가 있어서 얼마나 안심이 되고 든든한지를.

나 홀로 쓰고 서랍 속에 간직하는 일기가 아니라면, 이 세상에 혼자 힘으로 완결할 수 있는 글은 없을지도 모른다. 혼자 일궈낸 성과라며 자화자찬하다가도, 주위를 둘러보면 이 글이 완성될 수 있도록 도와준 숨은 조력자나 곁에서 애썼던 동료들이 이내 눈에 밟힌다. 독립출판으로 책을 낸다 해도, 독자가 없다면 책이 세상에 나온 의미가 사라지지 않을까. 글로 작품을 만드는 일에서 작가의 의견이 가장 중요하다는 사실은 변함없지만, 혼자만의 프로젝트가 아니라면 여럿이 힘을 보태고 조율하는 과정에서 더 좋은 결과물이 나오기 마련이다. 또 다른 분야의 창작자들과 함께 걸어갈 기회를 피하지 말고, 마음을 열어 즐기다 보면 더 풍성해진 나의 글, 아니 우리의 글을 만날 수 있을 것이다.

방송의 후반 작업인 자막이나 컴퓨터 그래픽 삽입도 스태프들의 의견교환으로 완성된다.

직업으로서의 방송작가

_____

_____

_____

_____

_____

_____

_____

_____

글을 쓰는 나 자신을 사랑하고
작가로서 주체성을 잃지 않는다.

방송작가가 주인공이거나 방송국을 배경으로 하는 드라마들은 꾸준히 있다. JTBC「이번 생은 처음이라」와 KBS의「라디오 로맨스」에는 드라마작가를 꿈꾸거나 라디오작가로 첫발을 내딛는 여주인공이 나온다. 제작진에게는 자신의 이야기 혹은 몸담은 현장의 이야기를 소재로 한 것이라 만들어 가기 쉬운 면이 있고 시청자에게는 평소 쉽게 만날 수 없거나 동경하는 직업인, 방송인을 그리고 있어 흥미롭게 보이는 것 같다. 방송작가였던 나에게도 이 드라마들을 시청하는 경험은 반가운 일이었지만 어쩐지 드라마를 보는 동안 씁쓸한 뒷맛을 지울 수 없었다. 방송 현장이 TV에서 재현한 것처럼 유쾌하고 행복한 공간만은 아니기 때문이다. 어쩌면 그 어느 곳보다 모순적이고 차별을 일삼는 공간일지도 모르겠다.

양성평등에 대한 캠페인을 방송하고 있지만 뉴스 프로그램에선 경력 많은 여성 앵커의 진행을 찾아보기 어렵다. 열정페이를 강요하고 성희롱을 묵과하는 문학계나 영화계를 비판하면서, 정작 본인들은 지망생들의 노동을 착취하는 동시에 방송작가에게 '작가 언니'라 부르는 언어폭력조차 인지하지 못한다. 차별이 없는 세상을 꿈꾼다면서 방송국 내에서 정규직과 비정규직, 갑과 을의 자리를 끊임없이 구분 짓고, 매순간 그 경계선을 실감하게 하는 언행을 일삼는다. 안타깝게도 방송 전문 인력들을 소모품이자 부품으로 여기는 풍조 또한 20여 년 전과 별반 달라지지 않았다.

오늘도 강의를 들었던 학생 한 명이 구성작가가 되고 싶다는 메일을 보냈다. 이 살벌한 방송 현장 속으로 청춘들을 보내도 되는 것일까, 고민이 깊어진다. 내가 방송국에서 경험했던 부조리와 모순을 최대한 담담하게 얘기해 이런 일들이 다시는 반복되지 않기를 바라면서 답메일을 쓴다.

　　어느 날, 한 PD가 찾아왔다. 특집으로 방송될 자연 다큐멘터리를 함께 만들고 싶다고 제안했다. 정규 프로그램을 담당하고 있었지만 자연 다큐멘터리는 도전하고 싶은 장르였기에 망설일 필요가 없었다. 그런데 내가 그 PD와 일한다는 소식이 전해지자 주위 사람들이 걱정 어린 시선을 보냈다. 그 시선의 의미를 아는 데는 그리 오래 걸리지 않았다. PD와 사전답사를 위해 둘이서 외근을 하고 돌아오는 길이었다. 운전을 하고 있던 PD는 옆자리에 있던 나에게 작가는 뭐든 경험을 많이 해야 한다며 남자친구를 사귄 적이 있냐고 물었다. 그리곤 내 허벅지 위에 손을 올렸다. 사람이 너무 놀라면 평소엔 쉬웠던 동작조차 할 수가 없어진다. 손을 뿌리치고 싶었고 "왜 이러시냐?"며 소리치고 싶었지만 아무 말도, 어떤 행동도 할 수가 없었다. 그러다 차가 횡단보도 앞에 멈추게 되었을 때, 무슨 정신이었는지 난 차문을 열고 뛰쳐나갔다. 그리고는 곧장 택시를 타고 집으로 갔다. 무서웠다. 그냥 이 상황에서 도망치고 싶었다. 집에 도착해 한참을 울고 나서, 갑자기 내가 잘못한 게 아닌데 왜 도망쳐야 할까 싶었다.

　　다음 날 방송국에 갔다. 일단 친한 여자 선배를 찾아가 자초지종을 설명했다. 그런데 거기서 나는 다시 무너져야 했다. 선배는 네가 처신을 잘못한 건 없는지, 여지를 주지는 않았는지 우선 돌아보라고 말했다. 일을 크게 만들면 좋을 것이 없고, 비정규직인 내가 오히려 피해를 볼 것이니 좀 더 생각해 보고 행동하자고 했다. 비겁하다는 생각이 들었다. 평소 페미니스트임을 자처하던 선배였기에, 함께 문제를 해결해 줄 거란 기대를 했기 때문에.

　　다음으로 찾아간 곳은 팀장실이었다. 다시 한 번 떠올리기 싫은 어제의 일을 설명했다. 팀장은 내 얘기를 듣고는 한참을 생각하더니, 공론화되어서 좋을 것은 없겠다고 했다. 그러면서 내게 어떻게 해주면 좋겠냐고 물었다. 답답하고 억울했지만 나의 잘못도 아닌데 이 때문에 꿈꿔왔던 방송 일을 그만둔다면 더 후회가 될 것 같았다. 그래서 첫째, 그 PD에게 사과를 받아야겠고 둘째, 그 PD와 앞으로 일을 하고 싶지 않으니 특집 프로그램에서 빠지고 그에 따른 불이익을 당하지 않게 해달라고 했다. 마지막으로, 재발 방지 차원에서 다른 작가나 리포터들에게도 이런 일을 하지 않겠다는 약속을 받아달라고 요구했다.

　　일은 그렇게 마무리되는 듯했다. 난 다시는 그 PD와 일하지 않았고 작가실에서 내가 당한 일을 숨기지 않고 공유했다. 어쩔 수 없이 그 PD와 일하게 된 다른 작가들도 경계심을 늦추지 않았다. 하지만 몇 년 후에 또다시 사고가 터졌다. 신입으로 들어온 정규직 여성 PD에게 성추행을 한 것이다. 여기서 정규직과 비정규직의 차이가 드러났다. 방송국 내 여직원 노조에서 반발했고 결국 그 PD는 더 이상 방송국에서 만날 수 없었다.

　　그때의 불미스러운 사건 이후로 난 성차별이나 더 나아가 비정규직에 대한 차별을 보면 누구보다 민감하게 반응하는 사람이 되었다. 후배 작가들이 비슷한 일을 당하면 정식으로 항의했고, 고료를 받지 못하거나 늦게 주는 사례가 있으면 뛰어가서 따졌다. 이후 대학원 생활을 하면서도 학회 술자리 등에서 대학원생들에게 성적 농담을 던지거나, 여성 학생들에게 은근한 성추행을 하는 사람에게 따끔한 시선과 함께 그의 언사를 지적했다. 물론 그렇게 예민하게 굴다간 사회생활을 하기 힘들 거라는 충고도 들었고, 무서워서 나와는 함께 식사자리도 못하겠다는 비아냥도 들었다. 지금도 나에겐 까칠한 작가, 불편한 강사라는 꼬리표가 달려 있다.

내가 이런 고백을 하는 이유는 방송계나 문화계 진출을 꿈꾸는 예비 작가들에게 절망감을 안기기 위해서가 아니다. 오히려 희망을 얘기하기 위해서다. 불합리한 일들을 겪거나 목격하면서도 방송국을 떠나지 않고 20년 가까이 버틴 이유가 무엇일까? 나를 절망케 한 한 명의 PD보다, 나의 능력을 인정하고 더 좋은 프로그램을 만들기 위해 함께 고군분투하며 동료애를 느끼게 해 준 선배와 후배, 동기들이 더 많기 때문이다. 방송작가나 시간강사 같은 계약직 인력들을 차별하는 조직도 있지만, 노력해서 성과를 내면 그 능력을 인정하고 격려하는 조직에서 일하는 즐거움 또한 맛봤기 때문이다. 내게 선한 영향을 준 사람들과 따뜻한 조직이 없었다면 이렇게 아픈 일화를 들려줄 용기도 내지 못했을 것이다. 나의 경험은 오래전 일이고, 작가를 꿈꾸는 이들에게 이제는 방송계도 달라졌다고 자신 있게 말할 수 있다면 얼마나 좋을까. 방송계나 문화계가 예전의 낡고 잘못된 조직 문화와 차별적 시선들을 자각하고 조금씩 나은 방향으로 변화하고 있기는 하다. 그러나 아직 갈 길이 먼 것도 사실이다. 특히 작가의 임금이나 원고료, 처우 문제에 대해서는 할 말이 많다.

또 다른 제자와 SNS로 고민 상담을 한 적이 있었다. 한동안 연락이 잘 닿지 않아 궁금했는데, 그 사이 아카데미에서 구성작가 과정을 수료하고 한 프로덕션에 자료조사원으로 취업했다고 말했다. 이상한 점은 아침방송의 외주 제작사인 이 프로덕션의 작가 교체가 유난히 많더라다. 제자와 함께 일하던 메인작가와 서브작가도 갑자기 그만두어 자신이 자료조사부터 섭외, 원고까지 쓰게 된 상황이었다. 문제는 제자가 사실상 구성작가 역할을 다 하면서도 페이는 자료조사비만 받고 있다는 것이었다. 대본을 직접 쓸 수 있는 기회가 빨리 와서 좋지만 정당한 대우를 받지 못해 여기서 계속 일해야 할지 고민이라고 했다.

얘기를 듣자마자 망설임 없이 그만두라고 말했다. 제자나 후배들과 장래에 대한 상담을 할 때 나는 가급적이면 내 의견을 말하지 않는다. 어떤 선택을 앞두고 있을 때 가장 큰 고민이 뭔지 질문하고, 고민하는 문제의 본질을 차근차근 짚어가다 보면 대부분 스스로 답을 찾아내기 때문이다.

그런데 이번 경우는 달랐다. 내가 현업에 있을 때 돈은 안 줘도 좋으니 자료조사라도 시켜달라는 지망생들이 종종 있었다. 그럼 난 단호하게 거절하거나 혼을 냈다. 자신의 정당한 노동의 대가를 요구하지도 못하고, 방송국을 아카데미나 학교로 착각하며 한 수 가르쳐 달라는 태도의 후배라면 같이 일할 필요가 없다고 생각했기 때문이다.

물론 질박한 마음은 안다. 방송 일을 너무나 하고 싶은 갈망에 그런 말을 했을 것이다. 게다가 문학 작가나 시나리오작가, 만화작가와 같이 글쓰기를 업으로 삼는 분야에서는 기성 작가를 스승으로 삼고 숙식을 함께하며 어깨너머로 배우는 이른바 '도제식 교육'이 많다고 하니 작가 일을 하려면 돈보다 배우는 자세가 먼저라고 생각할 수도 있다.

그러나 '직업으로서 방송작가'로 오래 살아남고 싶다면 글쓰기도 일이고, 노동의 과정이란 점을 인식하여 정당한 보수를 요구할 수 있어야 한다. 내가 성장하고 성공할 수 있는 자아실현의 장인지, 사회에 기여하도록 돕는 합리적인 시스템인가도 꼼꼼히 따져보아야 한다. 작가 일을 하려면 자신과 글쓰기의 가치를 인정해주는 일터에서 일을 시작해야 한다. 그래야 글 쓰는 직업에 대한 동경이 애증으로 바뀌지 않고, 오래도록 좋은 작품을 만드는 작가로 남을 수 있다.

글쓰기로 생계를 유지하고 싶고, 현재와 미래를 아낌없이 투자하고 싶은 이들이라면 조금 오래 걸리더라도 즐거움을 주는 일터에서 시작했으면 하고 바란다. 작가로서 능력을 갖추려 노력하는 만큼, 그 가치를 존중해 주는 일터와 동료를 만나려는 노력과 기다림 또한 꼭 필요하기 때문이다.

사회생활을 시작한다면 첫째, 구성원들이 자주 바뀌는 조직을 피하는 것이 좋다. 일하는 사람들이 오래 머물고 싶지 않고, 하루빨리 도망치고 싶은 생각이 들게 만드는 악조건들이 기다리고 있을 가능성이 크다. 둘째, 지금이 아닌, 나중에 보상하겠다고 약속하는 상사를 믿지 마라. 오늘 내가 이룬 성과를 제대로 인정하지 않거나 가로채는 리더라면, 내일이 와도 그는 다른 핑계를 대며 나를 평가절하할 테니까.

마지막으로 방송작가를 꿈꾸는 중이라면 대중에게 사랑받고 사회에 도움이 되는 글을 쓰는 일보다 더 먼저 이뤄야 할 것이 있음을 잊지 말자. 글을 쓰는 나 자신을 사랑하고 작가로서 주체성을 잃지 않는 일이다. 사람들에게 힘을 주는 이야기, 위로가 되는 글을 쓰고 싶다면, 작품을 만드는 창작자들이 먼저 즐겁고 행복해져야 하지 않을까. 해피엔드 드라마 같은 일들이 머지않아 방송 현장, 그리고 글쓰기를 업으로 선택한 모든 이들에게 현실로 펼쳐지길 꿈꿔본다.

자신이 쓴 글이 영상으로 구현되는 과정을 지켜보는 일은 떨리지만 특별한 경험이다.

비밀의 공간이어도 좋고, 자신의 내면과
대화할 수 있는 혼자만의 시간이어도 좋다.
스스로 치유할 기회를 충분히 주자.

책 한 권을 선물 받았다. 미술에 대해 문외한이지만, 고흐가 그린「우체부 조셉 룰랭의 초상」을 좋아한다는 사실을 아는 지인이 이 책을 선물해 주었다. 『반 고흐, 영혼의 편지』. 우체부 조셉 룰랭을 통해 주고받았을 고흐의 편지들과 그림들을 선별해 엮은 책이다. 시간이 흘러 다시 읽으니 그가 남긴 그림과 글들이 새롭게 다가왔다. 한 화가의 일상을 지배했을 창작에 대한 목마름과 고뇌를 조금 더 공감할 수 있게 됐다고나 할까.

고흐는 생전에 879점의 작품을 남겼다. 그가 그림을 그리겠다고 결심한 게 그의 나이 스물일곱, 권총으로 자살한 때가 서른일곱 살 때이니 10여 년간 수많은 작품을 그린 것이다. 어림잡아 1년에 100여 점을 그려야 한다는 계산이 나오니 그의 작품에 대한 열정이 놀라울 따름이다.

많은 미술 비평가들은 말한다. 그의 태양 같은 창작 욕구는 동생 테오가 곁에 있었기에 가능했다고. 테오는 고흐가 그림에만 몰두할 수 있도록 경제적, 정신적 지원을 아끼지 않았다. 고흐 역시 테오를 얼마나 의지했는지, 그가 테오에게 남긴 668통의 편지들을 통해 그 감정을 고스란히 느낄 수 있다. 어쩌면 테오에게 편지를 쓰는 순간이, 늘 불안에 떨던 고흐가 진심을 표현하고 위로받는 유일한 치유의 시간이었는지 모른다. 고흐처럼, 사람은 누구나 상처를 치유하는 자신만의 은신처가 필요하다.

빈센트 반 고흐, 「우체부 조셉 룰랭의 초상」, 캔버스에 유채, 64.4×55.2cm, 1889, 뉴욕 현대미술관 소장.

모든 직업이 그렇겠지만 방송 일을 하다 보면 불안과 부담감이 늘 그림자처럼 따라다닌다. 개편 때마다 새로운 프로그램을 기획해야 하고, 매주 다른 아이템을 찾아야 하며, 많은 사람들과의 협업 속에서 긴장감을 가지고 창작물을 완성해 나간다. 어디 그것뿐인가? 방송 후에는 시청률이나 시청자 의견, 상사나 비평가의 평가라는 후폭풍을 감내해야 한다. 그렇기에 방송 일을 하는 사람들에게 힘든 순간을 견디게 하는 은신처는 꼭 필요하다.

20대 방송작가 시절 나에게 은신처가 되어 준 것은 재즈댄스였다. 어릴 때 무용을 전공하고 싶었지만 사정이 여의치 않아 포기했다. 처음엔 하루 종일 책상에 앉아 있다 보니 점점 굳어가는 몸을 풀기 위해 재즈댄스를 시작했다. 하지만 점점 재즈댄스를 하는 시간은 나에게 힐링의 시간이 되었다. 여러 동작을 몸에 익혀 음악과 어울리게 춤을 추기 위해서는 다른 생각을 할 수 없었다. 온몸이 땀으로 흠뻑 젖을 때까지 춤을 추고 나면 몇 시간 전까지 섭외 때문에 무겁기만 했던 마음은 한결 가벼워졌다. 재즈댄스는 그렇게 다시 방송 현장으로 돌아갈 용기와 에너지를 주었다. 이 멋진 취미를 계속 이어갔다면 좋았겠지만, 무용 전공자가 아니면서 무리해서 춤을 추다 보니 관절이 여기저기 아프기 시작했고 결국 재즈댄스를 그만둬야 했다.

30대가 되어 새롭게 선택한 취미이자 도피처는 '퀼트'였다. 경력이 쌓이면서 나는 어느새 여러 서브작가와 함께 일하는 메인작가가 되었다. 욕심이 늘어 하루에도 여러 번 후배들을 다그치기 일쑤였고 기대와 실망감으로 서로에게 상처를 주기도 했다. 그래서 이번엔 후배들과 함께하는 시간을 마련했다. 마침 방송국 앞에 70대 백발의 할머니가 운영하는 퀼트 공방이 있었다. 나중에 안 사실이지만, 그 퀼트 선생님은 일본에서도 전시회를 열만큼 유명한 퀼트 장인이었다. 점심을 먹고 오다 창가에 전시된 작품들에 시선을 뺏겨 즉흥적으로 등록을 했지만, 나와 후배들은 한동안 꽤 열심히 공방에 다녔다. 방송을 만들다가 짬이 나면 손을 잡고 퀼트를 배우러 달려갔다. 우리 팀 막내작가가 바느질 솜씨가 제일 좋았다. 막내의 작품을 보고 감탄하고 서로 옆에 앉히려고 애교를 떨기도 했다. 낮에 일을 하며 서운했던 마음들이 밤에 한 땀 한 땀 바느질을 하며 풀리기도 했고, 퀼트 지갑과 가방을 완성하는 사이, 공통의 관심사가 생겨 동료애도 두터워졌다. 퀼트 공방은 어느새 타인을 이해하게 만들고 나에겐 위로를 주는 공간이 되어 있었다.

40대가 되고, 혼자 일하는 시간이 많아진 나에게 요즘 은신처가 되는 것은 '부치지 않을 편지'를 쓰는 행위이다. '치유의 글쓰기'라는 과정을 강의하면서 수강생들과 함께 여러 방식으로 글을 써 보다가 나에게는 편지 쓰기가 가장 효과가 있다는 것을 발견했다. 편지 형식으로 글을 쓰면, 누군가 읽을 대상을 선정하고 글을 쓰기 때문에 대화하고 있다는 느낌이 든다. 아무에게도 보여 주지 않을 편지를 쓰기 때문에 마음 속 깊이에 있는 진심까지 토해내듯 쓸 수 있다.

때로는 서운한 마음이 드는 사람에게 편지를 쓰며 원망을 쏟아내기도 하고, 가끔은 그리운 이에게 펜을 들어 추억을 소환하기도 한다. 고등학생인 나에게, 혹은 노년이 된 나에게 편지를 쓰며 현재 겪는 아픔이 아무것도 아니란 사실을 깨닫기도 한다. 아무리 바빠도 일주일에 하루는 짬을 내어 편지 쓰기를 비롯한 치유의 글쓰기를 꼭 하려고 애쓴다. 예전엔 좋아하면서도 일이다 보니 잘 써야 한다는 강박에 글쓰기가 부담스럽기도 했다. 이제는 글을 통해 미처 알지 못했던 나를 발견하고, 지친 마음을 쉬게 하는 회복의 시간을 갖고 있다.

언젠가 방송인 지망생들을 위한 특강에서 "방송 현장에서 느끼는 여러 가지 불안감을 어떻게 극복하느냐"는 질문을 받았다. 그때는 멋진 선배로 보이고 싶은 생각에 "피할 수 없으면 즐겨라! 불안이 클수록 나중에 맛보는 성취감 또한 크다"라고 대답했다.

고백하건대, 새빨간 거짓말이다! 불안이나 두려움은 결코, 즐길 수 있는 대상이 아니다. 불확실성이 큰 방송 현장에서 내가 과연 살아남을 수 있을까 하는 의심, 작품 실패가 불러올 결과에 대한 공포는 24시간 나를 따라다닌다. 그러니 이를 즐기겠다고 쓸데없는 호기를 부리는 대신, 차라리 잠시라도 수많은 걱정들로부터 도망쳐 숨을 수 있는 은신처를 만드는 편이 낫다.

그것이 비밀의 공간이어도 좋고, 자신의 내면과 대화할 수 있는 혼자만의 시간이어도 좋으며, 고흐에게 테오가 그러했듯, 나의 절망과 희망을 이해하는 단 한 사람이라도 좋다. 마음의 은신처에서 스스로 치유할 기회를 충분히 준다면, 상처 위에 딱지가 앉듯 일상을 견디는 새로운 힘들이 솟아나 나를 버티게 해 줄 것이다.

_____

_____

_____

_____

_____

_____

_____

_____

무턱대고 좋아하는 장르의 글을
쓰기보다는, 나는 어떤 유형의 글쓰기를
잘하는 사람인지 객관화시켜서
자신을 판단하는 시간이 꼭 필요하다.

방송작가 민정 씨의 하루

 # 생방송 당일, 출근

일요일 아침, 남들은 달콤한 휴식을 취하고 있을 시각에 노트북을 옆에 끼고 방송국으로 들어서는 이가 있다. 올해로 방송작가 경력 20년차인 김민정 씨다. 평소에는 매주 방송하는 정규 프로그램을 맡고 있어 일주일 단위로 계획적인 일상을 보낼 수 있지만 요즘은 그야말로 전시 상황이다. 부산 KBS의 보도 프로그램 작가인 민정 씨는 지방선거를 앞두고 후보자 토론 방송까지 맡았다. 정규 프로그램 외에 특집 프로그램이나 다큐멘터리 구성을 맡게 되면 방송 스케줄에 따라 밤을 새고, 주말도 잊은 채 일해야 한다.

오늘은 부산의 한 지역구 구청장 후보들이 모여 토론 방송을 하는 날이다. 선거관리위원회에서 주관하는 방송이고 생방송으로 진행될 예정이다. 선거 결과에 영향을 미칠 수 있고, 생방송 중 생길 수 있는 돌발 상황까지 고려해야 해서 민정 씨는 평소보다 이른 시간에 출근했다.

 # 일주일 전, 사전 준비

토론 방송의 편성 시간은 오후 1시 20분부터 2시 10분까지다. 방송은 50분이지만 이 프로그램을 준비하는 데만 며칠이 걸렸다. 일주일 전부터 자료조사를 통해 오늘 방송할 지역구와 후보자들 면면에 대해 알아보았다. 지역의 이슈가 무엇인지 자료들을 취합한 후, 시청자의 관심도가 높은 순으로 현안들을 추렸다. 이어서, 선거관리위원회의 가이드라인에 맞추어 분야별 토론 내용을 배열하기 위해 구성회의를 준비했다. 연출자와 작가, 팀장 등이 참여하는 회의에서는 우선, 토론을 원활하게 이끌 진행자로 누가 좋을지, 지역 현안별로 토론시간을 얼마나 안배할 것인지, 타이틀이나 예고편 등 생방송에 들어가기 전에 준비해야 할 영상은 무엇인지 의논했다.

하루 전, 원고 완성

프로그램의 큰 줄기를 잡은 후, 민정 씨는 구성안과 원고를 작성하기 시작했다. 토론 프로그램의 핵심은 '질문'에 있다. 시청자나 유권자들이 궁금해 하고 알아야 하는 내용들을 대신 묻는다는 마음으로 글을 써야 하기 때문에 방송을 준비하면서 가장 공을 들이는 시간이기도 하다. 일단 지역구의 홈페이지나 기사 검색을 통해 취합한 자료들 중에서 옥석을 가렸다. 선거철을 맞이해 가짜 뉴스나 후보자를 비방하는 루머들이 많기에 사실 관계가 입증된 정보인지, 출처가 분명한 통계인지를 따져 신뢰도 있는 데이터와 정보들을 추려냈다. 이를 바탕으로 질문을 작성하는데, 후보자들을 검증하는 토론 방송인만큼 개인 신상에 대한 질문보다는 정책에 관한 질문, 추상적인 질문보다는 구체적인 질문, 감정적인 대답보다는 논리적이고 이성적인 대답을 이끌 수 있는 질문들로 구성하려고 했다.

작가가 완성한 원고는 이미 하루 전인 어제까지, 연출자와 진행자가 함께하는 회의를 통해 여러 차례 수정했다. 원고를 다 쓴 후에는 프로그램 전체 흐름을 한 장의 종이에 보기 쉽게 작성하는 방송 진행표를 만들었다. 이를 큐시트Cue Sheet라 하는데, 방송에서 다룰 소주제들과 기술 용어들이 간결하게 담겨 있다. 카메라 감독과 오디오 감독, 조명 감독, 스튜디오 담당자를 비롯해 이번 토론 방송에 참여하는 스무 명

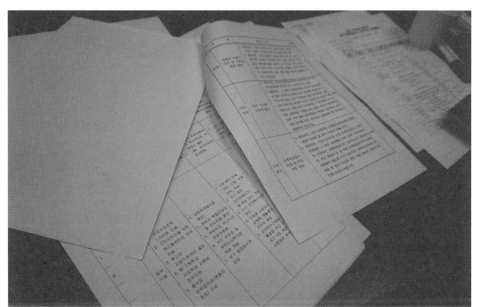

생방송 전에 스태프들은 작가의 대본과 큐시트를 미리 숙지한 후 제작에 들어간다.

이 넘는 스태프가 이 종이 한 장에 의지하여 생방송을 준비했다.

생방송 3시간 전, 자막 점검

방송 당일, 출근하자마자 보도국 사무실로 달려온 민정 씨는 전화기부터 찾는다. 오늘 진행을 맡은 사회자와 후보자들에게 다시 한 번 방송국 도착 시간을 확인한다. 이들의 분장과 의상을 맡은 스태프에게도 출연자들 도착 시간을 알려 미리 준비할 수 있도록 돕는다. 민정 씨는 노트북을 펼쳐들고 오늘을 위해 준비한 원고와 큐시트, 그리고 자막 의뢰서를 눈으로 훑는다. 리허설 전까지는 방심할 수 없다. 시간이 있을 때마다 혹시 수정할 곳은 없는지 살핀다. 노트북에 한참 시선을 고정하고 있을 때 민정 씨의 휴대폰이 울리기 시작한다. 자막을 담당하는 스태프가 부조정실에 도착했다는 소식이다. 자막 의뢰서를 챙겨든 민정 씨는 재빠른 걸음으로 부조정실을 향한다. 프로그램 타이틀과 출연자들 소개, 세부 항목이 나뉠 때마다 등장하게 될 자막 내용들을 방송이 진행될 순서에 따라 하나하나 맞춰 본다. 이때 맞춤법에 오류는 없는지, 제시되는 정보는 정확한지, 글자체의 색이나 크기는 적절한지 세심히 살핀다. 완성한 자막을 순서에 따라 하나하나 화면에 띄워보며 최종 점검을 해 둔다. 자막 작업이 마무리될 즈음, 이번에는 출연자들이 속속 분장실로 모이고 있다는 연락을 받고 서둘러 출연자 대기실로 향한다.

생방송 2시간 전, 출연자 미팅

오늘 방송의 출연자는 총 4명이다. 사회자와 후보자 세 명을 만나 주의사항을 전달한다. 보통의 토론 방송에서는 질문이나 답변 방향이 적힌 원고를 출연자들에게 미리 메일로 보낸다. 하지만 선거에서 후보자를 검증하는 토론 프로그램에서는 질문 사항을 사전에 전달하지 않는다. 출연자 모두에게 공통으로 질문할 내용들만 간략히 얘기한 후, 방송에서 피해야 할 언어나 행동은 무엇인지 주의사항을 알려 준다.

생방송 1시간 전, 리허설

민정 씨가 출연자들과 미팅을 하는 그 시각, 스튜디오에서는 최종 리허설을 위한 준비가 한창이다. 쇼·오락 프로그램과 같이 역동적인 프로그램의 경우, 리허설을 여러 차례 거친다. 하지만 오늘처럼 출연자들의 동선이 거의 없는 토론 프로그램에서는 한, 두 번의 리허설로 준비를 끝낼 수 있다. 출연자들이 분장과 의상 착용을 모두 마치고 스튜디오로 향하면, 민정 씨는 다시 부조정실이 있는 2층으로 발걸음을 옮긴다. 부조종실에는 음향과 조명, 영상과 송출, 자막을 담당하는 스태프들과 연출자가 미리 자리를 잡고 앉아 있다. 리허설 전 연출자에게 출연들과의 만남에서 느낀 바나 주의해야 할 사항들을 전달한 후, 민정 씨도 자리를 잡고 앉아 한숨 돌린다.

PD의 "큐" 소리와 함께 리허설이 시작되면, 타이틀 영상과 음악이 흐르고 출연자와 카메라 감독을 비롯한 모든 제작진은 실제 생방송인 것처럼 행동한다. 사회자의 질문에 답을 하거나 인사를 하는 과정을 연습하면서 후보자들의 목소리를 체크하며 음향의 톤과 볼륨도 맞춘다. 이때 작가는 사전에 준비해 놓은 자막의 흐름이 영상과 잘 맞아 떨어지는지, 자신이 쓴 멘트를 사회자나 출연자가 말하는 데 어려움은 없는지, 큐시트에 구분해 놓은 순서별로 시간 안배가 적당한지를 대조한다. 작가에게 리허설은 완성도 높은 방송을 위해 자신의 원고를 수정할 수 있는 마지막 기회이다.

스튜디오 상황을 컨트롤하는 부조정실. PD의 큐사인에 맞추어 리허설과 방송이 진행된다.

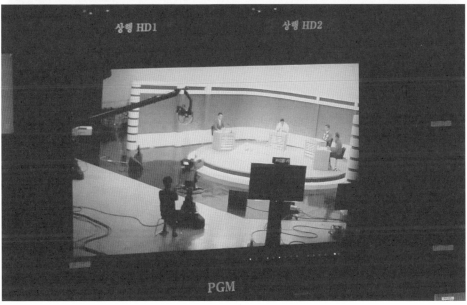

리허설을 통해 출연자와 스튜디오의 모습이 최상으로 화면에 잡힐 수 있도록 점검한다.

생방송 온에어On-Air

리허설까지 무사히 마치고 나면, 이제 앞서 편성된 프로그램을 주시하며 카운트다운을 시작한다. 매일 반복되는 일상이라 무뎌질 만도 하지만, 민정 씨는 생방송이나 녹화를 하는 순간마다 늘 설레고 떨린다. 혹시 방송 사고나 실수가 있지는 않을까하는 걱정과 며칠 동안 준비한 제작진의 노력이 시청자에게 고스란히 전해졌으면 하는 바람이 공존한다.

드디어 타이틀 음악과 영상이 흐르고, 진행자가 "여러분 안녕하십니까?"라는 인사말을 건넨다. 그리고 준비했던 질문들이 차례로 후보자들에게 돌아가고, 열띤 공방을 펼치며 한 시간의 숨 가쁜 방송이 무사히 끝이 난다.

다시, 처음

아무런 사고 없이 방송은 잘 끝났다. 스태프들 사이에서는 지역 현안에 대한 각 후보자들의 입장 차이가 선명해 재미있는 토론이었다는 평가가 나왔다. 부조정실에 있던 스태프들에게 인사를 건네고, 민정 씨는 스튜디오로 향한다. 스튜디오에서 출연자들과 방송 소감이나 서로 아쉬웠던 점들을 나누고 다음 만남을 기약한다. 출연자들이 모두 돌아가도 스튜디오의 불은 꺼지지 않는다. 스태프들은 내일 있을 다른 방송을 준비하기 위해 다시 분주하다.

민정 씨 역시 하루 일과가 아직 끝난 것은 아니다. 지방선거 기간에 이뤄진 후보자 토론 방송은 사실, 특별 방송인 셈이다. 이제는 매주 민정 씨가 구성을 맡고 있는 정규 프로그램을 준비해야 할 차례. 일주일에 한 번 진행하는 프로그램이지만, 매번 새 아이템과 다른 출연자들을 섭외해야 한다. 보도국 사무실로 돌아온 민정 씨는 다시 노트북을 펼치고, 수첩을 꺼내든다. 다음 주에는 어떤 이슈로 시청자들에게 다가갈 것인지 또 다른 고민이 시작되는 순간이다. 얼핏 보면 늘 비슷한 일을 하는 듯 보이지만, 글을 준비하고 쓰는 순간마다 낯설고 공부할 것이 많다. 일주일에 한 번씩 다양한 주제와 사람들을 만날 수 있다는 점, 열심히 준비한 만큼 의미 있는 정보와 메시지를 시청자에게 전할 수 있다는 매력이 20년째 민정 씨를 방송국에 머물게 했다.

휴일 오후, 베테랑 방송작가는 이 일을 처음 시작했을 때와 같은 마음으로 다시 책상 앞에 앉아 묵묵히 글을 써 내려간다.

나와 그녀의 인연

내가 김민정 작가를 처음 만난 것은 17년 전 일이다. 라디오작가에서 텔레비전 구성작가로 분야를 옮긴 후, 슬럼프에 허덕이고 있을 때 그녀가 들어왔다. 매일 방송국 문을 들어서는 것이 두렵기만 하던 그 시절, 그녀는 늘 웃으며 별일 아닌 것처럼 방송을 준비하곤 했다. 텔레비전 프로그램을 처음 맡으면서 덜컥 메인작가 자리를 차지해, 방송 글쓰기의 어려움을 온몸으로 느꼈던 나는 다시 서브작가부터 시작하겠다고 다짐했다. 그리고 나를 이끌어줄 선배이자 메인작가로 그녀를 선택했다. 무엇이 그렇게 즐거운지 곁에서 지켜보며, 나도 다시 방송을 만들고 글을 쓰는 일에서 즐거움을 되찾고 싶었다.

내가 지켜본 그녀는 방송 현장을 정말 좋아했다. 무엇보다 방송을 매개로 만나는 사람들과 소통하는 일을 즐겼다. 그것이 내성적이고 혼자 있는 것을 좋아하던 나에게 있어 가장 부러운 면이었다. 이후 나와 그녀 모두 경력을 쌓으면서 각자 자신에게 맞는 옷을 찾듯, 적성에 맞는 방송 장르를 찾아갔다. 여러 사람들과 어울려 일하는 것을 즐기고, 음악부터 시사까지 다양한 주제에 관심이 많았던 그녀는 출연자나 아이템이 많은 스튜디오 프로그램과 토크쇼 프로그램을 주로 맡았다. 출연자들과 소통하고, 여러 이야기를 두루 나누는 과정보다는 한 가지 주제, 혹은 한 사람의 인생을 깊이 있게 들여다보는 것에 더 큰 매력을 느꼈던 나는 다큐멘터리작가의 길을 걷게 되었다.

이후, 나는 대학원에 진학했고 연구를 하고 글쓰기에 관해 강의하는 일이 점차 본업이 되었다. 김민정 작가는 여전히 방송국 사무실과 스튜디오를 오가며 분주한 하루를 보내고 있다. 우리는 농담처럼 말한다. 그녀는 엉덩이가 가벼운 작가, 나는 엉덩이가 무거운 작가라서 그렇다고.

아직 현장에서 치열하게 방송 글을 쓰고 있는 그녀에게, 작가 후배나 글쓰기에 관심 있는 독자에게 전하고 싶은 조언이 있는지 물었다. 언제나 그렇듯 그녀의 목소리는 밝고 명쾌했다. 그녀가 들려 주는 일터에서의 글쓰기 비법을 대신 간추려 전한다.

'효율적인 글쓰기'에 능해야 합니다!

문학 작가나 여타 장르의 작가와 달리, 방송작가나 기자와 같이 매일 일정 분량의 글을 써야 하는 사람들에게 가장 중요한 것은 효율성 이라고 생각해요. 특히 방송 글쓰기에서 제 시간 안에 글을 쓰는 능력 은 필수입니다. 갑자기 아이템이 바뀌거나 속보가 들어와서 방송 내용 이 바뀌기도 하는 보도 프로그램을 구성할 땐 효율성이 중요하죠. 빠른 시간 안에 필요한 분량의 글을 채워 넣어야 하니까요. 누군가 제게 빨리 글을 쓰는 비결을 묻는다면, 전 생각하고 고민하는 시간이 길면 길수록 좋다고 얘기해주고 싶어요. 노트북을 펼치고 글을 쓰는 시간은 짧지만 사실 그 전에 정치나 사회, 경제면 등 전반적인 시사 문제에 대한 관심을 놓지 않으려고 해요. 남들보다 글을 빨리 쓰고 싶다는 분들이라면 그만큼 한 가지 주제에 오래 생각하는 시간을 가지라고 권하고 싶어요.

효율적인 글쓰기는 시간만 의미하지는 않습니다. 저는 긴 호흡 의 글보다 짧고 함축적인 글이 방송에는 더 어울리는 글쓰기라고 생각 하는데요. 평소 독서나 긴 호흡의 글을 읽어서 핵심을 파악하는 연습 을 통해서 실력을 키울 수 있다고 봐요. 시간을 정해 놓고 글을 써 보거나, 긴 글을 요약해서 핵심만 전달하는 연습이 효율적인 글쓰기에 도움 이 될 겁니다.

방송작가도 '감정노동'을 하는 직업입니다!

방송작가도 감정노동을 하는 사람이라고 생각해요. 방송 일을 하다 보면 정말 다양한 사람들을 만나거든요. 학교에 다닌 적이 없는 어르신을 만나 인터뷰를 할 때도 있고, 세계적인 석학에게 전문적 견해를 물어야 할 때도 있죠. 방송에 우호적인 사람들을 만나기도 하지만 제작진이나 카메라에 경계심을 가지고 적대적으로 행동하는 사람들도 많아요. 그들에게 내가 느끼는 감정들을 모두 드러내선 안 되죠.

다른 제작진들과의 관계도 그래요. 방송작가는 PD와 부딪힐 일이 많아요. 기획에서부터 구성, 편집, 원고 집필까지 거의 모든 과정을 같이 하다 보니 의논도 많이 해야 하지만 그만큼 갈등도 많죠. 밤을 새며 쓴 원고를 납득할 수 없는 이유로 수정하라고 할 땐 화가 머리끝까지 치밀기도 해요. 그런데 그때마다 화를 내고, 내 마음 그대로 표현했다면 지금까지 방송 일을 할 수 없었을 거예요. 프로그램을 책임지고 있는 사람이 연출자이니까, PD의 의견을 존중하려고 해요.

물론 작가로서 양보할 수 없는 부분도 있어요. 그럴 땐 최대한 감정을 숨기고 이성적으로 대응하려고 노력해요. 제 성격이 워낙 감성적인 면이 많아서 안 될 때가 더 많지만요. 여럿이 함께 글을 써야 하는 작가이거나, 인터뷰 등 타인의 삶을 이해해야 하는 글을 쓰는 사람이라면 자신의 감정을 있는 그대로 드러내기보다는 한걸음 물러서서 객관적으로 상황을 보고 대처하는 능력도 필요하다고 봅니다.

자신의 특성을 먼저 파악하고 글쓰기에 임해야 합니다!

저는 지금 이 순간에도 글 쓰는 사람으로서 제 특성을 새롭게 발견합니다. 얼마 전에 보도국에서 특집 다큐멘터리를 준비했어요. 스튜디오 프로그램이나 토론 프로그램을 쓸 때만큼 흥이 나지 않더라고요. 앞서 강조한 글쓰기의 효율성도 오르지 않고요. 소설로 치면 저는 장편

보다는 단편에 더 맞는 사람이라는 생각이 들었어요. 시와 수필 중에서는 시를 쓰는 쪽인 거죠. 자신의 특성을 파악하고 나면, 글을 쓸 때 남들과 같은 방법이 아니라 나만의 방법을 찾아 보다 쉽게 글을 쓸 수 있는 것 같아요. 저처럼 단편 쓰기가 더 수월하고 재미있는 사람이라면, 장편을 써야 하는 상황에서도 여러 편의 단편을 쓴다는 마음가짐으로 글을 쓰는 거죠. 무턱대고 좋아하는 장르의 글을 쓰기보다는, 나는 어떤 유형의 글쓰기를 잘하는 사람인지 객관화 시켜서 자신을 판단하는 시간이 꼭 필요하다고 생각합니다. 물론 그러려면 우선 여러 가지 방법의 글쓰기를 시도해봐야겠죠. 자신에게 더 잘 맞는 글쓰기 환경이나 분야를 선택해서 집중한다면 좋은 글을 쓸 수 있을 겁니다.

작가의 책상. 이 작은 공간에서 시작된 아이디어가 한 편의 방송으로 탄생하기까지 바쁜 일상이 이어진다.

_____

_____

_____

_____

_____

_____

_____

_____

전형이나 트렌드를 좇기보다는

자신만의 시각을 보여줄 수 있는 글을 쓰자.

방송작가가 되려면 대학도 관련 학과로 가야 하나요?

신문방송학과, 문예창작과 등을 진학하면 분명 많은 도움이 됩니다. 2년 혹은 4년 동안 자신이 관심 있는 분야의 공부를 밀도 있게 할수 있고, 선후배들과 방송 작품이나 글을 함께 만들고 토론할 수 있는 분위기가 자연스럽게 형성되는 것도 장점입니다.

하지만 대학 전공은 크게 상관없다고 생각합니다. 제 전공은 경제학이었습니다. 오히려 방송 글쓰기를 하며 시사·교양 프로그램이나 경제 코너에서 경제학 지식들을 활용할 기회도 많았습니다. 단, 전공 공부를 하면서 틈틈이 방송이나 글쓰기에 대한 관심이나 준비를 혼자서라도 이어가는 노력은 필요합니다.

방송아카데미는 꼭 다녀야 할까요?

구성작가나 드라마작가를 꿈꾸는 사람들에게는 방송아카데미를 추천합니다. 저도 대학 4학년 때 방송아카데미를 수료했습니다. 이 시절을 가장 열정적으로 글을 썼던 때로 기억합니다. 늘 방송작가의 꿈을 혼자 키워오다가, 아카데미에 가니 40명이라는 동지이자 경쟁자가 생겼습니다. 그중 마음 맞는 동기 네 명과 스터디 그룹을 만들어 매주 프로그램 모니터를 하고, 직접 구성안을 짜 와서 합평회를 가졌습니다. 선망의 대상이던 현직 방송작가들을 교수로 만날 수 있는 것도 소중한 기회였습니다. 아카데미를 통해 같이 일할 작가를 구한다는 소식이 들어 오기도 하고, 이곳에서 쌓은 인맥으로 방송계에 입문하는 경우도 많습니다. 물론, 아카데미를 진학하지 않아도 책이나 인터넷 강의를 통해 방송 글에 대해 공부하고, 연습하는 일은 가능합니다. 하지만 나와 같은 꿈을 꾸는 사람들과 함께 공부하는 즐거움, 조금 더 수월하게 실전에서 쓰이는 기술들을 배우고 싶다면 방송아카데미가 도움이 될 겁니다.

방송작가를 뽑을 때 학력이나 '스펙'도 보나요?

방송작가는 학력이나 영어 성적 등을 보고 뽑지 않습니다. 공채가 없어진 요즘에는 서류전형과 면접을 통해 작가를 채용하거나 계약을 맺습니다. 이때 면접자는 방송 제작에 도움이 될 인재로서 실력이나 잠재력이 있는지를 봅니다. 구체적으로 방송이나 글쓰기 관련 일을 해 본 경험이 있는지, 혹은 지금 당장 현장에 투입해도 무리 없이 팀의 일원이 될 수 있는지를 봅니다.

당장은 경력이 없는 초보자라도 참신한 시각을 가졌거나 성실한 자세로 임하겠다는 신뢰가 생기면 우선 자료조사원이나 막내작가로 채용하게 됩니다.

자료조사원이나 서브작가를 거치지 않고 바로 메인작가가 될 수는 없나요?

드문 경우지만, 방송 일을 시작하자마자 메인작가로 일할 수도 있습니다. 제 주위에는 신춘문예 등에서 수상한 후 라디오 프로그램에 우연히 출연했다가 그 프로그램 작가로 일하게 된 사례도 있습니다. 자료조사원은 프로그램의 정보 수집이나 섭외, 촬영 장면들을 기록하는 일을 주로 하고, 서브작가는 전체 프로그램에서 하나의 부분 즉, 한 코너를 담당해서 맡는 역할을 합니다. 이 과정을 거치면 전체 프로그램을 기획하고, 각 코너의 아이템을 조율하며 최종 대본을 완성하는 메인작가가 됩니다. 사람마다 다르긴 하지만 보통 3년에서 5년씩 걸리기도 합니다. 그동안 프로그램 전체를 아우를 수 있는 실력을 쌓게 되고, 여러 프로그램을 경험할 기회를 가질 수도 있습니다. 이렇게 수련의 시간이 흐르고 나면 어떤 장르, 어떤 프로그램을 맡아도 두려움 없이 일을 할 수 있게 됩니다.

나이가 많은데 방송작가가 될 수 있을까요?

방송작가 중에서도 드라마작가는 나이에 크게 영향을 받지 않습니다. 실제 다른 직업을 가지고 있다가 공모전 등을 통해 드라마작가로 데뷔한 사례들도 많습니다. 그러나 구성작가의 경우, '나이는 숫자일 뿐이다'라고 단언할 수 없습니다. 자료조사, 서브작가, 메인작가가 나뉘어 있는 프로그램의 경우 아무래도 후배의 나이가 많으면 선배들이 같이 일하기 조심스러워하는 부분이 있습니다. 그래도 나이에 상관없이 차근차근 경력을 쌓아가겠다거나, 뛰어난 실력이 엿보이는 인재라면 기꺼이 받아들이는 선배나 제작팀들도 많으니 나이 때문에 포기하지는 않으셨으면 합니다.

방송작가 일을 하려면 꼭 서울로 가야 하나요?

방송아카데미와 같은 교육 기관들도 서울에 몰려 있고, 주요 방송국이나 미디어 기업, 외주제작사들도 서울에 많다 보니 방송작가가 되고 싶다면 서울에서 도전하라고 먼저 권유합니다. 그런데 서울에서 공부나 일을 할 사정이 여의치 않다면, 지방에서 방송 일을 시작하는 것도 괜찮다고 생각합니다. 서울처럼 일자리가 많은 것은 아니지만 각 지역 방송사나 프로덕션에서 지금 이 시각에도 자신의 커리어를 쌓아가는 방송작가들이 많습니다.

서울이 아니어서 좋은 점도 있습니다. 서울에 비해 서브작가나 메인작가가 되는 과정이 짧아 자신의 글이나 방송을 보다 빨리 창작할 수 있습니다. 작가의 수가 많지 않은 좁은 시장이기 때문에, 자신의 실력을 인정받는다면 다양한 프로그램을 경험할 수 있습니다. 자신의 환경과 성격 등을 고려해 꼭 서울에서 일을 해야 할지를 선택하면 좋을 것입니다.

TV 작가를 하다가 라디오작가를 하거나, 교양작가로 활동하다가 예능작가가 될 수도 있나요?

쉬운 일은 아니지만 가능합니다. 저 또한 라디오작가를 하다가 TV 프로그램을 맡게 되었고, 대표작들은 시사·교양 프로그램이지만 쇼·오락 프로그램 등을 구성한 경험도 여러 차례 있습니다. 매체나 장르는 달라도 글쓰기의 기본기가 탄탄하다면 프로그램을 옮겨가며 다양한 글쓰기를 선보일 수 있습니다. 다만, 연차가 쌓이면 여러 장르 중에서도 자신이 더 잘할 수 있고 좋아하는 장르가 보이게 됩니다. 특정 장르를 선택해 집중하다 보면 남들보다 더 효율적인 글쓰기를 할 수 있고, 어떤 분야의 전문 작가라는 수식어도 갖게 되므로 한 분야를 파고드는 작가들이 많다고 생각합니다.

방송작가의 수입은 어느 정도인가요?

주로 프리랜서로 일하는 방송작가의 특성상, 원고료는 개인에 따라 천차만별입니다. 가끔 기사에 나오는 것처럼 유명 드라마작가의 경우 회당 수천만 원의 원고료를 받습니다. 인기 있는 예능 프로그램 작가도 여러 프로그램을 맡으며 상당한 원고료를 받는 것으로 알려져 있습니다. 그러나 방송작가로 처음 입문하면 업무의 양이나 강도에 비해 턱없이 적은 수입을 받게 되어 1년을 견디지 못하고 그만두는 사례가 많습니다. 메인작가가 되면 비교적 안정된 원고료를 받을 수 있는데, 그 기간이 3년에서 5년 가까이 걸리다 보니 방송 현장이 열악한 노동환경이라고들 합니다.

실제 제가 방송 일을 처음 시작하고 3년차가 되던 때까지 매달 150만 원 내외의 원고료를 받았던 것으로 기억합니다. 점차 자리를 잡고 정규 프로그램뿐 아니라, 특집 프로그램까지 맡게 되면서 수입이 늘어났습니다. 10년 차가 되었을 때, 저희 프로그램 막내작가의 원고료와 비교한 적이 있는데, 3배 정도 많은 돈을 받고 있었습니다. 현재는 60분 짜리 다큐멘터리 한 편당 메인작가의 경우 500만 원 내외의 원고료를 받는 것으로 알고 있습니다. 작가 경력이나 프로그램에 따라 수입이 천차만별이라 평균을 내기가 쉽지 않지만, 확실한 것은 잠재력이 풍부한 예비 작가들에게 '열정페이'를 요구하여 아까운 인재들을 떠나보내는 현재 시스템은 꼭 바뀌어야 할 것입니다.

방송 글을 잘 쓰기 위해 평소 어떤 책을 읽어야 할까요?

편식 없이 두루두루 읽는 것이 좋습니다. 우선, 정기적으로 서점에 가서 어떤 책들이 베스트셀러인지 살펴봅니다. 개인적인 생각이지만 베스트셀러가 반드시 좋은 책을 뜻하진 않는 것 같습니다. 오로지 독자의 선택이 아니라 마케팅에 힘입어 베스트셀러 자리에 오른 것 같아 보이는 책도 간혹 있습니다. 그래도 베스트셀러의 경향을 살피면 트렌드, 대중의 고민이나 취향, 욕구 등을 파악할 수 있습니다. 시시각각 변화하는 사회의 관심사를 포착해서 프로그램을 만들고 글을 써야 하는 방송작가들에게는 유용한 팁을 제공해줍니다.

저의 경우에는 만화책이나 그림책도 열심히 보는 편입니다. 워낙 좋아하기도 하고, TV 프로그램을 만들 때 글을 쓰면서 영상화하는 훈련을 자연스럽게 할 수 있어서 그림이나 사진집이 많은 도움이 됩니다. 간결하고 함축적인 글을 쓰고 감성을 키우기 위해서는 시집, 이야기 구조를 익히기 위해서는 소설과 같은 문학 장르의 책들도 꾸준히 읽습니다. 방송 주제에 따라 연구하듯 읽는 책이 달라지기도 합니다. 역사 다큐멘터리를 맡았다면 역사서를, 음악 프로그램을 맡았다면 대중가요사나 팝 역사에 관한 책들을 늘 가까이 해야 합니다. 방송작가의 책상

위에 놓인 책들만 봐도 어떤 프로그램을 맡고 있는지 알 수 있습니다.

방송이나 글쓰기 공모전에서 좋은 결과를 얻기 위한 방법이 있을까요?

공모전이나 자기소개서와 같이 특정 목적을 이루기 위한 글쓰기 방법은 사실 간단합니다. 첫째, 공모전 취지나 모집 요강들을 허투루 읽어서는 안 됩니다. 주요 문구 안에 주최자가 어떤 가치를 가장 중요하게 여기는지 심사 기준이 숨어 있는 경우가 많습니다.

둘째, 제시한 형식에 맞춘 글쓰기가 필요합니다. 아무리 좋은 작품이나 인재가 지원을 한다 해도, 형식을 제대로 갖추지 못한 지원서나 기본 요건을 충족시키지 못한다면 심사위원들이 읽어보기 전에 서류심사의 벽을 넘지 못하게 됩니다.

셋째, 성의 있는 정보 수집이 필요합니다. 매년 개최되는 공모전에 응모한다면, 예전에 어떤 작품들이 수상을 했는지 먼저 조사해서 혹시 자신이 준비한 소재나 주제와 겹치거나 유사한 작품은 없는지 살펴보십시오. 자기소개서를 쓸 때도 무턱대고 쓰기보다는 지원하는 곳의 특징을 알아본 후 자신의 장점과 연결하여 쓰기를 권합니다.

마지막으로, 전형이나 트렌드를 좇기보다는 자신만의 시각을 보여줄 수 있는 작품이나 글을 쓰시기 바랍니다. 가장 솔직한 글이 자신의 개성을 드러내는 글이자 나만의 경쟁력을 품은 작품이 될 것이라 믿습니다.

요즘은 지상파나 종합편성채널, 케이블과 같이 방송국이
많아졌는데 제작 환경에 차이가 많나요?

지상파는 지상에 있는 방송 송출로 전파를 송출하는 방송이란
뜻으로, 국내는 KBS, MBC, SBS, EBS 등이 있습니다. 지상파를 이용하
지 않는 방송들은 케이블을 통해 방송 전송을 하는 케이블TV, 위성을
통해 방송을 송출하는 위성 방송 등이 있죠. 지상파는 아니지만 보도,
교양, 예능, 드라마 등 지상파에서 편성하는 전 장르의 방송을 편성할
수 있는 채널을 종합편성채널이라고 부르는데요. JTBC, MBN, TV조
선, 채널A 등이 있습니다.
　　지상파 방송의 경우, 오랜 역사를 가지고 있는 만큼 제작 시스
템이 안정적인 장점이 있지만 여전히 봄 개편이나 가을 개편 시기를 따
른다거나 시청자들의 기호에 발 빠르게 대응하는 순발력이 떨어진다
는 단점이 있습니다. 비교적 역사가 짧은 케이블이나 종합편성채널의
경우 인재들을 공격적으로 영입하고 있어 경력자와 신입에게도 기회
가 많고 새로운 도전을 환영한다는 장점이 있습니다. 그러나 시청률 등
의 성과에 빠르게 대응하다 보니 그만큼 프로그램끼리 경쟁이 치열한
것이 사실입니다. 하지만 어느 방송국이든 프로그램 제작 과정은 대략
적으로 비슷합니다. 사전 제작, 제작, 사후 제작 이렇게 3단계로 나누
어 이루어지고 있는데, 각 방송국 사이에서 인력 이동도 활발하게 이
뤄지고 있기 때문에 큰 틀에서 보면 차이가 그리 크지는 않을 거라 생
각합니다.

방송작가들은 장시간 일하고 제작 환경도 열악하다고 하던데요?

방송작가들이 겪는 고충은 사실 방송 제작 환경의 구조적인 문제들과 복잡하게 연결되어 있습니다. 단순히 메인작가나 책임 PD를 잘 만난다고 해결될 일이 아니라고 생각합니다. 방송작가들 중에는 방송사 외에도 방송사에서 작품을 의뢰하는 외주제작사와 일하는 사람도 상당히 많습니다. 외주제작사의 경우 편성을 받기 위해 방송사에 경쟁 상대보다 적은 제작비를 청구하게 되고, 외주제작사가 제작비를 줄이려는 행위는 고스란히 방송작가와 같은 제작 인력들에게 영향을 미칩니다. 다행인 것은 방송계의 고질적인 문제들을 해결하기 위한 변화들이 보이기 시작했다는 것입니다. 방송작가들을 위해 노동 및 법률 상담을 해주는 곳도 늘고 있고 방송작가들도 함께 대응하기 위한 움직임을 이어가고 있습니다. 시간이 걸리겠지만 방송작가들이 더 좋은 환경에서 일할 수 있을 것이란 기대를 하고 있습니다.

방송작가를 그만두면 어떤 일들을 할 수 있나요?

방송작가는 방송계에서도 이직률이 높은 직업군에 속합니다. 초년생일수록 임금은 타 직종에 비해 턱없이 적고, 근무 시간은 깁니다. 프로그램이 폐지되거나 개편 시기가 오면 고용 불안에도 시달립니다. 이러다 보니, 더 나은 환경에서 일하고 싶어 떠나는 방송작가들이 많습니다. 방송작가로 실력을 인정받아 다른 분야에 스카우트되는 사레도 있고, 방송 글쓰기의 경력을 살려 다른 분야에 도전하는 경우도 있습니다. 다양한 이유로 방송계를 떠난 작가들의 경우, 그래도 글쓰기와 관련된 직업을 이어가는 경우를 많이 봤습니다. 다양한 매체에서 기자가 되거나 관공서, 기업 등의 홍보전문가로 일하기로 합니다. 대학원에 진학하여 후배들을 양성하기도 하고, 글쓰기 교사나 미디어 교육자로 활동하기도 합니다. 경력이 많은 작가의 경우, 자신이 직접 프로덕션을 차리거나 PD로 전향하여 원고 집필뿐만 아니라 프로그램을 기획하고 연출하기도 합니다. 어떤 이유로 방송작가를 그만두든지, 경력이 단절된다고 해서 그동안의 시간과 경험까지 사라지는 것은 아니니 너무 망설이지 말고 도전하시기 바랍니다.

녹화를 마친 후의 스튜디오 모습. 촬영은 끝났지만 화면 밖 스태프들의 일상은 방송이
끝나도 계속된다.

_____

_____

_____

_____

_____

_____

_____

_____

방송에 참여하는 스태프들이
큐시트에 따라 일괄적으로 움직이므로
스태프와의 약속된 언어로 작성한다.

기깍기 방송 현장에서는 아직 일본식 속어를 많이 사용하고 있다. 그중 하나다. 계기契機라는 뜻의 '깃카게きっかけ'에서 유래된 말로 알려져 있다. 합이 잘 맞는다는 뜻으로 문맥, 음향, 영상 등의 앞뒤가 잘 들어맞을 때 '기깍기가 잘 맞아서 좋다'는 식으로 사용한다.

더빙Dubbing 제작된 영상에 대사, 음악, 효과음 등을 음질과 음향을 조절하며 녹음하는 작업을 말한다. TV 방송에서는 후시 녹음을 통해 성우나 출연자가 편집이 끝난 영상을 보며 대사나 멘트를 녹음하는 경우가 많다.

리허설Rehearsal 사전 연습. 연극, 무대 공연에서 먼저 사용하던 용어이다. 영화나 방송에서도 실제 촬영이나 녹화, 생방송에 앞서 출연자의 동작, 카메라의 움직임과 각도, 사이즈 등을 연습하는 과정을 거친다. TV 방송의 리허설에는 드라이 리허설Dry Rehearsal, 카메라 리허설 Camera Rehearsal, 드레스 리허설Dress Rehearsal 등의 단계가 있다. 스튜디오에 세트를 설치한 후 출연자들이 화장, 의상은 착용하지 않고 전체적인 위치 선정이나 구조 등을 살피는 드라이 리허설, 기술 감독, 카메라맨, 조명, 음향 스태프들이 모두 참여하여 제작 과정을 맞춰보는 카메라 리허설, 출연자들이 의상까지 모두 착용하고 실제 방송처럼 진행하는 드레스 리허설로 나뉘는데, 이 세 단계를 합쳐 한 번의 리허설로 간소화하기도 한다.

마 방송 현장에서 쓰는 속어이다. 방송에서 오디오가 비는 상황, 즉 아무 소리도 나지 않은 채로 시간이 흐르는 것을 말한다. 예를 들어, "마가 뜨는데, 괜찮을까요?"라는 식으로 우리말로는 '음향 공백'으로 바꿔 쓸 수 있다.

방송 대본 Script 극이나 방송 제작에 있어서 기본이 되는 글을 말한다. 드라마, 뉴스, 보도 프로그램, 다큐멘터리, 쇼·오락 프로그램, 코미디 프로그램 등 모든 방송 프로그램을 만들 때 대본을 사용한다. 방송 대본에는 출연자들의 멘트와 동작, 촬영을 할 수 있는 조건들, 구체적인 장면의 순서 등을 담는다. TV 방송에서 방송 대본은 오디오 부분과 비디오 부분으로 구분하여 쓴다. 오디오 부분은 음악이나 음향, 사람의 목소리와 관련한 사항들을 쓰고, 비디오 부분은 영상에 나타나는 출연자들의 동작이나 행동, 배경 묘사와 관련한 사항들을 쓴다.

시청률Rating 방송이 나가는 특정 시간 동안 얼마나 많은 사람들이 시청, 청취하였는지를 백분율로 나타낸 것이다. 시청률은 TV를 보유하고 있는 전체 가구 중 해당 프로그램을 보는 가구 수를 퍼센트로 표시한 것이고, 점유율Share은 지금 이 시각 TV를 켜고 있는 가구 중 이 프로그램을 얼마나 보고 있는지를 퍼센트로 나타낸 것이다. 방송국이나 광고사들은 프로그램을 평가하는 척도로 시청률을 활용하여, 향후 전략을 세우는 데 기초 자료로 사용한다. 예를 들어, 분당 시청률은 한 프로그램 안에서 어떤 등장인물이 나올 때 혹은 어떤 코너가 방송될 때 더 많은 사람들이 시청을 했는지 파악할 수 있고, 연령대나 성별 시청률을 비교하면 주 시청층이 누구이며 어떤 시청 패턴을 가지고 있는지 분석할 수 있다.

야마 방송 현장에서 사용하는 일본식 속어로, 우리말로는 중심이나 정점을 뜻한다. 일본어로 야마는 산을 뜻하므로 프로그램에서 가장 절정에 이르는 순간, 핵심 장면 등을 가리킬 때 사용한다. "야마가 약해"라고 표현한다면, 중요한 장면이나 클라이맥스가 될 상황이 없거나 약해서 밋밋하다는 의미이다.

큐시트Cue Sheet 한 프로그램이 시작되는 순간부터 끝날 때까지 주요 순서를 간결하게 정리해 놓은 방송진행표이다. 방송에 참여하는 스태프들이 큐시트에 따라 일괄적으로 움직이므로 스태프와의 약속된 언어로 작성한다. 방송 시작 전에 작성하며 스태프에게 미리 나눠주며 구성의 흐름과 내용을 미리 파악할 수 있도록 기본 틀을 제공하는 역할을 한다.

크로마키Chroma Key 두 개의 영상을 합성하는 TV 화면 기법이다. 색상 차이를 이용해 움직이는 피사체를 다른 화면에 합성할 수 있다. 방송에서는 일기 예보나 뉴스 프로그램, 역사 다큐멘터리 제작 등에서 사용한다. 두 개의 영상 중 하나의 영상에서 특정 색을 제거하거나 투명하게 만들어 그 공간에 나머지 영상이 나타나게 한다. 우리나라에서는 주로 푸른색을 빼거나 배경으로 사용하는 경우가 많으므로, 크로마키 앞에 서는 출연자는 푸른색 계열의 의상을 피하도록 권유한다. 만약 푸른색 옷이나 소품을 착용하면 푸른색이 빠지며 그 자리를 합성된 영상이 채우게 된다.

파일럿 프로그램 Pilot Program 정규 프로그램으로 만들기 전 편성 여부를 결정하기 위해 견본으로 만들어보는 프로그램이다. 주로 명절

연휴 등 특정한 때에 특집으로 방영하여 시청자와 광고주의 반응을 살핀다.

편성Programming 한 방송사 또는 특정 채널에서 여러 프로그램의 시간표를 짜는 일이다. 방송사나 채널이 각자의 목적을 달성하기 위해 운용하는 프로그램 계획이나 전략, 정책의 결과물이라 할 수 있다. 프로그램 스케줄링Program Scheduling이라고도 한다. 편성은 시청자들의 생활 패턴과 시간대별 주 시청층의 성향을 고려하여 프로그램의 종류와 주제, 방송 길이 등을 정한다.

포맷Format 하나의 방송 프로그램의 주요 내용이나 형식의 특성을 말한다. 최근 우리나라 방송 프로그램들이 포맷을 수출하여 한류를 이끌고 있다는 소식을 접하게 되는데, 이는 특정 프로그램의 '제작 매뉴얼'을 수출했다는 의미이다. 현지의 사정에 맞게 출연자는 바뀌더라도, 동일한 내용과 품질의 콘텐츠로 제작할 수 있도록 프로그램의 구조적 특징을 전수하는 것이다.

숏Shot 카메라가 작동하여 정지할 때까지 연속된 화면을 말한다. 방송에서 숏은 PD가 '큐' 또는 '액션'이라는 말로 시작해서 '컷'을 외칠 때까지, 중단 없이 계속되는 촬영 또는 녹화를 의미한다. 영화나 방송 장면의 최소 단위이다. 숏은 프레임 내 피사체의 사이즈, 숏에 담긴 내용, 카메라의 위치와 움직임에 따라 다양한 의미를 담아낸다. 영상을 편집한다는 말은, 연출자의 의도에 따라 숏들을 선택하고 순서를 맞게 배열하여 하나의 스토리로 만든다는 의미이다.

- C.U^{Close Up} 피사체의 얼굴이나 특정 부분이 화면에 가득 차도록 크게 잡는다. 인물의 감정 변화를 보여주거나 강조하여 표현하고 싶을 때 사용한다.
- B.S^{Bust Shot} 머리에서 가슴까지 잡는다.
- W.S^{Waist Shot} 허리까지 잡는다.
- K.S^{Knee Shot} 무릎까지 잡는다.
- M.S^{Medium Shot} 머리에서 발까지 신체의 움직임 등을 한 눈에 보이도록 잡는다.
- F.S^{Full Shot} 집 전체가 보일 정도로 멀리 잡는다.
- L.S^{Long Shot} 피사체를 먼 거리에서 촬영하여 주변 환경을 알 수 있도록 잡는다.
- Follow Shot 피사체의 움직임을 따라 다닌다. 팔로우 숏은 풀네임을 쓰거나 'Follow'라고 축약해서 쓴다.

카메라 앵글^{Camera Angles} 카메라가 피사체를 향할 때의 위치나 렌즈의 각도를 말한다. 앵글을 어떻게 설정하느냐에 따라 다양한 숏^{Shot}이 발생하며 그것이 주는 효과도 각각 다르게 나타난다. 카메라가 바라보는 시각에 따라 화면의 공간 구성과 느낌을 다양하게 표현할 수 있다.
- High angle 부감이라고도 하며 카메라가 피사체를 위에서 내려다보는 앵글로, 피사체를 왜소하게 보이도록 하는 효과가 있다.
- Low angle 앙각이라고도 하며 카메라가 피사체를 아래에서 위로 올려다보는 앵글로, 피사체를 크고 위엄 있게 보이도록 하는 효과가 있다.

망한 글 심폐소생술

: 한 줄이라도 쉽게 제대로, 방송작가의 31가지 글쓰기 가이드

초판 1쇄 인쇄 2018년 11월 21일
초판 1쇄 발행 2018년 11월 30일

지은이   김주미
펴낸이   이준경
편집장   이찬희
편집팀장   이승희
편집   이가람, 김아영
디자인팀장   강혜정
디자인   한은혜, 정미정
마케팅   이영섭
펴낸곳   (주)영진미디어

출판 등록   2011년 1월 6일 제406-2011-000003호
주소   경기도 파주시 문발로 242 파주출판도시 3층 (주)영진미디어
전화   031-955-4955
팩스   031-955-4959

홈페이지   www.yjbooks.com
이메일   book@yjmedia.net

ISBN 978-89-98656-77-5 (03800)
값 14,000원

이 도서의 국립중앙도서관 출판시도서목록(CIP)은 서지정보유통지원시스템 홈페이지(http://seoji.nl.go.kr)와
국가자료공동목록시스템(http://www.nl.go.kr/kolisnet)에서 이용하실 수 있습니다. (CIP제어번호 : CIP2018037582)